REIMA

DAU BASTOS

REIMA

EDITORA RECORD
RIO DE JANEIRO • SÃO PAULO
2009

CIP-Brasil. Catalogação-na-fonte
Sindicato Nacional dos Editores de Livros, RJ.

Bastos, Dau, 1960-
B326r Reima / Dau Bastos. – Rio de Janeiro: Record, 2009.

ISBN 978-85-01-08579-5

1. Romance brasileiro. I. Título.

09-3188 CDD: 869.93
CDU: 821.134.3(81)-3

Capa: Flavia Castro

Editoração eletrônica: Abreu's System

Texto revisado segundo o novo Acordo Ortográfico da Língua Portuguesa.

Impresso no Brasil

ISBN 978-85-01-08579-5

PEDIDOS PELO REEMBOLSO POSTAL
Caixa Postal 23.052 – Rio de Janeiro, RJ – 20922-970

EDITORA AFILIADA

A Leonardo Martinelli,
que partiu antes mas deixou poesia.

Aos amigos que conheceram as diferentes versões deste texto: Ari Roitman, Branca Victor, Carolina Barreto, Cláudia Sampaio, Douglas Eleutério, Emilie Audigier, Godofredo de Oliveira Neto, Gustavo Bernardo, João Bastos, Kátia Caetano, Laurent Fabius, Lilian Falcão, Mariana Cruz, Paulo Cabral, Renata Sampaio, Tati Ribeiro, Valéria Prado e Wellington Magalhães.

Sumário

Capítulo 1

Nicole nos trópicos

Nicole costurou os caminhos sombreados pelos arbustos, até avistar uma cena do mais puro exotismo: um bando de pretos, mestiços e brancos entregues a canto, dança e toque. Havia desde ases da ginga até desajeitados completos, a formarem grupo gozoso. Em documentário e reportagem, ela sempre achara aquelas expressões esforçadamente espetaculares. Ao vivo, porém, percebia que resultavam da vitória do ritmo sobre o peso da existência.

O todo era orquestrado por um mulato redondo em físico e movimentos. Vestido em extravagante indumentária verde-amarela, Boiô sorria em êxtase e planava, pássaro, enquanto usava a potente voz para conduzir os demais pelos versos de "Porta aberta", de Luiz Ayrão.

Filha de português com francesa, Nicole entendeu a referência ao poder milagroso do samba e intuiu que se tratava de verdadeiro hino. Acomodou-se no aconchegante gramado do Parque de La Villette, junto a outros curiosos, e passou a observar. Concluiu que o transe coletivo decorria da letra da música, mas sobretudo da ampla mobilização dos corpos, empenhados em projetar a voz, acompanhar o som e sovar os instrumentos.

Só que o pendor analítico não impediu a invasão do organismo de Nicole pela cadência. Involuntariamente, os pés começaram a bater contra a relva, a cabeça balançou e as mãos acompanharam com palmas.

Boiô aproveitou o final da música para saudar os presentes e indicar tambores, tamborins e reco-recos a um canto. Vendo Nicole optar pelo tarol, aproximou-se e imitou a complicada batida. Doce no trato, animou-a com sorriso inteiro e frase em inglês.

— Pode falar português — ela sugeriu. — Compreendo.

A descoberta da endorfina

Boiô não tinha endereço nem agenda. Era puxado de uma casa a outra por interessados em percussão, que o alojavam em troca de treino. De fixo em sua vida havia apenas os instrumentos, que o acompanhavam para todo lugar.

Nicole passou a encontrá-lo em ensaios sem fim, que objetivavam menos preparação para show do que usufruto da delícia de se deixar levar. Se até então associara paz de espírito a resignação, notou genuinidade naquele contentamento. Convenceu-se ainda mais disso ao atentar, em si mesma, para a euforia da endorfina liberada durante os longos batuques. Percebeu quanto o sedentarismo lhe fazia mal e se perguntou como pudera passar tanto tempo praticamente entregue à letargia.

O mestre acompanhava o desempenho de cada um, cujos erros corrigia com comentários jocosos. Observava principalmente os quadris, sugerindo substituição de rigidez por remelexo, ângulo reto por curva.

— Mais ou menos assim! — E se soltava, em resolvido saracoteio.

Nessa vida de missionário pagão, não precisava se insinuar. Muitas vezes necessitava segurar diferentes partes dos aprendizes, mas jamais se aproveitava. No calor dos recintos aquecidos, via-se diante de seios sacolejantes e nunca se detinha a admirá-los.

O grupo tomava o comedimento como indício de saciedade. Nicole o enxergava como oposto à sede grotesca dos europeus que a haviam abordado. Gostava de pensar que só aconteceria alguma coisa entre os dois se ela própria tomasse iniciativa.

Gemidos inéditos

Nicole ligou para o pai e propôs fazerem as pazes. O homem não compreendeu que o imenso rancor da filha se desfizesse de repente, mas se apressou em ficar de bem.

Ela o visitou em Sèvres e disse que sentia muita saudade daquele casarão onde havia crescido. Temeroso de que o elogio fosse sarcasmo, o genitor se limitou a ouvir.

— Vai viajar nas férias de meio de ano? — Nicole girava os olhos, como se quisesse se reconciliar com o espaço e o passado.

— Vou à Tailândia...

— Posso ficar aqui durante sua ausência?

— Claro!...

Ao vê-lo embarcar, Nicole arrastou Boiô para sua companhia e abriu as portas ao grupo. Situada em terreno amplo, a vivenda ficava a grande distância dos vizinhos, o que possibilitava que as sessões atravessassem a noite.

Na madrugada a maioria partia de carro ou no primeiro metrô, enquanto os bêbados e desocupados se estendiam no salão. Somente à tarde Boiô e Nicole se viam verdadeiramente sozinhos.

Iam para o vasto quintal e se acomodavam em espreguiçadeiras, onde falavam da natureza como passagem a algo maior e discorriam sobre assuntos pueris como se tratassem de preciosidades. Não pareciam querer outra coisa que o sol.

Nicole esperava um sinal, e assim interpretou o silêncio que se abateu certa vez: virou o rosto para Boiô e, apesar de estarem de óculos escuros, teve certeza de que se comunicavam além da diferença de cultura e sexo.

Subiram até o quarto do pai, onde tiraram os óculos e se fitaram como se fosse a primeira vez. Em fase avançada de refrega, ele percebeu que ela ainda não gozara, então fez acompanhar a penetração de carícias no clitóris, despertando-lhe sensações e sons que ela ainda não conhecia.

Embaixador dos Prazeres

Boiô sabia inglês de ouvido, portanto desconhecia a grafia da maioria das palavras. Se as encontrava escritas, nem sempre as identificava. Mesmo quando as reconhecia, surpreendia-se que se compusessem daquelas letras. Com sua musicalidade, porém, passava facilmente por falador fluente.

Inspirada pelo exemplo, Nicole decidiu ampliar o vocabulário em português e adquirir o melodioso sotaque brasileiro por meio da escuta regular de MPB. Comprou dicionário, gramática e até um curso portátil, mas se ateve principalmente aos muitos CDs que Boiô transportava consigo.

Para estimulá-la, o percussionista propôs usarem o computador do casarão para visitar virtualmente o Rio de Janeiro, no qual se incrustava Santa Teresa, em cujo pico se encontrava o Morro dos Prazeres.

— Venho daqui. — Apontou o monte para Nicole.

Desde então voltaram regularmente aos sites dedicados ao bairro, cujos habitantes, atrações e histórias eram comentados com orgulho de embaixador. Boiô comparava Santa Teresa a Montmartre, devido à concentração de artistas, à arquitetura antiga e ao posicionamento sobre a montanha. Reconhecia a pobreza de sua origem, ao mesmo tempo que lhe enaltecia a presença da natureza e a riqueza étnica.

A distância a favela se mostrava incorporada ao bairro, que se inseria perfeitamente na cidade, que se ajustava sem arestas ao país, que parecia o melhor do mundo. Nicole via a romantização de Boiô como mais uma prova da capacidade brasileira de amar.

Do poço ao rio

Ao se sentir verdadeiramente íntima, Nicole resolveu falar do marasmo em que vivia até pouco tempo antes. Em síntese, perdera a mãe logo cedo e, já na infância, acordava sobressaltada pela bolinagem do pai. Receosa de desagradá-lo, fingia continuar dormindo, até vê-lo soltar um último urro, virar para o lado e roncar.

— O porco português fez com que eu sentisse náusea de homem.

Na adolescência, Nicole tentou desfazer o incômodo sendo fácil. Superpondo-se umas às outras, talvez as imagens dos muitos parceiros acabassem formando rosto forte o bastante para anular o do incestuoso. Só que os rapazes apenas ampliaram o trauma, ao representarem o mesmo papel de macho pragmático, preocupado em chegar logo ao momento de o esperma correr deferente afora e se precipitar jubilosamente.

Ao ingressar na faculdade, Nicole já não tinha esperança: participava da azaração, porém sempre escapava antes de ir para a cama.

— Maluca! — afirmavam os impacientes, para encerrar o assunto.

— Nunca gozou! — atestavam os pretensiosos, para afastar de si suspeita de incompetência.

— Excêntrica! — aventavam os sonhadores, que avistavam sombra em seus olhos.

Entre os últimos, alguns tomaram a peito fazê-la esquecer o suposto príncipe: aceitaram a limitação ao amasso, sentiram-se prestes a se apaixonar, saborearam-se gentlemen. Em algum momento, entretanto, acabavam dominados pelo ímpeto sexual e recorriam a outras, nos braços das quais logo esqueciam aquela a quem, na melhor das hipóteses, passavam a chamar de complicada.

De fato, a comentada se sentia em grande desacordo em relação ao mundo. Ao comunicar emoções e pensamentos às pessoas, quase sempre desconcertava. Da mesma forma, percebia o exterior feito tropel de dados cujo sentido lhe escapava. A repetição do choque entre dentro e fora reforçava continuamente o ódio pelo pai, responsabilizado pelo desajuste.

Até o dia em que Nicole procurou um psicólogo, que a preparou para recorrer a um advogado, que por sua vez a representou: a coagida se comprometeu a silenciar quanto aos abusos em troca de mesada modesta, porém vitalícia.

Todo o problema é que, assim, teve tempo de sobra para remoer a frigidez. Da desconfiança em relação aos homens passou à inveja das mulheres satisfeitas. Interiormente, rogava praga contra ambos os gêneros.

Parou de dar bonjour aos vizinhos, trancou o curso de Sociologia que fazia na Sorbonne, afastou-se de amigos e conhecidos. Entregue às considerações mais anuviadas, enredava-se cada vez mais na amargura e, por vezes, antevia-se cometendo suicídio.

— Até que um rio passou em minha vida... — Sorriu para Boiô.

Alagada

O verão se desenrolou em sonho. Ilhados no bem-bom, os amantes recebiam os demais percussionistas feito casal abastado a franquear dependências a causa nobre.

Espalhados pelos diferentes cômodos, os instrumentos indicavam que a existência podia ser só celebração. Certeza maior oferecia a cama principal, cujos lençóis se manchavam a grande velocidade, para serem acumulados na área de serviço.

Boiô foi reduzindo os contatos clitoridianos, até que a parceira chegou longe apenas com penetração. Nesse dia correu à já saqueada cave paterna e apanhou o champanhe mais caro.

À noite foram à boate Divan du Monde, onde o grupo se apresentaria. Atrapalhada na relação com o tarol, Nicole não participava de shows. Todavia, manteve-se na pista, na estratégica primeira fila, a menos de metro do palco.

Dançou como se flutuasse, entregue a improvisos coreográficos para os quais outrora se consideraria sem jeito. Cantou como se o português do Brasil fosse sua primeira língua. Cada vez que ouvia exclamação dirigida a seu homem, sentia-se indiretamente lisonjeada.

Ao final, seguiu com a gente mais próxima até o camarim, onde cumprimentou os músicos. Teve o cuidado de manter uma certa distância de Boiô, que recebia abraços, afagos e beijos com a postura zen de sempre.

De volta ao casarão, os dois comprovaram que ela realmente vencera. De papai e mamãe, sentada, 69, de quatro, era inundação de represa rompida. Daí o significado do brasileiríssimo VALEU, VELHO! da faixa de saudação ao pai — que encontrou a residência sem gente e marcada pelo desregramento, da adega pilhada à montanha de roupa de cama.

Perda de linha

Os instrumentos entulharam o conjugado que Nicole alugava na Bastilha. Boiô não se importou com a redução do espaço, que comparou, entre risos, ao exíguo barraco da avó nos Prazeres. Todo o problema é que despertou reações históricas da vizinhança já ao primeiro batuque. Impedido de tocar, foi acossado pela sensação de ociosidade, contra a qual o leito, por mais tórrido que se oferecesse, nada poderia fazer.

Nicole viu aflorar aos olhos de Boiô uma dor que já havia discernido, mas que imaginava sob controle, qual resíduo a que o tempo desse cabo pouco a pouco. Percebê-la reavivada levou a apaixonada a se descobrir mero paliativo: se nas condições propícias da casa paterna conseguira animar o percussionista, na adversidade encarnada pelo pequeno apartamento perdia bastante em importância.

Comprovou a suspeita ao ver Boiô ligar para Laurent, membro do grupo que o convidara a passar uns tempos em sua mansão, nas cercanias de Versalhes. Nicole não podia acompanhar o carioca, contudo cegou para a chegada do fim e acreditou que se encontrariam com frequência, afinal tinham se estreitado durante semanas.

Só que o músico limitou as visitas às vindas a Paris para apresentações e, mesmo tratando-a com gentileza durante os ensaios, passou a mirá-la como miragem — até dar sinais de envolvimento com o novo anfitrião.

Nicole protestou em surdina, debateu-se ao telefone e finalmente fez barraco em pleno Divan du Monde, onde o acusou de terceiro-mundista deslumbrado com a riqueza e corrompido pelo conforto.

Boiô se manteve impassível. Laurent é que chamou para si a briga e se vingou da afronta sofrida pelo namorado organizando uma turnê pelos países vizinhos, aonde a enjeitada não podia ir, já que definitivamente não levava jeito com o tarol.

A esperança como recurso

O frio crescente do outono ampliou a sensação de desamparo de Nicole. Mesmo a quitinete na Bastilha, outrora usada como útero a proteger do mundo, perdeu o caráter acolhedor e se associou de tal modo a luto que fazia pensar em túmulo.

As tentativas de esquecer entregando-se a outros provaram que uma trava fora trocada por outra: no passado os brancos não satisfaziam por se associarem ao pai; agora não a levavam ao que importava por carecerem de melanina e molejo.

Nicole recorreu a negros e pardos de diferentes proveniências, com os quais se imaginava nos braços de Boiô. Acabava padecendo ainda mais, pois o brasileiro se vinculava a descobertas inesquecíveis.

O pior foi reviver o descompasso em relação à humanidade. Achara-se curada pela descoberta do orgasmo, contudo voltava a se sentir na contramão de todos, como se sua psique padecesse de mal crônico que, em momentos de tumulto, se manifestasse na forma de desarmonia completa.

Dessa vez, porém, lutou desesperadamente para manter alguma convivência e, entre os programas para os quais decidiu construir sorriso, incluiu uma exposição sobre literatura de cordel organizada na Maison du Brésil — onde um ex-colega de percussão contou que a excursão artística fora interrompida na Dinamarca, aonde chegara a notícia de que a avó de Boiô estava nas últimas.

— De Copenhague ele partiu diretamente para o Rio...

Reconhecimento do terreno

Ao sair do ar condicionado do Aeroporto do Galeão, Nicole pensou em sauna acolhedora. Apressou-se em retirar o casaco e, antes de procurar o ponto do ônibus para o Centro, fechou os olhos e se deixou tomar pelo calor. A temperatura alta era o melhor prenúncio de boa estada.

A um brasileiro que perguntou se estava passando bem, respondeu com grande sorriso e um *Tou ótima!* de quem sabia exatamente onde pisava. Falar a língua ampliava sobremaneira a certeza de que tudo daria certo. Decididamente, era com espírito positivo que aportava.

No Largo da Carioca, pegou o ônibus 206, seguindo as orientações recebidas por e-mail de Clara, dona do cama & café onde combinara pouso. Posicionada na janela, maravilhava-se com os transeuntes, muitos dos quais parecidos com Boiô. Em meio àquela gente afamada pela felicidade, certamente encontraria consolo.

No momento em que o transporte cruzou a Rua do Riachuelo e trocou o asfalto pelos paralelepípedos, o itinerário ganhou ainda mais interesse. Nicole acompanhou com especial atenção um bonde que se deslocava no sentido da cidade. Lançou um olhar de desprezo para os estrangeiros que avistou lá dentro, convencida de ter uma relação bem mais profunda com o país.

No Largo do Guimarães, identificou com facilidade a padaria, os restaurantes e, num casarão elevado, entre mangueiras, a livraria. Via materializado o cenário que só conhecia de internet. Dava plena razão aos europeus que se entusiasmavam com Santa Teresa, cujas ruas antigas e sinuosas ganhavam ainda mais charme por serem no Novo Mundo.

Pouco acima, encheu os olhos com o castelinho, mas se ateve sobretudo ao verde que servia de pano de fundo para a construção. Sabia que a longa Rua Almirante Alexandrino acabava no Silvestre, em plena Floresta da Tijuca. Queria se renovar no contato com a vegetação.

Depois do Vista Alegre, admirou ao longe a Zona Norte e, no ângulo direito, a Ponte Rio-Niterói se arremessando sobre a Baía de Guanabara. Seus planos de recuperação incluíam igualmente aquela água, bem mais quente do que na Europa.

O Largo dos Dois Irmãos a abalou, pois ali desciam muitos habitantes dos Prazeres, berço de Boiô. O Corpo de Bombeiros também aumentou o pulso, já que por lá subia quem usava a servidão do Equitativa. Nicole ficou no ponto seguinte, diante da portaria reservada a moradores e empregados do condomínio.

Estremeceu ao ver o porteiro, pois o conhecia de fotos e sabia tratar-se de um grande amigo de Boiô chamado Juca: preto de porte atlético, fidalguia africana e armação de óculos cerrada, por trás da qual espreitava um olhar de quem queria o bem. Nicole pensou em se apresentar, mas preferiu aguardar ocasião realmente propícia. Só não conteve a admiração diante da elegância e desenvoltura com que ele a encaminhou ao velho plano inclinado que a levaria ao nível da pracinha.

Perspectiva para todos os lados

Clara estava no escritório do condomínio, em seu matutino plantão de síndica. Ao ver a mochileira, levantou imediatamente da escrivaninha e a levou até o apartamento que reservara no Bloco G aos turistas interessados em vivência mais profunda do que facultam os hotéis. Mostrou as acomodações, combinou de voltar ao final do dia e retornou aos afazeres.

Sozinha, Nicole passou a se alternar entre os pontos de vista do imóvel: as janelas de trás emolduravam a maior mata urbana do planeta, num dos topos da qual se localizava o Corcovado; as da frente enquadravam desde construções e árvores até o Pão de Açúcar, com os azuis marinho e celeste a coroarem.

Nicole estava muito excitada para sentir efeito de fuso horário. Palpitava só de pensar que a qualquer momento poderia esbarrar em Boiô. E se ele estivesse com alguém? Experimentava a antevisão como espécie de prazer dolorido, entretanto esperava mostrar que não era mais a mala do abandono, recuperara a autoestima, estava forte por dentro, animada por fora e gostosa por todos os poros, como no tempo em que se ofereciam transcendência — que ele dificilmente teria esquecido.

Debruçou-se sobre uma das janelas da frente e ficou admirando a ladeira, que parecia passarela, com o declive a intensificar o rebolado rijo dos moradores da favela, em descida para a Almirante Alexandrino. Sentiu-se personagem remediada de romance naturalista. Sabia que ia longe o tempo em que se supunha o ser humano totalmente condicionado pelo meio, o tempo e a raça, todavia, em termos sociais, o Brasil estava atrasadíssimo.

— Chega de sociologismo — repreendeu-se de repente, ao pensar que em enredo do século XIX não seria heroína de romance bem-intencionado, e sim mulher abandonada de folhetim sentimental.

Topetudos versus groteiros

Clara apareceu com latas de cerveja. Sentaram à mesa da sala, de onde podiam apreciar o oceano. Embaladas pela brisa e medusadas pela vista, falaram longamente de calor e frio. Concordaram que o primeiro acalenta e dilui, enquanto o segundo dói e concentra.

Nicole viu na cor e nos músculos de Clara novas provas dos benefícios solares. Trabalhado entre a montanha e o mar, o corpo da síndica se movimentava livre dentro de um vestido leve e, para onde se mexia, resultava naturalmente em pose.

— Preciso de roupas de verão... — Nicole olhou acanhada para a grossa calça jeans que usava.

De repente, ouviram-se silvos e tiros. Clara apontou pontinhos vermelhos escalando do Cerro Corá até os Prazeres. Explicou que era um demorado ensaio de guerra entre traficantes de quadrilhas rivais. Disse esperar que a visitante não se amedrontasse, afinal o Equitativa não era alvo.

— O Boiô me explicou.

— Ah!... — Clara finalmente compreendeu o conhecimento de Santa Teresa que a hóspede havia demonstrado por e-mail.

— Como tá a avó dele?

— Morreu antes de ele chegar.

— E ele?

— Ganhou novamente o mundo...

— Talvez seja melhor assim... — Nicole balbuciou, como se quisesse se convencer disso.

Clara se via diante de mais uma chutada por Boiô e tentou consolá-la comentando que o percussionista só conseguia ser fiel a Camarão e Juca, com quem crescera no mesmo beco.

Os três pendiam para lados distintos, mas eram tão grudados que resolveram criar um nome para o trio. Pensaram em *Metidos*, pois não se acanhavam com nada e invadiam o asfalto com a principal característica trazida de berço: Boiô com balanço, Juca com léria e Camarão com brabeza.

Até que Juca disse que eram arrojados, mas também do topo do morro, então deviam se chamar *Topetudos*.

A apelação pegou. Na juventude, assumiram plenamente as próprias inclinações: um se tornou músico itinerante, o segundo se firmou como líder comunitário e o terceiro virou dono de boca; mas mantiveram a vontade de não vergar, além dos fortes laços que os uniam.

Ao assumir o poder, Camarão monopolizou o nome: *topetudo* seria todo aquele que fizesse parte de seu bando. Por sua vez, o chefe adversário, o ex-camponês Reimoso, batizou os comparsas de *groteiros*, sinônimo de roceiro e alusão ao aspecto de grota do Cerro Corá.

— Como os homens são bobos! — Clara se exaltava. — Se matam como se fossem crianças brincando de luta! Quanto a mim, quero que topetudos e groteiros vão pro inferno!

Discrepância escandalosa

Nicole passou a frequentar o mirante, onde não se cansava de contemplar o Corcovado, muito verde, o Pão de Açúcar, muito mar. Se fechava os olhos, curtia o efeito do sol sobre a pele, em aquecimento de alma que jamais incomodava, pois o vento reduzia continuamente o abrasamento.

Sempre preocupada em enxergar mais que turista, repetia a varredura da vastidão para incluir desde o Cerro até os Prazeres. Lastimava que desvalidos se odiassem, quando poderiam usar a raiva como impulso para invadir a riquíssima chácara avistável dali, em monte arborizado a duzentos metros do Equitativa.

Concluía que um dos grandes problemas do Brasil era não ter, em sua história, um feito como a Revolução Francesa, que servisse de alerta para os poderosos e exemplo a ser seguido pelos explorados. Assim, o país vivia uma cruenta guerra civil que, em vez de visar o alvo mais óbvio e objetivar a justiça social, penalizava ainda mais os miseráveis.

Mais que nunca, Nicole percebia o mal decorrente de uma das maiores ficções criadas pelo ser humano: a propriedade privada. Relembrava o *Discurso sobre a origem e os fundamentos da desigualdade entre os homens*, no qual Jean-Jacques Rousseau pensou quantos crimes, guerras, assassinatos, misérias e horrores decorriam do fato de, em determinado momento, um impostor qualquer haver cercado um terreno e, ao dizer: "Isto é meu", encontrou gente suficientemente simples para acreditar nele e, assim, substituiu a ideia de que os frutos são de todos e a terra não é de ninguém pelo cruel modo como vivemos.

Dessas reflexões abrangentes, Nicole refluía para a pequenez da perdição interior: viera não por solidariedade ou militância. Simpatizava com o Brasil, mas o tinha em alta conta sobretudo por lhe dever uma vitória pessoal.

— Vim pela vagina — ironizava para si, sentindo-se mais safada que as brasileiras.

A partida de Boiô era até conveniente. Vê-lo poderia ser um baque muito grande. Melhor entregar-se à intuição de que Santa Teresa lhe proporcionaria compensação ou mesmo salto.

Bairro boêmio

Nicole ouviu resmungos ladeira acima e, ao avistar uma moça com aproximadamente sua idade, imaginou que fosse Manuela, de quem Clara lhe falara.

— Odeio meu pai! — a recém-chegada anunciou, enquanto tragava como se fosse à forra.

— Eu também — Nicole respondeu, acelerando a aproximação.

— Falta alguma coisa no desgraçado... Não sei se é parafuso... Talvez humanidade...

— O meu é pedófilo e incestuoso...

Iniciada em tom confidencial, a conversa se prolongou em revelações sobre similitudes e diferenças, até se ouvirem os primeiros tiros do dia. As duas resolveram continuar o diálogo num dos bares do Largo do Guimarães. Durante a caminhada de três quilômetros, emendaram um assunto a outro, como velhas conhecidas.

Aos poucos se impôs o tema da viagem, pois ambas encaravam como uma das principais missões do ser humano circular o máximo possível Terra afora. Não para registrar nas câmeras a aparência, e sim para comparar modos de ver e viver, o que possibilita perspectivar as próprias raízes.

Instalaram-se no Bar do Mineiro, cujos garçons trataram Manuela com familiaridade e deram boas-vindas a Nicole. Alguns frequentadores também as saudaram de longe ou em visitas à mesa. A francesa adorou o clima de cidade pequena.

Um conhecido mais afoito comentou o efeito que a dupla causava, ao se dividir entre morenice e loirice, ao mesmo tempo que se harmonizava pelo bronze. Nicole recebeu o elogio como sinal de que começava a se tropicalizar.

Saborearam demoradamente algumas cervejas, então Manuela propôs que passassem a uma bebida à base de gengibre preparada no próprio botequim. Na segunda dose, parecia outra: voz enrolada, olhar de peixe morto, gargalhadas estridentes e gestos descompassados, estava totalmente tomada pelo álcool. Nicole sugeriu água, tira-gosto, voltar para casa.

— Mas nem comecei a beber!... — Manuela deu uma longa baforada no cigarro, colocou o braço sobre o ombro da amiga e a empurrou para fora. — Preciso te mostrar o Simplesmente! Aqui do lado!

No novo bar, aproximaram-se da grande mesa em que se encontravam alguns moradores do Equitativa, entre eles um homem de apelido Rodapé, sobre quem Manuela se lançou. O pretendido percebeu o estado dela a tempo de se inclinar para o lado e restringir a aproximação a selos no rosto. Os demais sabiam o que se passava entre os dois e a acomodaram na outra extremidade da mesa.

Dois gêmeos da Orquestra Sinfônica Brasileira ritmavam ao violino. Os músicos do grupo Panela di Barro os acompanhavam com pandeiro, violão e cavaquinho, enquanto pessoas batiam palmas ou batucavam nas cadeiras. Bar em festa.

Um loiro ofereceu xiboquinha a Nicole, que ficou em dúvida se gostava mais do gengibre ou da bebida a que acabava de ser apresentada. Quando deu por si, dançava colada ao rapaz, que, crente de tê-la no papo, tentou beijá-la. Foi repelido com força.

— Gringa à cata de negão — o precipitado galã desabafava pouco depois ao ouvido de Rodapé, que se limitou a sorrir, atento a Manuela.

Dor sem hora

Nicole se engajava em todos os programas, convencida da importância de conhecer gente, ocupar-se, banir Boiô do espírito: aceitou animadamente o convite de Manuela para irem a um show-festa no Catete.

Tomaram uma kombi até o Largo do Machado, caminharam até a Rua Pedro Américo e escalaram a Tavares Bastos. De repente desembocaram numa rua apertadíssima, pela qual passavam apenas pessoas e, eventualmente, motos. Nicole percebeu que estavam em plena favela, sobressaltou-se e inquiriu Manuela com os olhos. Como não despertou reação, temeu se mostrar excessivamente primeiro-mundista e permaneceu calada.

Surpreendia a absoluta normalidade do movimento dos moradores. Os microscópicos estabelecimentos comerciais estavam cheios de fregueses, de moças que se embonecavam nos salões de beleza a moços que sorviam cervas nos bares. Nicole pensou nos malefícios dos estigmas, como aquele que associava as favelas do Rio à violência: ali estava uma prova do pacifismo dos cariocas pobres.

Caminharam quinhentos metros comunidade adentro, então chegaram ao misto de ateliê e residência de um pintor inglês que dedicara quase três décadas à construção de um casarão em estilo mediterrâneo de onde se tinha uma vista magnífica da Baía de Guanabara. No primeiro andar, uma parede inteira deixara de ser levantada justamente para possibilitar usufruto pleno do panorama.

Nicole mal se continha de espanto que o estreito e tortuoso itinerário desse numa das perspectivas mais bonitas que já conhecera. Plantou-se de frente para o cenário cinematográfico e se perguntou por onde andaria Boiô, a quem gostaria de transmitir que, uma vez que não podia tê-lo, acolheria inteiramente a fascinante metrópole.

Manuela veio visitá-la, já com cerveja em punho e comentários de que abrisse os olhos, pois o lugar estava repleto de gatinhos. Nicole riu, deu uma olhada em volta e concordou. Todavia, voltou a se fixar na paisagem, para repetir o pensamento de troca do cidadão pela cidade.

Acontece que dor de cotovelo retorna nos momentos menos oportunos. Por mais beleza que houvesse à frente, a lembrança do percussionista se impôs e fez Nicole se sentir repentinamente míope, aflita, incapaz de interagir.

Manuela ainda lhe deu tapinhas nas costas, brincou, convidou para dançarem ao som de uma envolvente mistura de samba e jazz, porém nada conseguiu. Serviu outra latinha, disse que Boiô nem homem direito era, não merecia um décimo daquele sofrimento; entretanto, não despertou sequer sorriso. Chamou a atenção para os rapazes que já haviam notado a presença das duas — nem assim.

Nicole pensou na falta como doença autônoma, que a habitava e, por vezes, resolvia contrariar tudo o que a situação prometia. De que adiantava haver tantos caras disponíveis se nenhum deles tinha chance de preencher o buraco, o rombo, o precipício deixado por Boiô?

Nicole se afastou um pouco mais dos presentes e se colou ao parapeito, na esperança de se impregnar de tal maneira do espetáculo natural que vencesse o duelo interior entre esperança e pesar. Em vez disso, entendeu por que o lugar era sossegado: no alto, à direita, destacava-se um prédio novo, de alguns andares, sobre cuja fachada se lia que se tratava do Batalhão de Operações Policiais Especiais (BOPE).

A descoberta era o que faltava para instalar definitivamente a tristeza, acabar de vez com o ânimo, fazê-la pensar em se esbagaçar imensidão abaixo.

A humanidade do chefe

Nicole subiu os Prazeres em companhia de Juca, Clara e um punhado de moradores do condomínio, para um mutirão de limpeza. A ideia era fabricar fato para a mídia, cuja cobertura chamaria a atenção dos órgãos públicos para a delicada situação. As autoridades não tocariam no tráfico, mas podiam criar barreira capaz de impedir o confronto.

O evento recebeu como visita apenas um repórter e um fotógrafo do jornal *O Dia*. A síndica se fazia de forte para manter o moral dos participantes, mas estava visivelmente frustrada. Quanto ao porteiro, não se deixou abater: reiterava a importância do ato e lembrava que todo início de movimento é trabalhoso e complicado.

— Temos até uma representante internacional! — Apontou Nicole, a quem todos cumprimentaram.

No momento em que a fileira de gente passava por um ponto especialmente serpeante da descida rumo à parte do morro chamada de Escondidinho, Juca fez sinal para que Nicole desviasse para o beco à esquerda. Um adolescente sentado sobre uma pedra levantou-se e esboçou um leve gesto para que o acompanhasse.

Fizeram o caminho de volta aos Prazeres propriamente ditos, só que os cortaram até o ponto mais distante do Equitativa: uma área que alguns agrônomos do condomínio resolveram reflorestar, pela qual se podia chegar à entrada do Túnel Rebouças.

O rapazola a introduziu num barraco vazio. Nicole quis dissimular a curiosidade, porém atentou para cada detalhe. Procurara o chefe como parte do mergulho no mundo de Boiô, que tentava esquecer, mas pelo qual se sentia patologicamente magnetizada.

Continuava associando ao percussionista o máximo de intensidade e sentido. Tentava compreender como o corpo e o espírito podiam atribuir tanto poder a outro ser humano, mesmo sabendo que não adiantava racionalizar. Sentia uma carência que, nos períodos mais agudos, tirava a vontade de acordar, comer, existir. Como doía!

Buscava provas da possibilidade de curar relembrando outras duas grandes desilusões, uma ainda aos dez anos, a outra com o dobro da idade. Não sobrevivera a ambas? Então. Acontece que os compatriotas nem de longe tiveram a delicadeza e eficácia de Boiô, cuja falta às vezes crescia tanto que ocupava todo o interior e tirava completamente o ar. Como doía!

Camarão apareceu espetado em roupa domingueira, sobre a qual se derramavam cordões. Barba feita, loirice penteada e perfume forte, esforçava-se por parecer nascido para a beca. O desajeitamento despertou ternura em Nicole.

— Então você é a francesinha que andou saindo com o Boiô... — Camarão careteou, temeroso de que as palavras escapassem ao comedimento lexical planejado para a ocasião. — O pilantra se pirulitou...

— Tou sabendo.

— Mais uma abandonada pelo pelintra!... — Desatou a rir. — Me conta: o que viu no boiolinha?...

— O caminho do céu.

— É, o pilantra é pelintra!... E música é mel!...

— Como o Boiô é todo ritmo...

— Mas esquenta, não!... Aqui é que não vai faltar quem te tire do preju!...

Nicole se surpreendia com a facilidade da comunicação. Passara dias tensa, receosa de encontrar um tipo agressivo, que fizesse pesar a conversa. Em lugar disso, lá estava alguém sensibilizado pela amizade, a tratá-la como parente.

— Você gosta muito do Boiô, né? — Nicole ousou fitá-lo.

— Quem não tem futuro vive do passado... — Camarão ficou teatralmente envelhecido e lançou o olhar sobre o arvoredo, na direção do vale pelo qual se podia admirar boa parte da Zona Norte. — De todas as lembranças, a melhor é a de Brô Boiô, Jovem Juca e eu vendo o horizonte... Acontece que Boiô e Juca são safos: um curte o presente, o outro tá sempre plantando... Só eu espero a morte...

— Mas você também pode viver muito. — Nicole se achou ridícula de aventar consolo para alguém tão à margem, porém não lhe ocorria nada melhor. — É só querer a paz.

— E quem disse que não quero?... — Camarão fixou os olhos verdes sobre Nicole como a implorar que acreditasse em sua boa índole. — O cachorro do Reimoso é que resolveu invadir... Babaca do olho grande... Foi ganhar o Cerro e começou a ameaçar... Diz a todo mundo que decide tudo sozinho, mas a gente sabe que tá fazendo o jogo da facção, que é nossa inimiga e quer tomar o morro pra mandar geral... O otário não passa de bucha de canhão... Os vermes também querem que ele dance... Que o pau coma... Resultado: vamos acabar morrendo os dois... Que ele sifu, tudo bem, tá merecendo!... Mas eu, não!...

— Por que não propõe acordo?

— Porque acordo é ele lá e eu cá... Não tou no meu?... Não nasci aqui?...

— Por que não larga tudo e desaparece?

— Dos Prazeres?... — Camarão arregalou os olhos, como se ouvisse despropósito.

O papo prosseguiu, sempre em sintonia. Ao final, Camarão presenteou Nicole com um celular:

— Tem um número aí... Se precisar de alguma coisa... Use à vontade, que consigo crédito...

Intimidade é ímã

A Lapa fervilhava. No Bar Arco-Íris, os frequentadores lotavam completamente o interior e a calçada. Nicole já conhecia alguns habituês, com os quais conversara outras vezes. Gostava de constatar que seu país era bem-visto no Brasil e que, acostumados a lidar com estrangeiros, os moradores do Rio a tratavam sem subserviência. Na verdade, os cariocas pareciam admirar, acima de tudo, a si próprios. E como seduziam!

Nicole tinha dificuldade de conter o avanço dos apressados, que em pouquíssimo tempo já tentavam passar do diálogo ao agarramento. Sabia que só esqueceria Boiô com alguém que se aproximasse com calma e se mostrasse disposto a construir o que de fato importa: intimidade. Mas como, se o Rio era só superfície?

Vez por outra permitia ser acariciada e, dependendo das circunstâncias, dormia fora de casa; mas só sentia prazer se pensava no percussionista. Acordava deprimida e, na hora da troca de telefones, se negava a fornecer o número de seu celular e registrava o do parceiro por pura cortesia.

O único para quem ligava era Camarão, que nunca atendia pessoalmente, mas minutos depois retornava cheio de entusiasmo, querendo saber quando voltariam a se ver. Marcavam para o mais cedo possível.

O chefe topetudo omitia qualquer história em que protagonizasse violência. Em vez de narrar fatos corriqueiros, problematizava a existência, perguntava que diabo de missão lhe cabia. Dizia não entender alguns vizinhos em idade avançada que faziam um esforço tremendo para se manter num mundo que os reduzira a rebotalhos.

— Minha mãe é assim... Não sei por que vive... Prefiro ter o tempo contado, mas reagir... Tá ligada?...

Nicole sabia que, como forasteira, nem sempre compreendia o que se passava; entretanto, o distanciamento cultural lhe permitia enxergar nuances abafadas pela sedimentação da persona. Tinha certeza de conhecer um Camarão que talvez nem Juca enxergasse. E se surpreendia de constatar que em três meses de contatos esporádicos essa imagem começava a apagar a de Boiô.

A vida afetiva realmente não tinha regra: a francesa se pensava dependente de homens com ascendência africana e, de uma hora para outra, sentia-se atraída por alguém tão loiro que bem poderia ser europeu. Talvez a cativasse a gravidade com que a iminência da morte parecia cobrir Camarão, e que o levava ao desprendimento em relação a objetos, dinheiro, corpo. Sequer parecia vê-la como fêmea.

— Vamos ao samba? — Manuela interrompeu o devaneio.

No Clube Democráticos, encontraram Rodapé e outros moradores do Equitativa, com os quais passaram a dançar em grupo, ao som da Orquestra Republicana. Manuela já estava bêbada e, à primeira oportunidade, puxou o pretendente para si. Não conseguiu beijá-lo, mas deslizaram juntos pelo salão, em entrosamento que agora Nicole sabia não dar em caso por temerem a fúria de Gabriel, pai da amiga.

Fantasia

Nicole descia a pé a ladeira do Equitativa e caminhava até outras partes de Santa Teresa ou mesmo ao vizinho bairro de Laranjeiras. Em dias de grande disposição, seguia pela Almirante Alexandrino até o Silvestre, por entre as imensas árvores. Pouco antes dos trilhos do bonde do Corcovado, tomava a esquerda e continuava pelos velhos paralelepípedos da Ladeira do Ascurra, até o Cosme Velho.

Daquela vez, porém, parou a seu lado uma imponente réplica de Hummer, cujo vidro fumê desceu para deixar ver um sujeito com aspecto de centurião romano, que a olhou como se a desnudasse. Nicole sabia que era Gabriel e, curiosa, aceitou a carona até o Centro.

— Preciso passar no Ministério da Agricultura, bater ponto e fingir que trabalho. — Gabriel sorriu como se tivesse dito algo engraçado e balançou a mão esquerda, em tique com que arrumava a pulseira amarela do relógio e chamava atenção para o fato de se cobrir de ouro.

O interior do automóvel era refrigerado, confortável e sonorizado: mundo à parte. Nicole foi transportada em espírito à primeira infância, quando aconchego fazia par com degeneração. Sentiu uma vontade repentina de ser violentada. Tentou banir o pensamento, mas se imaginou pressionada contra os bancos macios, com as roupas rasgadas e a calcinha puxada para o lado.

— Manuela me falou de você. — Tentou fingir naturalidade.

— Era dia de paz ou guerra entre ela e eu?

— Disse que você é pai e mãe.

— Mas como brigamos!

— Os filhos chegam a ser sádicos... — Nicole tinha impressão de que o abismo a separá-los adicionava uma pitada de sordidez à convivência dentro do automóvel.

— Gostei de você. — Gabriel passeou os olhos pelo corpo da carona. — Já conhece o Recreio?

— Não, mas ouvi falar das praias.

— Que tal dar um pulo lá agora?

— Hoje não posso...

O emburramento da síndica

Atraídos pelas imagens que Clara mantinha no site do cama & café, vários turistas vinham se hospedar no apartamento. No entanto, antecipavam a partida tão logo se davam conta do conflito. Nicole era a única a ver a violência como irrelevante, em vista dos verdes vales.

O apreço despertava a simpatia dos moradores do condomínio, que a convidavam para tudo. Rodapé, em especial, levava-a no enferrujado Chevette a álcool em rolés pela night, de shows acústicos no Bar do Marcô e programas esporrentos na Fundição Progresso ao ensaio mensal do bloco carnavalesco Escravos da Mauá; de forrós e sambas no Clube Lagoinha a um drinque no Largo das Neves, preferencialmente no carcomido Bar Goiabeira, onde papeavam sobre as dores da alma.

Os vizinhos começaram a falar em ceva da francesinha. As fofocas chegaram a Manuela, que se divertia ao pensar que estimulara a camaradagem, para desviar a atenção do pai. Tivera apenas o cuidado de proibir o paquera de tocar na amiga.

Nicole encarou a boataria como prova de que começava a ter importância para a coletividade. Só não gostou de ver Clara lhe fechando a cara e, a cada encontro, mostrar-se mais arredia.

— Quer que eu vá embora? — Foi direto ao assunto.

— De forma alguma! Se você partir, minha situação piora ainda mais.

Explicou que andava carrancuda devido ao baixo faturamento e à dificuldade de ser síndica sob fogo cruzado. A PM prometia plantar policiais no condomínio, mas era a principal interessada nas hostilidades, que enfraqueciam os dois bandos. Clara batia nas portas, telefonava, adulava, e o máximo que conseguia era promessa de socorro pessoal do comandante militar da área, que se achava super-homem. A situação estava ficando insustentável.

— Acordo no meio da noite sonhando que me caçam, estupram, matam...

— Quando cheguei o problema já existia — Nicole insistiu. — E você me tratava com cordialidade.

— Tá legal, morro de ciúmes do Rodapé!

— Mas o xodó dele é Manuela!

— Ah, não! E eu pensando que o pior tinha passado!...

Contou que outrora se repartia entre Rodapé e Gabriel. O primeiro tinha seus casos, mas sempre a visitava. O segundo a amava, então aceitava dividi-la. Esdrúxulo à primeira vista, o triângulo acabou assimilado pelos vizinhos, entre os quais os liberais chegaram a alardeá-lo como prova de equilíbrio entre os gêneros.

Com o tempo, Clara sentiu vontade de ter filho e, sempre em nome da simetria, falou do plano a Rodapé, que ainda não era pai. O convidado simplesmente sumiu. Manuela, a essa altura já moça, resolveu dar uma lição no desertor.

— Pelo jeito, rendeu-se à lábia... — Clara concluiu, abatida.

Nicole finalmente entendeu o empenho de Gabriel em impedir que a filha saísse com Rodapé. Pensou em perguntar por que a síndica não ficava com o porteiro, afinal não se largavam; mas temeu dizer besteira e se limitou a propor uma taça de vinho.

Aparição inesperada

O barulho do Chevette incomodava mesmo ladeira abaixo. Um furo no escapamento parecia marcar a cadência com estouros. A lataria chacoalhava como se faltasse pouco para se desmanchar. Sobre o conjunto de ruídos, ressoava a voz de Rodapé:

— Além de Gabriel, os moralistas! Não têm nada a ver com o caso, mas é só do que falam! Enchem o peito pra dizer que a diferença de idade reduz tudo a tesão passageiro... Talvez... Mas quem disse que isso faz de mim um aproveitador? Os malcomidos não compreendem que a atração e a repulsa não obedecem a qualquer lógica!...

Nicole que o dissesse, com seu desejo de acalentar Camarão e ser possuída por Gabriel. Como explicar que as demais cantadas não a tocassem? Era como se a libido só se acendesse diante de experiências passíveis de reparar ou negar o passado anterior a Boiô.

O pior era não poder se abrir com Manuela e Rodapé, que certamente tentariam dissuadi-la de ambos os intentos. Sobre a vontade de passear com Gabriel, ninguém sabia. Dos encontros com Camarão apenas Juca tinha conhecimento e, quem sabe, Clara. Contudo, sequer tocavam no assunto, delicado em qualquer momento e virtualmente explosivo naquelas circunstâncias.

Nicole e Rodapé desceram a Rua Júlio Otoni, tomaram a Alice e, no encontro da Mário Portela com a das Laranjeiras, apanharam Manuela. Pouco depois escalavam novamente, mas para o outro lado, no sentido do Bar Cardosão. A ladeira apertada e cheia de casas antigas fez a francesa pensar que precisaria de anos até conhecer todos os lugares pitorescos do Rio.

Dessa vez o samba rolava numa verdadeira quebrada: esquina estreita que acabava se abrindo para uma arborizada praça suspensa. Acomodados em mesas espalhadas pela ruela, os presentes faziam coro para alguns músicos e cantores do bloco carnavalesco Cordão do Boitatá. O trio de recém-chegados pegou uma garrafa de cerveja no bar, distribuiu o líquido entre copos plásticos e se misturou à pequena multidão que dançava no meio da rua.

Em fase avançada do pequeno evento, Nicole se percebeu observada por um homem com dreadlock sarará, bigode e boné. Não o reconheceu de imediato, mas se sabia íntima daquele olhar musgoso. Ao descobrir que se tratava de Camarão, levou um susto.

— Vou pegar outra cerveja — avisou a Manuela e Rodapé.

Logo teve ao lado o chefe, com quem seguiu em silêncio até o meio das pessoas e começou a dançar. Ao passar por Manuela e Rodapé, estendeu a cerveja, enquanto o parceiro olhava para o outro lado.

— Pela primeira vez usei meus contatos pra saber onde você andava... — Camarão se explicou. — É que bateu uma saudade!...

— E se Reimoso aproveitar sua ausência?

— Fico sabendo por celula e chego lá em dois pinotes... Só não dá mais pra esperar a morte sem te curtir... Um tantinho que seja...

Gostaram de descobrir que se encaixavam. Camarão se segurou para não beijá-la, mas nem precisou: embalada pelas cervejas, ela própria tomou a iniciativa. Grudaram-se e assim ficaram até o final da festa, quando ele se evaporou.

Fugacidade valoriza

Ao cair da tarde Nicole ia para o mirante e permanecia em pé, com os braços abertos, a saborear o vento. A visão do oceano levava-a a pensar no outro lado, onde se encontrava sua França querida, porém antiga e arrumada a ponto de relegar as novas gerações ao tédio. Enquanto isso, o Brasil ainda estava por ser feito, pois lhe faltavam desde escolas até moradias, sem falar na partilha urgente do patrimônio nacional, que não podia ficar nas mãos de umas poucas famílias.

Nicole não se arriscava a falar sobre essa possibilidade com amigos e conhecidos, pois receava parecer deliroide ou abelhuda. Tolhia-a também o pensamento de que, até ali, pautara as próprias ações pelas necessidades íntimas. Entretanto, contribuía de bom grado para a coleta de dinheiro e víveres que Juca fazia periodicamente para manter a creche dos Prazeres. Não fosse o ciúme de Clara, dedicaria algum tempo ao cuidado com as crianças. Afinal, dispunha das vinte e quatro horas do dia.

Se bem que o envolvimento com Camarão já a expunha em demasia. A área estava muito vigiada, tanto por binóculos posicionados na distância como por espiões infiltrados entre os habitantes da faixa entre o Equitativa e os Prazeres.

Com a partida do sol, o reinício do tiroteio confirmava que o choque estava cada vez mais próximo. Nicole também passara a ter pesadelos. Sonhava que descobriam seu relacionamento e a sequestravam para amolecer o chefe topetudo, que era assassinado barbaramente.

— E se fugíssemos pra Europa? — chegou a sugerir.

— Nunca pensei que um dia encontraria mulher assim... — Camarão se embevecia. — Mas mundo-mundo é pro Brô Boiô; o meu é morro...

Explicou que o conflito só terminaria quando ele ou Reimoso caísse, pois em briga de facção não se podia recuar. O embate ainda não eclodira porque havia menos de dois anos que ambos tinham conquistado o mando em seus respectivos rincões: um dos maiores erros de quem lograva poder era deixá-lo subir à cabeça e apressar-se em avançar.

Às vezes Camarão se impacientava e pensava em invadir o Cerro, mas logo lembrava que o pedaço de chão onde realmente tinha força era o natal. Além do mais, a iniciativa caberia a Reimoso, que começara a troca de tiros diária para que todos soubessem que não temia quem o expulsara dos Prazeres e, em sua megalomania, acreditava ter força para dominar toda a área.

— Por mim, nada disso tava acontecendo... — Camarão repetia a Nicole. — Mas, se eu der mole, nem meu pessoal me poupa...

— Então embarca comigo...

— Fugir é perder... Sem violência, não sou... Europa, França, aquela comida toda, olha eu gordo... Você de saco cheio de mim...

Nicole se convenceu da inviabilidade da proposta, mas não reduziu o interesse por Camarão. Ao contrário: mais se dava conta da efemeridade, mais se enredava. O fato de cada encontro ser uma possível despedida apenas o valorizava.

Familiaridade não é segurança

Nicole comentou com Camarão a vontade de comprar uma bicicleta e, dois dias depois, ouviu o porteiro anunciar pelo interfone a entrega de um "camelo de alumínio novinho em folha". Ligou para o presenteador e ameaçou nunca mais abrir a boca sobre vontades. Ouviu que deixasse de besteira, pois mulher de bandido tinha como uma das poucas compensações o consumo fácil.

— Vá passear e aproveite também por mim!...

Nicole aceitou a sugestão e passou a acompanhar Manuela em idas variadas. Circulavam pelo bairro para visitar amigos, beber algo ou fazer compras no supermercado. Usavam o transporte sobretudo para subir o restante da Almirante Alexandrino, floresta adentro.

Nicole pedalava fundo e abria os pulmões ao cheiro de mato e terra, exclamando a cada macaco-prego ou tucano que avistava. Lançava o olhar para a esquerda e era tomada por uma fantasia recorrente: de a depressão do terreno se encher repentinamente de água cristalina, convidativa a mergulhos.

Na borda do Cerro, tinha vontade de ir até a boca e negociar a paz. Porém, resignava-se a ficar sentada no murinho do deserto terminal do ônibus 206, enquanto Manuela descia sozinha e, pouco depois, voltava com mutuca.

Subiam um pouco mais e chegavam à fonte natural, onde bebiam água. Se não havia ninguém, apertavam um e baforavam, enquanto retomavam o papo, que parecia fadado à perenidade. Ao ver o bonde do Corcovado passar, Nicole comentava a alegria de se sentir infinitamente mais integrada do que turista:

— Quanto mais me familiarizo, mais segura me sinto!

— Pois Reimoso mandou dizer que sabe de você e Camarão.

Nicole se sentiu flagrada. Até aquele momento escondera da amiga a história, certa de que o silêncio era a regra mais valiosa. Pensou em pedir desculpas, mas o pavor de se descobrir espionada a deixou sem fala. Limitou-se a lançar uma expressão de súplica.

— Não tou ofendida — Manuela assegurou. — Mas, se fosse você, pegaria o primeiro avião. Por mais esperta que pareça, não faz ideia de onde se meteu. Até compreendo: deve ser difícil pruma francesa ver a gente dando risada e acreditar que vai haver banho de sangue. Só que as gargalhadas são muito mais de nervosismo. Não percebe que as pessoas tão explodindo por qualquer motivo? A única certeza que todo mundo tem é de que o vermelho cobrirá o verde. E, quando isso acontecer, você será um dos principais alvos.

— O Reimoso disse isso?

— Nem precisa: mulher de inimigo é refém especial. Imagine o prazer que terá de te pegar.

— E por que não aproveita pra fazer isso logo?

— Porque a guerra ainda não começou. Trate de se escafeder. Mesmo que Camarão vença, nunca terá tranquilidade. Mais cedo ou mais tarde, vão acertá-lo e levar junto quem estiver do lado.

— Pois prefiro o terror tropical ao enfado francês.

A frase ecoou feito fórmula ao ouvido de Manuela, que resolveu trocar as advertências por medidas concretas de salvação.

— Também corro perigo... — admitiu. — Tenho vindo aqui pra fazer média com Reimoso, que odeia meu pai. Mas vejo que é melhor me afastar. A gente tá procurando casa em Niterói ou no Recreio. Você bem que podia vir junto.

— Não sei se é uma boa ideia...

Rompante

— O dia tá perfeito pra praia! — Gabriel lançou de dentro do carro, entre o convite e a convocação.

Pela janela aberta, Nicole viu o rostão centralizando um sorriso que tentava, sem sucesso, transmitir coisa boa. A positividade parecia neutralizada por algo impreciso: talvez a tal falta de que Manuela falava. De toda forma, a inabilidade para fingir parecia torná-lo atraente.

— Preciso ir ao consulado... — Nicole ainda quis desconversar.

— Eu também deveria passar no ministério... Mas foi te ver e pensei em mar!

— Tou sem biquíni...

— E eu, sem short... Compramos roupa de banho em algum shopping da Barra.

Nicole olhou dissimuladamente em volta, tentando descobrir se era vista a partir do Cerro ou dos Prazeres. Por sorte, o muro do Corpo de Bombeiros servia de anteparo à direita e a Escola Municipal Júlia Lopes de Almeida bloqueava o lado esquerdo.

— Não se preocupe com os bandidos... — Gabriel a tranquilizou. — Vão pensar que lhe dei carona...

Logo o insulfilm voltava a vedar por inteiro o interior do automóvel. Gabriel não conteve o sorriso lobal, tampouco conseguiu dissimular o desejo pela loirinha queimada a seu lado, em ambiente extremamente íntimo e todo seu.

— Desculpe... — Deslocou o olhar até a braguilha, que parecia tenda.

Nicole teve certeza de que a ereção era como tudo o mais naquele homem: artificial. Imaginou-o usuário regular de vasodilatador, com o qual se apresentava em riste sempre que preciso. Só não compreendeu a umidade que sentia entre as pernas.

— O melhor caminho até a Barra é por dentro da floresta — Gabriel explicou, ao virar à direita.

Nicole viu a portaria do Equitativa, o Centro Educacional Anísio Teixeira (CEAT) e, na distância, o Cerro, tendo ao fundo, no alto, o Corcovado. A essa altura, as árvores faziam arco sobre a pista e reduziam bastante a luminosidade.

Sentindo-se no fim do mundo, livre de qualquer controle, a francesa se permitiu entregar-se a um impulso cujo sentido continuava lhe escapando: inclinou-se gulosamente sobre Gabriel.

Sequestrada

Com a proximidade do carnaval, o ensaio do Escravos da Mauá atraiu multidão, e o antigo Largo de São Francisco da Prainha lotou. Logo a gente se entregava a álcool, meneio e vontade de sublimar pela sacanagem.

Os moradores do Equitativa fizeram roda, embalados pelas cervejas que haviam começado a beber ainda no condomínio. Faltava apenas Rodapé, que se isolara do mundo. Manuela soltava exclamações pastosas, alternando-se entre tragos, queixas pela falta da companhia e ameaças de se entregar ao primeiro que a abordasse.

De repente, o mormaço deu lugar a chuva forte. Muitos foliões desertaram, mas alguns se agitaram ainda mais. Nicole sentiu a camiseta colada ao corpo e empinou o busto. Subitamente, teve impressão de que era admirada a distância. Levantou os olhos e avistou um malandro carioca típico, com panamá, linho branco e verniz. Dançando e sorrindo, o homem fez um trejeito com o qual revelou a identidade.

Nicole se afastou do grupo a pretexto de dar um telefonema e não retornou.

Decisão radical

Manuela ouviu um fragmento de conversa em que Gabriel exigia que Nicole o encontrasse novamente. Não perdeu tempo com o pai, porém correu ao apartamento da amiga e se mostrou arara:

— Porra-louca! Você já chegou assim ou foi o sol que derreteu seu juízo?

— Mas foi só uma vez...

— Tanto faz uma como mil! Se Camarão souber, mata os dois!

— Seu pai é que insiste em continuar...

— Claro! Quem mandou dar mole a maluco?

— Me perdoa...

— Não, chega! Você é suicida e vai levar pro túmulo quem estiver por perto! Não me procure mais!

As semanas seguintes foram de crescente solidão para Nicole, que, depois do fechamento repentino de Rodapé, tinha apenas a Manuela como esteio. Encontrava regularmente Camarão, porém por pouco tempo e em espaço apartado da vida normal.

Continuou a frequentar o mirante, mas não para se regalar com o vento e o visual, e sim na expectativa de o panorama lhe inspirar maneira de dar marcha a ré, começar do zero, refazer as relações. Entretanto, a floresta e o mar foram se embaçando, até serem ofuscados pelos pontos próximos, que formavam campo minado.

Nos Prazeres Camarão se dizia gamado, cobria-a de presentes e a queria cada vez mais; o Cerro era reino de Reimoso, que seguia seus passos; no meio morava Gabriel, a surgir nos lugares mais inesperados, para praticamente raptá-la e devorá-la com a potência de sempre, aos brados de que não temia os traficantes e, se ela o abandonasse, espalharia fotos tiradas sigilosamente nos motéis que haviam frequentado.

Nicole se autocensurava pela parvoíce de ter caído de cabeça, em busca de luz para o desvario, remédio para a dor e antídoto para o niilismo. Ansiosa por recuperar o gosto pela vida, ligara-se ao que havia de mais desesperado e perigoso. Entre os dois, Gabriel era o que mais amedrontava. Mesmo se descobrisse o chifre, Camarão sentia verdadeiro amor e talvez hesitasse em matá-la; já o pai de Manuela a assassinaria sem pestanejar, como punição, experimento ou loucura.

Nicole poderia partir e deixar tudo para trás, feito mau sonho de que se acorda em segurança. Mas de que adiantaria despertar a salvo se Paris se associava a frio e frustração? Sem falar que, caso embarcasse, levaria a certeza de que o problema não era de latitude: em qualquer parte do mundo, seria sempre um desastre na relação com os semelhantes.

O que um dia havia sido desacordo limitado ao espaço vital ampliava-se desmesuradamente devido ao cruzamento do oceano, com a consequente dilatação geográfica. Nicole tampouco suportava mais vaivém entre plenitude e perda. Viu-se no auge da crise que a ulcerava desde a infância, decorrente do desacordo consigo mesma e com o mundo.

Passou dias empacada, alquebrada, sem forças para tomar atitude. Às vezes reclamava interiormente contra Manuela, cujo comportamento comprovava a facilidade dos brasileiros de saírem da vida das pessoas: envolviam-se com desenvoltura e, com igual rapidez, partiam como se não sentissem nada.

O abandono a que se viu submetida levou a francesa a relembrar uma citação do livro *Raízes do Brasil* atribuída a um compatriota que havia aportado aqui no século XVI, para a qual dera, a pedido de Manuela, a seguinte tradução: "A alta temperatura ambiente puxa para o exterior o calor natural e o dissipa; assim, [os habitantes dos trópicos] são quentes apenas por fora e, por dentro, são frios." Ciente de que o cronista se referia à falta de disposição para o trabalho, Nicole entortou o sentido, para associá-lo à carência de afetos profundos.

Até a manhã em que parou de conjeturar e resolveu acatar o pedido de Camarão para se mudar para os Prazeres. Não quis saber se havia racionalidade na decisão, pois a intuía genuína e a tomava impulsionada por três motivos de suma importância: provar-se ser humano viável, proteger-se do vizinho de condomínio e viver a guerra ao lado do homem por quem nutria um sentimento que a desagradável experiência com Gabriel ajudara a demonstrar que se tratava de paixão.

De quebra, vislumbrava a possibilidade de ganhar ascendência suficiente sobre o namorado para fazer do enfrentamento do Cerro ensaio de assalto à propriedade cuja simples visão a incomodava. Com sua extensão e suntuosidade, o patrimônio configuraria acinte em qualquer parte do país e, situado a grande proximidade de uma favela, fazia-se ainda mais escandaloso.

Se o plano parecia absurdo, que dizer da luta encarniçada a que a área estava entregue? A invasão da residência dos magnatas seria de uma ousadia tal que talvez suscitasse iniciativas semelhantes pela América Latina — afinal, a história é repleta de provas de que as revoluções nascem de atos resultantes de um arrojo que confina com a insensatez e mesmo a insanidade.

Capítulo 2

Rodapé: a vida envelopada

Rodapé se acha na rede, a pensar em sua condição de morador de balneário, cujos habitantes vão quase despidos à rua, onde expõem bronze e, moléculas agitadas, atentam: desejam-se na praia, abordam-se em fila de banco e roçam-se em ônibus — em galinhagem equilibrada, já que na costa as mulheres assumem o próprio desejo.

Marta terá vindo antes de Carla? Então a espanhola Violeta desbancou a inglesa Victoria... A parruda se chamará Roberta ou Romã? Rodapé tenta contabilizar as aventuras. Resolve organizar alfabeticamente o rol, encabeçado por Ana, encontrada em cozinha de amigo, durante big party.

A ruiva abria a geladeira, ele aproveitou para apanhar cerveja, o reduzido espaço já bastou para aproximá-los. O som lhes impôs dança: passaram a noite afinados, como se tantas músicas fizessem uma; a certa altura, partiram sem sequer verbo.

Ana se desnudou na paz, para mostrar peito empinado e rabo balancê. Pediu que ele se assenhoreasse, exercesse, fosse! Viveram programas de xumbrego chocante. Até se cansarem de se fazer fáceis, começarem a se achar rasos e repetitivos. Ofereceram-se desculpas variadas para dizerem não às propostas, cada vez mais esparsas, que se faziam.

Na verdade, Rodapé já se fixava nos olhos de Luiza, a mirá-lo como se vissem além. Os dois ascenderam com consciência, falaram das alturas, o chão nem existia. Certa tarde relembraram filmes, percorreram mentalmente exposições, mencionaram personagens marcantes e poemas inesquecíveis — e esse percurso aguçou os sentidos, ampliou a proximidade. Ela ainda negaceou, porcelana, voo e devaneio; mas acabou caindo. Ele acolheu como dádiva aquele corpo esguio, a serpentear, pura rosca. Penetrou-o com brandura, espaceando, giros e ritmos, para descobrir que ela tomava como se aplaudisse.

O problema é que Luiza começou a demorar-se manhã afora e acabou despertando falta de ar, pois Rodapé precisa de solidão para tocar o trabalho de preparador de originais. Ao ouvir que partisse mais cedo, a moça chorou — e assim fez a cada vislumbre de limite.

Em busca do diferente, Rodapé logo se atracou a Jacqueline, que pesava acima da média; mas apenas a olhos cegos ao frescor forçando, à energia a romper. Fanqueiríssima, ela anunciou que confiava no próprio taco e fez por onde. Sólida, pegava-o de jeito, lançava-o e o apanhava de volta como se engolisse. Ele se deixava levar, ora por baixo, frequentemente escanchado. Porém a repetição mostrou que, com suas medidas, a jovem era muita massa e pouca maleabilidade.

Nada a ver com Fabiana, que chegou leve e permaneceu pluma; não pesava nem mesmo ao sentar, quando se fazia ascensorial e espiralava doce. Só que mascava chiclete como se prolongasse adolescência, por lhe faltar assunto. Rodapé deprimia tão logo ejaculava, até que se sentiu completamente barata e ganhou coragem de sumir.

Mas não recuperou a alegria, pois a futilidade do caso levou-o, por associação, a enfrentar seu próprio oco, agravado pela incapacidade de ficar sozinho. Tivesse a dignidade constatada em muitas mulheres, refrearia o impulso de procurar companhia mesmo de quem pouco admira, e que cobre de elogio com o fito de faturar. Dominado pela necessidade de esvaziar os colhões, engata um caso a outro e faz de conta que isso é vida — até retomar consciência de que só sabe repetir, jamais avançar, então enfrenta deprê.

Drama de devasso

Nas fases difíceis, Rodapé se mostra desmamado mesmo a uma ex-professora de nome Esther, editora para quem presta serviço e, elogiado, permite-se dizer que pensa em largar a ingrata labuta de lamber o alheio. De fato, a tarefa requer que o corpo passe horas ao dia inclinado, o que causa dores em diferentes pontos das costas. O pior é que, se durante a vida a pessoa encontra dois ou três livros realmente merecedores de leitura, monstruosa é a quantidade de escritos desagradáveis que um preparador tem de encarar.

Às vezes Rodapé excede a mera correção gramatical e, mobilizado pela forma subjacente às palavras apenas encarrilhadas, acaba gastando cinco ou seis vezes mais tempo para reescrever o todo. Ao final, o autor ainda reclama de alguma mudança que lhe tenha desagradado e, para evitar cogitações de seu nome aparecer em companhia de outro na capa, sequer comenta o esforço empreendido de modo a tornar legível o texto.

Rodapé já lista centenas de livros em cujos créditos se associa à atividade de preparo de original, que pouca gente conhece. Mantém um exemplar de cada título em estante à parte, diante da qual se acha irmanado aos trabalhadores braçais; vez por outra, imagina-se servente de obra a lançar olhares de carinho e ressentimento para o edifício que ajudou a construir.

A experiência acumulada ajuda a enfrentar os desafios apresentados pelos manuscritos, mas não possibilita relaxamento, pois basta um pequeno cochilo para deixar passar erro. A tarimba tampouco garante estabilidade ou resulta em melhoria nos rendimentos: a cada trabalho corresponde um contrato, firmado verbalmente, segundo uma tabela que não leva em conta férias, fundo de garantia ou décimo terceiro.

Rodapé continua ralando feito animal para receber o que só dá para as contas; não fosse o teto herdado, passaria necessidade. Toda vez que pensa em mudar de metiê, entretanto, acaba concluindo que, como estudou apenas até o início do curso superior, certamente ocuparia postos baixos, para ganhar ainda menos, respeitar horário e aturar patrão. Sem falar que não consegue recusar propostas de Esther, que descobriu seu talento para a escrita ainda na escola e, ao trocar o magistério pelo trabalho editorial, ofereceu-lhe meios de transformar a falta de interesse pela atualidade em especialização no ofício pedreira de fechar texto de livro.

Com o tempo os dois se aproximaram bastante e, a partir de certo momento, passaram a falar também da solidão de solteirões — tema privilegiado por Rodapé em visita à editora poucos dias depois do perdido em Fabiana:

— Não paro de pensar em mulher. Ao acordar, logo me vem à cabeça um nome, um sorriso, um cheiro. Só faço a barba pra mostrar que me cuido. Não ligo muito pra roupa, mas me visto pra elas. Muitas vezes quero ficar em casa e acabo saindo pra ver bocas, braços, bundas... É ou não é obsessão? Agora me diga: por que não me concentro em nenhuma?

— Porque o Rio não deixa. Sabe como um importante guia turístico mundial chama nossa cidade? Capital planetária do sexo.

— Mas conheço vários casais que tão dando certo. Gente que vivia na gandaia, até que encontrou alguém e se acasalou. Por que isso não acontece comigo? Dispo mentalmente cada mulher que vejo e basta enxergar uma gostosa pra querer possuí-la! Juro que não se trata de machismo ou necessidade de afirmação; é desejo mesmo. Lembro daquela com quem tou saindo, penso que ela merece respeito, mas a chifro como se obedecesse a determinação genética. Às vezes dói, só que a novidade é mais forte, me cega, me arrasta. Resultado: me sinto cada dia mais sozinho, frágil e estéril. Me falta coragem pra participar de luta coletiva, escrever livro, ter filho... Minha energia é totalmente consumida pela caça.

— Vai acabar encontrando uma que te prenda.

— Duvido! Sou um travado, um caso perdido, um doente! Um burro velho que nunca amou! Um aleijão emocional! No momento, até tou me aproximando de uma menina maneira. Só que ela tem duas décadas a menos do que eu e um pai doido pra me mandar pro cemitério. Ou seja: talvez meu interesse se alimente da impossibilidade. O que me devolve à estaca zero.

Quem o ouvisse tenderia a considerá-lo mimado, afinal se lamentava na fartura. As maiores vítimas de sua volubilidade, então, não hesitariam em trucidá-lo. Mas Esther só enxergava sinceridade no ex-aluno.

Descentrado, Rodapé vive à mercê do que lhe é exterior. Dentro de si há apenas o rombo resultante do ceticismo quanto à valia de viver. Descrente da política, do céu e das boas intenções, recorre a mulher como se agarrasse tábua de salvação, para logo se descobrir entregue a paliativo.

— Temo morrer sem experiência que eleve...

A tentativa de espiritualizar a conversa sensibilizou ainda mais a editora, que se levantou e o abraçou. Mas então sua própria carência se manifestou na forma de aperto que, compreendido imediatamente, deixou Rodapé vexado. O preparador se afastou bruscamente, rodopiou e partiu: nem esperou o elevador para descer.

Infectado pelo vazio

Rodapé seguiu abatido e ensimesmado pela Avenida Rio Branco. Reviu-se desde a infância e, além de concluir mais uma vez que nada fizera desse órgão exigente chamado coração, sabia-se mais perto do que nunca do que poderia chamar de fundo.

Sua inabilidade para se apaixonar e sua inconstância não sumiram nem mesmo com a entrada nos quarenta. Ao contrário: o sentimento de urgência da idade despertou verdadeira sofreguidão no trato com o universo feminino.

Seu estilo de vida tem como única vantagem a liberdade, pois se faz principalmente de períodos cavos, noites brancas, enfados mortais. O preparador é visto com inveja por muitos casados, contudo arrasta o complexo de não conhecer entrega verdadeira — o que o iguala a Esther, a dada, em cujo presente vê seu próprio futuro.

Talvez desfizesse o nó de celibatário caso se contentasse com o automatismo daqueles contingentes humanos crentes na luz e desejosos de chegar logo ao abrigo familiar. Desgraçadamente, porém, suspeita de lhe terem inoculado um vírus que restringe sua percepção ao nada.

Constata a fatídica limitação em Manuela, que só parece esquecê-la alcoolizada. Agora, não há dúvida de que ninguém conhece mais o precipício interior do que Nicole. De tal modo que, no início, o preparador a sentiu próxima a ponto de achá-la capaz de lhe dar eixo.

Aos poucos, todavia, começou a pensar que a francesa desanda. Luta para agir com normalidade, entretanto, talvez por força do contato com a barra-pesada, comporta-se de maneira cada vez mais incompreensível. Como explicar, por exemplo, seu comentado caso com Camarão?

Do nada vem a vida

Mesmo refratário ao anacronismo de se julgar diferente, Rodapé baixou a vista para evitar conhecidos e saiu rompendo multidão e mormaço, até o ponto de ônibus da Rua da Carioca. No Largo do Guimarães, percebeu-se sem coragem de ir direto para casa e assumir solidão. Desceu do coletivo e se posicionou na mesa mais rua do Simplesmente.

Enquanto aguardava caipirinha, abriu bolsa, retirou caneta e se danou a desenhar desengano. Debalde tentava entender por que a imagem de qualquer mulher bonita conseguia abafar uma outra que, pouco antes, proporcionara prazer e tivera importância. Odiava o fosso aterrador que se instalava entre fulana e sicrana, mas não resistia à pororoca sexual, que se sobrepunha ao fluxo afetivo.

— Como pode a vida ser tão curta e, ao mesmo tempo, tão infecunda? — perguntara certa vez a Esther.

A editora aventou que ele impedia de os casos se adensarem devido ao grande potencial amoroso, que o tornaria dependente de quem finalmente monopolizasse seus sentimentos. Só que Rodapé olhava para dentro de si e quase não via ternura ou generosidade em relação ao sexo oposto. Desconfiava, isso sim, que fugia por medo de se tornar previsível, por temor de que o descobrissem clichê. Partia antes de qualquer aprofundamento para preservar o máximo possível a própria imagem e poder se reinaugurar com facilidade junto a outra desconhecida.

Mesmo Manuela, tão atirada, dificilmente o suportaria vidrado. Basta pensar que no início espalhara que queria *apenas dar uns pegas punitivos no coroa* que havia humilhado Clara. Sem falar que tinha um animal por pai: Rodapé vivia repetindo baixinho, para não esquecer, que tocá-la seria o fim.

O preparador emborcou e ficou acompanhando o movimento interno: amolecedor e refrescante. Pediu outra e, após novos goles, finalmente sentiu a força que não brotava sozinha. Reduziu a veemência das garatujas, até colocar a caneta de volta ao bolso e levantar a cabeça.

Àquela hora apenas uma mesa estava ocupada: duas garotas e um cinquentão magricela que mais parecia tio patrocinador pareciam se divertir bastante. Uma delas fazia anos, e os três partilhavam a grande taça facultada aos fregueses em tais ocasiões.

Rodapé ergueu sua própria bebida para acompanhá-los no brinde e se surpreendeu ao ver o sujeito convidá-lo, com gestos cavalheirescos, a aproximar-se. Foi ao encontro deles e se instalou na quarta cadeira.

A aniversariante era uma tropicana de boca carnuda, seios em desafio e postura imponente, a falar com calor e entusiasmo, enquanto se oferecia, à própria revelia, em espetáculo.

— Sô, você é muito desenvolvida pra dezesseis. — A amiga fingia enaltecer maturidade, quando tentava nocaute.

A adolescente franziu o cenho, embaraçada. O mesmo aconteceu a Rodapé, que olhou para o próprio copo como se a diferença etária entre os gêneros tornasse indecente o conclave. Para reduzir o desconforto, buscou beleza na outra, Una, anunciada como oito anos mais velha; porém, Sô depreciava a amiga por contraste.

O delgado, de nome Raul, não se interessou pelo embate, sobre o qual pôs pedra convidando para esticarem até seu domicílio, ali perto, na Rua Aprazível. Una sorriu largo, imaginando uso otimizado de espaço privado; Sô se sentiu agraciada com festa particular.

Fogo adolescente

O casarão era antecedido de um jardim com jeito de bosque: vegetais de vulto, veredas, lago. Ao passar a chave no portão de ferro, Raul inflou o peito, mas sem empáfia, pois o orgulho que um dia sentira pelo próprio espaço tinha virado fonte de fortalecimento — e isso lhe bastava.

Os cômodos eram vários e vastos. Altíssimo, o pé-direito ajudava a ampliar. Una e Sô atravessaram o salão com familiaridade e entraram na cozinha. Rodapé as seguiu, acreditando avistar na mansão o motivo do interesse das duas por Raul.

Começaram a preparar drinques, enquanto o anfitrião colocava CD. Ao reaparecer, estimulou os quatro a dançar. Logo piruetava com Una, Sô e até Rodapé. As moças se fixaram no fuinha como coadjuvantes, admiradoras de sua metamorfose sob som.

À primeira lenta, Una colou rosto no bailarino, que agiu feito querido: certo de poder escolher, deixava-se levar por quem primeiro acostasse. Rodapé se acanhou por ter atribuído à casa um atrativo que era de seu dono; mas sobretudo por perceber que ocupava segundo plano. Conteve o próprio corpo como se não fosse mais autorizado a dançar, agarrou o copo, deu gole demorado, então olhou para o fundo da casa, em demonstração de interesse incapaz de dissimular a vontade de escapar ao constrangimento.

Sô o tocou no braço, empurrando-o levemente para mostrar o resto da vivenda. Movido por súbita esperança, o preparador levantou o líquido e o deixou cair fácil, boca abaixo.

O corredor possibilitou a ambos decolarem: sentiram-se feitos pelo cenário. Sô colocou o braço esquerdo sob o direito de Rodapé, qual donzela do século XIX, origem da construção. O vestido lhe agregava passado.

Desde o início da cervejada, Sô vinha segurando a vontade de fazer xixi, que agora a levava a puxar a companhia até um banheiro condizente com o resto da residência: maior do que muito conjugado.

Rodapé levou algum tempo para perceber onde se encontravam e notar o que realmente acontecia. Ao compreender, buscou dentro de si expressões distintas, tentou mirar o teto, pensou em tecer comentário — mas seus olhos estavam presos.

Sô sentou no vaso sem pejo, sobranceando com o olhar; levantou o longo, instaurando novo nível de intimidade; desceu a calcinha lentamente; soltou o mijo em cascata; usou o papel higiênico como se insinuasse.

O preparador foi tomado por um dos temas que o obcecavam nos últimos tempos: a diferença entre homens e mulheres quanto ao aprendizado amoroso. Sô parecia trazer de berço aqueles movimentos. Longe de lembrar a guria que ainda era, mostrava-se ninfeta consumada, afeita à transformação de gesto em convite: tornou a enxugar, agora quase fincando.

Rodapé permaneceu parado, mas sentiu que a palermice poderia ser desastrosa: separou os pés, ganhando mais firmeza e se mostrando obstáculo. Esboçou um pequeno sorriso ao ver a calcinha sendo chutada para o alto. Logo recebeu sobre si um corpo arrebatado, que se abriu, envolveu, atritou.

Apalparam-se com aferro e se ajudaram a desfazer-se do resto da roupa. O preparador foi mordiscando a esmo, em descida ao quadril, puxando Sô a partir de trás. Pensou em lamber, mas se limitou a roçar beiras com os pelos da barba, crescidos desde a manhã. Deliciou-se com a combinação entre tenro e teso.

Sô manteve o olhar mandão, agora em reconhecimento. Viu uma cabeça grisalha, com bem menos cabelo do que já tivera, sustentada por um corpo malhado. Puxou-a como se quisesse metê-la inteiramente dentro de si.

Mas Rodapé jamais chupava na primeira e considerava o cuspe um recurso rasteiro; resistiu levemente com a cabeça e foi levantando o corpo. Deixou para trás apenas a mão direita, que subiu tateante, até tocar umidade.

O preparador lançou a presa contra o azulejo português e chegou a pensar em camisinha. Mas poderia perder o broto, caso burocratizasse. A situação justificava o risco, que, sob efeito da cachaça, parecia nenhum.

Contrariamente às demais primeiras vezes, o pau logo se afoitou. Rodapé empurrou qual estuprador bem-intencionado e descobriu que cachoeira pode apertar: era do que precisava para se convencer de que, com preservativo, seria impossível.

Foi e veio, despertando pedidos de delicadeza diluídos na ambiguidade de quem quer mais. Ao ouvi-la gata miando, deslocou o pensamento para a ideia de que talvez pudesse compensar a falta de amor verdadeiro com seu gosto pelo gozo; adiou o máximo que pôde, até que veio o jato arrebatador.

Ao retornar, beijou boca, ombros, tetas e o que mais encontrou, sinceramente embevecido. Pensou na irregularidade da vida de solteiro, que impõe oscilações bruscas entre vazio e alta voltagem. Por pouco não disse que não a merecia.

O mesmo álcool que o levava a ruminar frases suicidas naturalizava, aparava arestas, harmonizava. Rodapé convidou a aniversariante a dedicar a data a proveito pleno, em seu apartamento.

Sô ainda relutou, mas, depois de voltar ao corredor e constatar que Una e Raul tinham se trancado, puxou o parceiro pela mão, para desembestar. Logo corriam pela Almirante Alexandrino, feito sapecas escapando.

O preparador se achou ridículo, imaginou o que diriam eventuais conhecidos que passassem de carro, kombi ou ônibus; mas não se sentia com direito a lucubração, já que, na vida adulta, nunca tocara em recém-debutante tão bem apanhada. Na verdade, nem mesmo durante a juventude conseguira tal feito, que lhe dava uma sensação de poder estranha, como se pico prenunciasse decrepitude.

Pararam aos berros a primeira lotação, no escurinho da qual entabularam beijo e bolinagem, que febrilizaram tão logo entraram em casa. Rodapé passou a mão entre as pernas de Sô e encontrou o mesmo visco: jogou-a na cama e a cobriu com estro.

Noite adentro, a geladeira se mostrou fecunda em afrodisias, de geleias resgatadas em beira de orifício a chocolates disputados com dentes. Gastaram-se em humores, gemidos e gritos. Antes de adormecer, o preparador baixou a campainha do telefone e se fechou definitivamente para o mundo.

Erotização do pavor

Os amantes acordaram ainda mais livres, imersos em linguagem a dois, a concordar quanto a tudo e nada cobrar da existência. Antes mesmo de se alimentar, reiniciaram.

Intercalavam com olhadas furtivas na tevê. Chegaram à boca da noite gostosamente enfadados, sonhando em dormir — única vontade que não puderam realizar, pois se iniciou a troca diária de tiros. Se na véspera Sô estivera muito bêbada para perguntar o que se passava, agora percebia o perigo e pediu explicações.

Rodapé discorreu sobre a rixa entre os bandos e afirmou que, como Sô passaria a frequentá-lo, logo se acostumaria com a situação. Falou isso em tom convidativo, imaginando a maravilha de recebê-la algumas vezes por semana. Quem sabe conseguisse até desencanar de Manuela?

Contou ainda que aos primeiros estouros os condôminos se tinham revoltado, falado em direito de contribuinte, ligado para a polícia, recorrido aos meios de comunicação e visitado o pinguço do governador, no Palácio das Laranjeiras; mas conseguiram apenas notinha em jornal e duas ou três aparições de viatura. Não assumiram a entrega dos pontos, todavia passaram a discurso difuso, que englobava a totalidade dos compatriotas. Imaginar a própria vitimação diluída na sina de brasileiro foi a forma que encontraram de resignar-se.

Tentaram também assimilar o bangue-bangue. Alguns chegaram a acreditar que a coisa ficaria na encenação. Entretanto, a travessia aérea de pontinhos vermelhos levava muitos a terem certeza do contrário — a começar por Rodapé. Em companhia de Sô, porém, abstraiu da ameaça e usou os tratratrás como estímulos a parafuseios pélvicos.

A ficha cai

No segundo dia o preparador deu uma olhada para a secretária eletrônica, percebeu que havia oito recados e, mesmo sem ouvi-los, tinha certeza de serem quase todos de Esther, preocupada com seu estado. Além de encabulada, ela certamente temia que, abatido como se mostrara, ele não conseguisse terminar a tempo o original da vez.

Rodapé não ouviu as mensagens, mas resolveu fazer o trabalho. Então convidou Sô a alugar uns vídeos. Alegou respeito pelos sentimentos de Clara para sugerir que fossem separados e se encontrassem diretamente na locadora, na própria Almirante Alexandrino. Na verdade, não queria que Manuela o visse acompanhado.

Trouxeram vários filmes, que Sô passou a assistir enquanto o preparador se mantinha ocupado. Ao sábado e ao domingo se seguiram dias igualmente vividos em franco laconismo. Das poucas vezes em que abriram a boca, referiram-se a coisas boas e marcantes. Como quando Rodapé esticou inconscientemente a mão até o pênis e tocou onde ardia: um corte na glande.

— Como você é apertada — elogiou.

— Por isso fiquei puta com os gringos.

Sô contou da ida, em companhia de Una, a um bar de Copacabana frequentado por estrangeiros. Os pintas as tomaram por piranhas e soltaram piadas sobre folgas e outras infâmias. No entanto, elas ficaram, dançaram até tarde, esbanjaram rigidez. Difícil foi contê-los.

Rodapé fez força para sorrir, mas imaginou maltas de machos da velha e travada Europa atravessando os mares a caminho da quentura, onde todo mundo se ufana de foder — principalmente garota de programa! O pior era lembrar que Sô não opusera qualquer resistência à falta de preservativo. Sem falar que sequer ligara para a família, em prova cabal de viralatice. De repente, os dados se juntavam, compondo quadro sinistro.

O perigo não parava no vírus: o preparador gozara sempre fora, porém algumas gotas certamente pingaram dentro. A responsabilidade pelo que acontecesse era toda sua, com idade de ser chamado de coroa escroto.

Fingiu continuar ouvindo, mas matutava. Deixou passar tempo e chegou a gargalhar das vezes em que a viu sorrir. Ao final da história, mudou de assunto e, depois de muitas voltas, perguntou quando ela havia menstruado. Ao saber do dia, fez as contas e se alarmou. Sentiu necessidade urgente de ficar só, para pensar o que fazer.

Olhou para a luz piscante da secretária eletrônica como se avistasse sinal capaz de conectá-lo a Esther e, assim, devolvê-lo ao pré-problema. Escutou as mensagens e usou a preocupação da cliente como pretexto para dizer da necessidade de encontrá-la. Sô ainda olhou em volta, como se pensasse em esperá-lo; mas foi atropelada com convite para tomarem um sundae no Centro.

No ônibus, Rodapé os reteve ao fundo, onde respondeu envergonhado à meiguice. Desceram na Avenida República do Chile e foram ao McDonald's da Cinelândia. Assim que sentaram, Sô deslizou a mão direita até a coxa do acompanhante. O preparador se achou mais exposto do que nunca e se manteve cabisbaixo. Antes mesmo de acabar o lanche, repetiu que precisava correr à editora e escapou às pressas.

Respiração suspensa

Sô não havia fornecido número de telefone, sob alegação de que perdera o celular e, na casa da família, ninguém tratava bem seus contatos; mas prometera ligar de vez em quando, o que de fato fez.

Ao ouvir trim-trim, Rodapé suspeitava que fosse ela e já atendia com um *alô* esbaforido. Sô pedia para dar uma chegadinha; ele alegava que a química os impedia de encontro rápido e, naquele momento, andava muito assoberbado para lhe dispensar a atenção merecida. Passava o resto do diálogo respirando pesadamente, mas acabava deixando transparecer que o motivo era o baita pepino, que trazia à baila com pedidos de notícia sobre as regras.

Sô chegou a reclamar, disse não entender que, duma hora para outra, ele tivesse passado do encanto à cantilena. Rodapé respondeu que ela não fazia ideia do que era clínica de aborto, à qual talvez precisasse se apresentar sem responsável.

— E você? Não pode ir comigo?

— Se for, sou preso por abuso!

— Além de chato, dramático! — Ela acabou batendo o telefone.

Frígido

O sumiço de Sô deixou Rodapé preocupado a ponto de sair para procurá-la. Ia a Copa, percorria Ipanema e esticava ao Leblon. Batia toda a areia e os muitos bares, perguntando por ela a todo mundo. Voltava até o Centro, tomava o ônibus para Santa Teresa e descia no Simplesmente, onde ficava o resto da noite, certo de que não podia desistir.

O plantão o obrigou a trabalhar no próprio bar: mantinha-se numa mesinha de canto, debruçado sobre o original, do qual levantava a vista a cada entrada de gente. Amigos e vizinhos o cumprimentavam de longe, cientes de sua necessidade de concentração. Quem não era do bairro imaginava-o escritor a corrigir provas de romance.

No início a dona do estabelecimento riu do novo hábito, acreditando que o frequentador fazia pose. Todavia, bastou uma conversinha ardilosa para descobri-lo sem panca e, na verdade, angustiado com um problema cuja resolução dependia de encontrar um certo alguém. Mesmo assim, os garçons passaram a soprar aos ouvidos de quem não o conhecia que se tratava de prosador em avançado trabalho de parto.

Mais de uma fascinada por literatura atravessou noites a cobrir Rodapé de olhares que começavam discretos e, com o avançar do álcool, mostravam-se explícitos. No entanto, o preparador não encorajava as interessadas, ciente da decepção que experimentariam ao sabê-lo mero escravo de editora. Além do mais, sentia-se completamente desmotivado em relação a mulher.

Refrigério noturno

Sô ligou para anunciar que o vermelho finalmente viera e propor que comemorassem. Rodapé soltou vivas e parabéns, mandou beijos — e mesmo mordidas —, contudo manteve a alegação de sobrecarga de trabalho para não encontrá-la.

Naquela noite instalou-se no mirante e, enquanto fruía a vista — de vegetação derramando-se até o mar, que se oferecia prateado —, partilhou cervejas com o pessoal do condomínio, enquanto puxava uma cumplicidade que esbarrava no enigma, ao repetir: *Ufa!...*

Entre os presentes, quem mais tentava decifrar a exclamação era Manuela, que não chegara a ver Sô no condomínio, mas supôs que estivesse acontecendo algo que, de alguma forma, a ameaçava. Ainda sóbria, fitou o preparador com a testa franzida, qual namorada a exigir esclarecimentos.

Rodapé gostou de vê-la assim. Não a pegava por temer Gabriel, mas também por considerá-la acima de seu cacife. Imaginara-a em tantas situações ideais que finalmente se achava inclinado à paixão — o que aumentava algo que não saberia nomear, mas que talvez fosse aquele imenso medo a que Esther se referia.

Se até os trinta anos de idade o preparador só apreciara a beleza, agora podia se satisfazer com a mocidade. Sô reunia as duas características, à qual adicionara todo um clima; mas, ao se configurar furada, reduzira-se a mais um ensaio no delicado encaminhamento até Manuela.

Rodapé propôs um banho na bica do Rio Carioca, em pleno Cerro. Logo seguiam a pé pela floresta. A proximidade do carnaval estimulara alguém a levar um som no qual um CD de marchinhas animava a caminhada. Encorajados pelo álcool e tranquilos por conta do telefonema que o preparador dera para Reimoso, pareciam não ligar a mínima para pipocos e entoavam "As águas vão rolar".

— Claro que não vai haver guerra! — Nicole repetia para Manuela.

— Deixe de ser boba! O sangue é que vai rolar! Talvez durante o próprio carnaval!

O escuro e a água permitiram brincadeiras diversas. Rodapé abriu as pernas e se fez ponte para Manuela, que, embalada pela bebida, se dedicou ao assédio de sempre. Assumiu-se peixe e passou a atravessá-lo por baixo. Ao final, agarrava-o por trás, em aperto brincalhão que, não fosse o temor do abraçado, viraria ligadura.

No cimento em volta do poço se formou baile, regado por cervejas trazidas em caixas de isopor. Manuela e Rodapé eram passos para lá, gargalhadas para cá, a cabeça languescendo, amparando-se para manter o equilíbrio, enquanto se diziam *amiguinha*, *amiguinho*, em demonstração de doçura sempre contida pelo apavorado.

A certa altura, receberam a visita de três emissários de Reimoso. Entre eles, destacou-se um garoto de apelido Sequela, que agiu como se o preparador não existisse: puxou Manuela pelo braço, deu-lhe dois beijinhos e lhe passou um pequeno embrulho.

— O chefe manda trouxa e abraço — anunciou em sotaque nordestino, já fazendo movimento de retorno à boca.

— Claro que não vai haver guerra! — Nicole repetiu à amiga, ao ver os traficantes partirem.

— Caramba, como você é gringa! — Manuela se limitou a responder, já com a língua enrolada.

Voltaram para o Equitativa ao raiar. Todos caíram no sono. Apenas Rodapé se manteve acordado, a bebericar um vinho chileno e relembrar cada movimento de Manuela: do encontro no mirante ao aceno de bom sonho, ela ficara na dele. No poço, sob a proteção do breu, da água e da floresta, insistiu tanto que ele não conseguiu mais se afastar e acabou sentindo de volta a apetência que as preocupações dos últimos tempos haviam banido.

Por pouco

Rodapé levantou ao final do dia seguinte se sentindo capenga em corpo e pensamento. Uma tempestade açoitava as árvores e inundava a cidade; a cabeça fazia-o pagar cada gota da mistura de cerveja e vinho; em lugar de Manuela, ocorria-lhe a carranca de Gabriel, que certamente soubera da noitada.

O violento vizinho aparecia ao espírito com a mesma expressão com que despontava nos sonhos ou devaneios em que o preparador tentava desfrutar, ao menos, da imagem da garota. Gabriel surgia do nada, mas empunhando arma branca, para tirar pedaço fundamental.

O pior da grande ressaca foi Rodapé perceber que, banido o receio de ter engravidado Sô, o espaço se abria todo para o verdadeiro grilo: a boa-nova parecia refresco a anteceder infortúnio. O preparador precisava aguardar o restante do período de três meses, para fazer o exame realmente decisivo.

Era adepto da camisinha, mas usara com Jacqueline apenas até o dia em que, querendo mais gostoso, permitiu-se entrar sem proteção; a madrilena era alérgica, só podia contatar pele; Luiza vinha de amor comportado, implorou loucura. Na verdade, riscos que pareciam constituir crescendo até Sô.

Rodapé se descobriu num desses períodos em que o ser humano precisa dizer não ao mundo e refluir, certo de que jamais tocará o âmago, mas disposto a cogitar da morte e, na proximidade forjada do além, ganhar um mínimo de respeito aos próprios olhos.

Adoraria ser rico, para jogar para o alto qualquer compromisso. Contudo, precisava se manter minimamente capitalizado, do contrário cortariam gás, luz e telefone. Ligou para Esther e alegou surgimento de dor ciática para se limitar à preparação de apenas cem páginas mensais.

O que faria caso se descobrisse contaminado? Cometeria suicídio? Aguardaria, até o último momento, pela ansiada vacina? Auratizaria o ocaso dedicando-se exclusivamente à criação? Mas como, se não ousava escrever nada seu?

— Acabarei cortando os pulsos — repetia para si, às vezes para fora.

Associou prazer a paúra, mulher no cio a cilada, como se tesão e tragédia formassem par. O nexo ganhou ainda mais sentido alguns dias depois, quando saiu de casa para uma caminhada meditativa, tomou o rumo do Sumaré para evitar conhecidos e, na altura do Bar Carro de Boi, sentiu um automóvel se aproximar às costas e parar ao lado.

— Você vale um galo! — Gabriel gritou de dentro, com o vidro aberto. — Não é assim que vocês, maconheiros, chamam cinquenta? Pois me pediram metade de cem reais pra te quebrarem os ossos! Que pechincha! Souberam de nossa desavença e me procuraram! Claro que me neguei a aceitar a proposta! Imagina se deixaria que realizassem minha maior vontade!

— Você abirutou de vez. — Rodapé fez menção de seguir caminho.

Gabriel tomaria qualquer comentário ou gesto como ofensivo; pulou do carro e cresceu para cima do desafeto. O preparador mirou o entremontes, com o viaduto e o mar ao fundo, e lastimou não poder voar. Olhou para os dois lados da estrada e não viu ninguém que o socorresse. Pensou em correr, mas sabia que o grandalhão o alcançaria com facilidade.

— Não toquei na sua filha!... — gaguejou.

— Mas tá se preparando! Risinho aqui, cochicho ali, pestanas batendo, né assim que se canta? Pois dessa vez vai se estrepar!

— Todo mundo é testemunha!... Não fiz nada!...

— Mas vai tentar, que o carnaval taí! Ó, quanto riso, encontro e esbarrão! Carmelitas, Céu na Terra, blocos que não acabam mais, ruas apertadas, multidão pressionando, álcool, droga, calor, a impressão de que tudo é permitido, então surge um cantinho de rua, nem precisa casa, contra um carro parado, pimba! Caramba, como o anão goza! Só que pela última vez! Apareço e lhe passo a lâmina!

— Gosto de buceta, mas...

— O filho da puta admite! — Gabriel apanhou um facão de cozinha sobre o banco dianteiro. — Pois vai virar eunuco! Corto o mal pela raiz, pronto! Não dizem que é melhor prevenir?

Rodapé ainda pensou em chamar o rival à razão, porém o percebeu decidido a concretizar a ameaça, com a qual colocaria fim num histórico de humilhação iniciado na infância. Vitorioso no esporte e em tudo o mais que dependesse de força, Gabriel sempre perdera no campo amoroso. Na época do triângulo, Clara o tratava com descaso, enquanto se derretia por Rodapé, cuja aproximação de Manuela parecia tiro de misericórdia. A castração impediria o bote na moça e deixaria a mulher sem alternativa.

O preparador se lançou por entre as barras de ferro do alambrado e aterrissou metros abaixo, sobre bananeiras. Com a queda, bateu a cabeça no chão e rompeu os supercílios. Sequer se levantou, pois viu o inimigo descendo à sua procura e se deixou rolar ladeira abaixo. Tombou no quintal de um casebre, de onde disparou floresta afora.

Reclusão

O incidente foi a gota d'água do processo de fragilização. A nebulosa existencial e a exposição à margem a que a boemia submetia o preparador haviam se somado ao receio de ter contraído Aids e, naquele momento, ganhavam o poderoso reforço do risco físico concreto, mantido na lembrança por um corte no rosto e várias escoriações pelo corpo.

Rodapé ficou jururu, incapaz, intragável até para si. Passava as noites suando, entregue a pesadelos em que se achava esquelético, desfigurado, careca e placa. Ou sonhava que era atacado por Gabriel. Acordava por insistência do despertador, para dia desgastante como a última jornada.

Nicole e outros vizinhos apareceram ou telefonaram, para convidar a saídas foliônicas. Rodapé apontava o curativo, relatava o acontecido e explicava que não podia dar bobeira. Diante da traumatizante percepção de limite, decidira enclausurar-se.

Entre os programas, sentiu falta sobretudo da Miscelânea, organizada pelo poeta Chacal em frente ao Cine Odeon: na terça-feira anterior ao carnaval, a bateria do Cordão da Bola Preta tocava ao lado de grupos de samba e músicos de blocos recém-fundados. O encontro dos extremos temporais atraía uma pequena e animada multidão que, posteriormente, via-se com frequência pelas ruas, até a Quarta-Feira de Cinzas.

O carnaval passou e o recolhimento persistiu. A privação afetiva azedava cada vez mais a existência, cujo sabor sumia. Sentidos entorpecidos, expressão de desengano, Rodapé foi invadido por refrões categóricos e contraditórios, ora de que se aproximava da caldeira, ora de que o mal era pura fantasia.

As palavras se repetiam em seu interior, onde iam retesando, até escaparem ao controle. Se o vaticínio aflorava em casa, tudo bem; mas muitas vezes os vocábulos eram verbalizados nos espaços públicos a que era obrigado a ir

— supermercado, banco, transporte coletivo —, onde passavam por lero de lunático.

O preparador ainda tentou atingir a nobre beatitude. Mas era muito ateu para encontrar respaldo suprassensível, acabou atolado no aguaçal que se forma entre a agonia e o enfado. Tinha vontade de esburacar a parede com a cabeça; ao pender para o tédio, achava-se com a falta de gosto que atribuía aos hepatíticos.

Mesmo as medidas corriqueiras, de manutenção, tomava sem ânimo: o apartamento pareceu ainda mais habitado por alma penada. A rede rangia, reclamava do corpo, que, subjugado pela gravidade, parecia chumbo. Rodapé parou. Não atendia mais sequer aos telefonemas de Esther, que deixava mensagens oferecendo-se para dar uma passadinha.

O preparador sabia que ninguém poderia ajudá-lo, afinal perdera os pais, não tinha mulher, era sozinho. Recusou trabalhos e manteve a reduzida cota, alegando prescrição médica. Passou a completar o orçamento com um modesto pé-de-meia feito ao longo dos anos.

Às vezes plantava-se no espelho em busca de indício, esperançoso de despertar para o valor dos últimos momentos. Mas não encontrava marca, o que tornava a espera ainda mais maçante.

Ao ficar em casa, ao menos aplacava a ira de Gabriel. Só voltaria a colocar a cabeça do lado de fora ao receber o resultado do teste, quando se danaria de vez ou, caso fosse negativo, teria alguma clareza quanto à possibilidade de esquecer Manuela ou mudar de endereço.

O sol continuava derramado, o verde positivava, o mundo pedia cruzamento — mas eram apelos batidos e sem qualquer poder sobre a falta de coragem.

Promessas de ameaçado

No nonagésimo primeiro dia depois de Sô, Rodapé foi fazer o exame como se rumasse para a guilhotina. Com o Chevette quebrado e querendo evitar a portaria do plano inclinado, cruzou a pracinha cabisbaixo e desceu a pé pela ladeira.

Ao se perceber sozinho, levantou a vista e teve um surto de euforia: as árvores e trepadeiras, o azul atlântico e o preto montanhoso eram provas de que sempre fora bem servido de motivos para contentamento. Mas logo recaiu na amargura, ao pensar na ironia de carecer justamente de competência para se realizar.

Pegou o 206 e se manteve na última fileira de bancos, para admirar melhor os recantos e construções do bairro onde nascera. Lá estava o Largo dos Dois Irmãos, onde a qualquer hora que aparecesse encontraria conhecidos dos Prazeres. Ao lado da entrada da favela, o Edifício Raposão lembrava muito banho de piscina, após festas fantásticas. Na esquina da Rua Júlio Otoni, uma mansão circundada por uma área verde imensa despertava um misto de fascínio e raiva.

O trajeto foi acionando sentimentos diversos, ao sabor da agitação emocional e das pequenas histórias vividas nos diferentes trechos da rua que atravessava praticamente toda Santa Teresa.

No Largo do Guimarães, as lembranças se atropelaram. Palco de cantorias, farras e folguedos, o local era circundado pela Região Administrativa, o posto da PM, a careira Padaria das Famílias, uma quitanda velhusca e a Pizzaria Porta Quente — a preferida dos gringos.

Rodapé se reviu à boca da noite, esparramado em torno de uma das mesas da calçada, saboreando um expresso com vagar, para ter tempo de chegar junto das estrangeiras. Se davam trela, ele as conduzia ao Mineiro ou ao Simplesmente, onde as deixava de fogo e passava ao ataque.

— Preciso parar de ser promíscuo! — balbuciava agora no ônibus.

Também recordou as muitas vezes em que as horas passadas nos bares não bastavam. Vendo os estabelecimentos fecharem, ia com amigos e conhecidos até o largo, para continuar a beber latinhas de cerveja dos isopores das vendedoras ambulantes da madrugada.

Àquela altura, o álcool subira tanto que tornava interessante o oferecimento feito por algum avião, de dar um pulo no morro para pegar um baseado. Minutos depois, o pessoal fumava num canto de muro, a menos de cinquenta metros da PM. Enquanto um tragava, os outros mantinham botuca no posto, cujos policiais possivelmente sabiam do movimento, mas faziam vista grossa.

Rodapé acabava misturando cerveja, fumo e destilado. Finalmente se sentia à vontade para acolher o prazer. Um dos problemas é que se tornava altruísta: perdia o controle sobre o próprio bolso e oferecia bebida a quem aparecesse. E não adiantava sair de casa com pouco dinheiro, pois acabava fiando. Esquecia que, como autônomo, pagava cada centavo com seu próprio tempo — que pouco rendia.

O pior, entretanto, era o efeito da ultrapassagem do limite até o qual se acreditava seguro: na manhã seguinte, horrorizava-se de se saber fraco a ponto de se expor ao contato com a impiedosa delinquência.

— Se o resultado for negativo, vou cair fora desse circuito, ah, se vou!

Durante os três meses de janela refletira meticulosamente e concluíra o que no passado seria impensável: só se salvaria caso abrisse mão, a um só tempo, de Santa Teresa e Manuela. Talvez tivesse até de agradecer a Gabriel, pois sem seu ataque certamente teria caído na tentação de pegar a vizinha durante o carnaval — então estaria morto.

Pregoeiro da sensaboria

No Centro de Testagem Anônima Rocha Maia, em Botafogo, Rodapé se achou em companhia de uma garota magérrima, um junky, dois marombeiros e uma dona de casa de aparência terrível. Talvez se devesse considerar felizardo. Contudo, lembrou do corte no pau, provocado pelo lado esquerdo de Sô — que, para cúmulo, deixara-se enrabar várias vezes, como se lhe coubesse, como única responsabilidade, o orgasmo.

O silêncio foi quebrado pela chegada de um calvo com óculos de armação azul, camiseta verde, calça jeans e All Star colorido, que se apresentou como psicanalista e iniciou preleção. Para torná-la coloquial, transmitia dados na forma de perguntas: a maioria se apressava em responder, qual jogo de auditório; Rodapé sentia o saco encher como em domingão.

O didático repetiu informações sobre a doença, depois explicou entusiasticamente os coquetéis, que transformavam morte em sobrevida. Rodapé imaginou o corpo ainda mais caído, calor apesar da floresta, inércia e náusea, temor de tudo... acabaria tomando veneno.

Suspensão do veredicto

Hoje pela manhã, o preparador ligou e soube que o resultado chegara. Partiu. Já enfrentara perigos, como bala perdida a poucos passos de onde se encontrava e batida do automóvel que dirigia; mas tudo repentinamente. Quanto ao teste, por conta da espera, forçara produção impressionante de adrenalina.

Pela janela do ônibus, Rodapé observou o Aterro do Flamengo, o mar e as montanhas, agora para dizer adeus à experiência angustiante da expectativa. Instantes depois talvez fosse olhar baço, tempo contado; ou homem feliz, fogoso.

O segurança do CTA o convidou a entrar numa saleta, anotou seu nome e saiu. Minutos depois apareceu uma senhora simpática, trazendo um envelope. Sentou-se do outro lado da mesa, retirou uma ficha e, mantendo-a voltada para si, perguntou se ele realmente era Mauro de Almeida Moraes, morador do Condomínio Equitativa, em Santa Teresa, e...

— Dá cá minha vida! — O preparador tomou os papéis e pinoteou para fora.

A médica levou um leve susto, mas não reagiu. Caminhou até a porta e olhou resignada para o segurança, que atribuía o comportamento do examinado à descoberta do pior.

Rodapé disparou pela rua até a frente do Hospital Pinel, onde pegou o primeiro ônibus em direção ao Centro. Tratou de colocar a ficha de volta no envelope, que guardou por baixo da camisa como se malocasse tesouro. Atravessou o olhar novamente pelas janelas, agora feito astuto, afinal se dava um tempo. Teve vontade de perguntar, aos gritos, se alguém fazia ideia da importância da informação que levava consigo.

Em casa, desamassou o envelope e o colocou solenemente sobre a mesa. Tomou banho, comeu frango-de-padaria com arroz e salada, estirou-se na rede e se entregou a flashback — que agora entrecorta com olhares esparsos para o exame.

Treme de terror. Nem o som vindo do apartamento vizinho, mantido em sequência de CD por Manuela, afasta, por um segundo que seja, a pergunta: e se descobrir que contraiu?

Capítulo 3

Uma bússola para Manuela

Manuela arruma apetrechos de cozinha em grandes caixas de papelão. Interrompe a atividade de vez em quando, para jogar água no rosto, no pescoço e nos braços. Acaba sempre infinitizando, ao olhar através dos janelões de madeira, sobre o verde que se derrama no sentido do Túnel Rebouças, pelo qual se passa à desenhada Lagoa Rodrigo de Freitas, que se abre ao mar, ao mundo.

Manuela aprecia a paisagem desde os tempos em que, mínima, estendia os braços para que sua mãe, Hortência, a colocasse na cadeira de espiar que lhe cabia. Subia com brinquedos, para imaginá-los voando, ultrapassando a montanha e mergulhando em Ipanema. Ficava mais tranquila do que diante de desenho animado.

Depois da partida da genitora, passou a fazer o gesto na direção de Gabriel e da babá, para que a ajudassem. Até o dia em que, ancha como se atingisse o pódio, escalou sozinha o móvel. Àquela altura, já percebia que o verde vegetal e o preto pedroso se prolongam até o outro lado, onde tudo é horizonte.

Para conferir ainda mais caráter de espetáculo à vista, os janelões a enquadram em área quase toda preservada. Ao nascer, Manuela já encontrou os barracos e casas nela construídos, portanto os assimilou como harmonizados à natureza.

Intercurso interclasse

Se a mente escapava pelos janelões, o corpo de Manuela sempre se movimentou à vontade na pracinha, planejada por um arquiteto para ser parquinho seguro. Mal aprendiam a andar, as crianças já seguiam tranquilas ao encontro das demais, e todas eram cuidadas pelas mães e pais presentes.

Na pré-adolescência, Manuela passou a jogar futebol na quadra e a frequentar os pilotis, onde ficava à vontade com os amigos. Também se posicionava no mirante, para admirar desde o extremo do Corcovado até as ruas enviesadas do bairro, esticando os olhos até o Pão de Açúcar e o fundo de águas que une Urca, Botafogo, Flamengo e Marina da Glória. À noite, então, as luzes transformam lonjura em árvore natalina.

Mas certamente a melhor perspectiva é do campinho dos Prazeres, de onde se vê o Rio em 360 graus; então se compreende o orgulho do carioca, o deslumbre dos visitantes e a frequência com que a cidade é cenário de comerciais, filmes, novelas e romances.

Anteriormente ao tiroteio diário, Juca fazia do pico um verdadeiro point, ao promover uma concorrida partida de futebol semanal. Na tarde de sábado, os locais enfrentavam convidados, em jogo viril, mas no qual o espírito esportivo evitava que o sarrafo virasse porradaria.

Qualquer que fosse o placar, organizava-se churrasco na associação. Alguns traficantes vinham fazer a ronda e, embalados pelo funk, acabavam usando as armas para criar pose e personagem. Manuela, Rodapé e outros moradores do condomínio também apareciam, enchiam-se de cerveja e uniam vozes em cantos-bandeiras como "eu só quero é ser feliz, morar tranquilamente na favela onde nasci", de Cidinho e Doca.

Os casais costumavam se formar entre gente da mesma proveniência. Todavia, vez por outra uma moça do Equitativa se excitava com a diferença e se deixava levar ao mato; da mesma forma, certos rapazes do condomínio aproveitavam o congraçamento para estender o campo amoroso ao morro. Manuela bailava com quem a convidasse, mas só confiava em Juca, que trazia para suas fantasias, muitas delas ambientadas na floresta.

Iniciação na boa

Certa manhã Juca descia dos Prazeres pensando em correr até o Silvestre, quando avistou Manuela sentada no mirante, a ler. Parou, perguntou o título do livro e ouviu que era *Raízes do Brasil*.

— Bonito nome — comentou.

— Tudo a ver com o que a gente vive aqui.

Logo caminhavam lado a lado, enquanto ela discorria sobre o esforço de Sérgio Buarque de Holanda em explicar a bagunça que somos. Passaram pelo Cerro, continuaram subindo e, ao chegarem ao Largo das Paineiras, estavam tão suados que resolveram se refrescar no recôndito Banho do Buda.

A trilha é intrincada, mas os dois a conhecem em detalhes e, em pouco tempo, chegaram ao laguinho de água cristalina. Tudo lhes pareceu tão edênico que não tiveram vergonha alguma de se despir. Alternaram-se sob a queda-d'água, enquanto exclamavam louvores ao lugar.

Sentaram sobre uma pedra para secar ao sol e deram continuidade ao enaltecimento. Aos poucos os elogios se esgotaram e o silêncio pareceu provar que prescindiam até das palavras, o que reforçou a sensação de sintonia. Iniciaram toques que se desdobraram em demorado desvirginamento.

Descrente de que algo sério pudesse ocorrer entre os dois, Juca colocou em suspenso qualquer afeto e sempre a tratou como aprendiz. Das vezes seguintes variou as posições, instruiu quanto a boquete e chegou a produzir gel lubrificante para sodomizar.

A condição masculina lhe dava domínio, o que parecia contrabalançar o desnível social. O que dizer da longa sessão da qual ela saiu com as pernas abertas, de tão assada? Posse bem paga.

O programa foi seguido com uma naturalidade tal que, atingido o termo, separaram-se sem que nenhum dos dois sofresse. Da vivência restaram apenas boas lembranças e saudações aliteradas ou rimadas, como *tição tesudo* e *leitosa deliciosa*. Logo se envolveram com outros, que também levaram ao mato, onde não se paga para ter conforto, privacidade e cosmo.

Visão da devasta

A vegetação parecia proporcionar a Manuela o sonho que lhe convinha a cada idade: durante a infância lhe possibilitara brincar, na adolescência embelezara a passagem a mulher, no futuro seria explorada pelos filhos e, ao fim da vida, prenunciaria o além.

Certo dia, entretanto, o sol pareceu incidir de tal forma sobre o Cerro e as casas abastadas das proximidades que ressaltou tijolos, areia, vergalhões e telhas. Uma parte do material serviria para concluir obras iniciadas no passado, mas o restante certamente inauguraria novos empreendimentos, de casebres mínimos a moradias milionárias.

Atropelo semelhante se registrava na velha trilha que liga o Cosme Velho à Almirante Alexandrino, na altura do Corpo de Bombeiros. Surgira um loteamento liderado por quem talvez usasse a impossibilidade de se impedir a expansão como pretexto para se dar bem.

Até na Rua Prefeito João Felipe, que segue paralelamente a uma parte da Almirante Alexandrino e conecta Santa Teresa ao Rio Comprido, alguns moradores cavaram um buraco clandestino na mata, na tentativa de construir uma cisterna, a ser usada como base de ocupação.

— São uns paraíbas simples, mas não fudidos — Juca explicou a Manuela. — Têm carro, comércio...

— Não foi por ali que desabaram uns edifícios?

— Sim, durante a cheia de 66, 67. Mas, como os caras querem invadir pra vender...

Posicionada no campinho, a dupla mapeava com os olhos os diferentes focos de invasão. A própria prefeitura tinha dificuldade de identificar a propriedade de certos terrenos. E, segundo se alardeara, a construção que permanecesse em pé por apenas três dias já deixava de ser caso de polícia para virar problema jurídico, ou seja, possivelmente insolúvel.

— Se na capital cartão-postal ninguém consegue segurar o verde, que dizer da Amazônia? — Manuela dava uma tragada ainda mais nervosa.

Batalha perdida

Alguns condôminos se organizaram e redigiram manifestos nos quais lembraram a vereadores, prefeito, deputados, secretários e governador a luta mundial pela conservação. Recordaram que a área era de proteção ambiental. Exigiram a interrupção do fenômeno monstruoso, que em poucos anos devoraria tudo, tais a pressa e a organização.

Os políticos prometeram providência e, de fato, fariam qualquer coisa para ganhar um pouco da rentável imagem de ecologistas. Mas sequer aguerridos como Carlos Minc e Fernando Gabeira tinham força para conter os muitos surtos de uma destruição cuja origem datava de séculos; o próprio Equitativa surgira assim, décadas antes.

Por mais pobre que se encontrasse, o Rio atraía continuamente levas de imigrantes sem perspectiva, que o viam como oásis. Os recém-chegados ocupavam outeiros, penduravam-se em lajedos, construíam em pântanos — e não se podia dizer que vivessem pior do que nos locais de onde provinham.

Os ricos não faziam por menos: alastravam-se pelas encostas, onde erigiam palacetes valorizados pelo entorno de mata atlântica. Ao lado do Clube Lagoinhas, por exemplo, destacava-se a mansão de um importante desembargador.

Os casos de invasão somavam tantos que fugiam completamente ao controle. As denúncias se reduziam a processos, presenças insignificantes em meio a pilhas de pastas, muitas parcialmente corroídas, manuseadas por minguados funcionários esgotados à simples visão do oceano burocrático.

As derrotas eram sentidas intensamente pela classe média, cujos imóveis perdiam preço. Nas discussões inflamadas da pracinha, o grupo liderado por Gabriel defendia remoção sumária, se necessário na base do cacete. Os partidários da esquerda se inflamavam contra tais métodos, mas não tinham alternativa a propor senão a demorada educação ambiental.

O pior era reconhecerem que, mesmo que seus representantes políticos assumissem o poder, encontrariam grande dificuldade de resolver o problema. A dita democracia permite que as pessoas se manifestem, contudo nem de longe significa partilha das riquezas — principal condição para o fim do êxodo —, tampouco cria condições de se punir grandola.

— O cimento vai acabar cobrindo tudo. — Manuela antevia o pior.

— Talvez sobre alguma coisa, que os ricos adoram árvores em volta das mansões — Juca ironizava. — Agora, verde ou pelado, o Brasil continuará dividido entre casa-grande e senzala.

Manuela ficava ainda mais arrasada ao ouvir referência à miséria. No entanto, em pouco tempo a esquecia, por nunca ter passado fome, porque a exploração parece mal incurável ou, quem sabe, devido ao fato de o ser humano se querer altruísta mas só se preocupar com aquilo que lhe diz respeito.

De nítido e contínuo havia o sofrimento por conta da destruição, com o qual Manuela só conseguia lidar bem ao beber, quando o temor de perder de vista o arvoredo virava motivo para apreciar ainda mais o que restava. Nesses momentos, a vegetação que circundava o Equitativa parecia tapete tão perfeito quanto de estádio, com as vantagens da altura e do emaranhado.

Tudo farinha

No dia em que as balas começaram a cruzar o céu, Manuela concluiu que o incidente baniria de vez os olhares capazes de exercer algum controle sobre a área, que se entregaria totalmente à barbárie.

Muitos moradores saíram à pracinha para discutir a situação, mas o tema a preponderar foi o sentimento de impotência. O fato de o tiroteio ser comandado por um ex-porteiro não ajudava, ao contrário: Reimoso sentia uma mágoa profunda do condomínio.

Restaram os apelos de sempre, à mídia e à polícia. A imprensa prometeu cobertura e, de fato, os telejornais da noite já noticiaram o ocorrido. Quanto aos fardados, porém, andavam insatisfeitos a ponto de nem atender os telefonemas.

Gabriel e Manuela passaram a noite em claro, nos janelões. Uma coisa era ouvir barulho de bala entre favelados remotos; agora, escutar a dois passos de casa!...

Começaram a esbravejar contra o Estado brasileiro — entregue ao descalabro —, porém discordaram quanto às causas dos problemas e, sobretudo, à possibilidade de saná-los. Ela via a ascensão do PT como inevitável e capaz de erradicar as injustiças sociais, principal fonte da violência. Ele achava que a transformação do quadro político não alteraria nada: bastava pensar no que o PSDB, outrora de centro-esquerda, fazia no Palácio das Laranjeiras.

— Sabe como chamam o governador e os manos? Irmãos Metralha! No dia em que o PT subir, também vai cair na bandalheira! Ninguém escapa à corrupção! Os caras nem mandam e a farra já começou! O que conheço de "companheiro" rato lá no ministério!...

Manuela temia que o pai estivesse certo, mas odiava vê-lo pontificar, pois sabia que ele desposava a tese de a humanidade como um todo ser podre por encarnar um dos piores tipos de ladrão: aquele que recebe salário do povo e raramente trabalha. Em si, comprovava que o funcionalismo público jamais conseguirá desempenhar seu papel a contento, já que exerce uma atração especial sobre coçadores de saco e desonestos. Com que frequência se ouve preguiçoso dizer que está se preparando para concurso! Que flagelo!

— Todo mundo deve! — Manuela apertou a ponta do cigarro contra o cinzeiro como se colocasse dedo em ferida. — Mas alguns lutam pra desenvolver algo que você desconhece completamente: consistência ética!

— Quando você parar de receber mesada e enfrentar a realidade, a gente volta a falar de ética! — Gabriel provocou.

— Nem precisa esperar tanto! — Manuela explodiu. — Sei que sou uma vendida! Aguento sua figura porque você me banca! Troco a liberdade por comida, teto, roupa, transporte, inglês, cigarro e birita! Mais corrupta, impossível!

— Desculpa! — Gabriel se sentiu repentinamente abalado.

— Desculpa, porra nenhuma! — Manuela deu as costas, entrou no quarto, bateu a porta e se jogou na cama.

— Abre, por favor!

— Vá se fuder! E se continuar insistindo, vou embora!

Gabriel calou, pois temia que a filha realmente partisse. Havia muito acompanhava seu movimento de libertação, por enquanto limitado a voos rasteiros, como produzir e vender camisetas estampadas com o bonde, o castelinho, o carnaval de rua e demais imagens típicas do bairro. A tendência, porém, era esses ensaios eventuais se desdobrarem em conquista de emprego e mudança. Afinal, ela estava prestes a se formar.

Manuela tentou adormecer, contudo o espírito ficou pendulando entre a comodidade de usar a base e a pressa de sumir da presença — outrora fonte de segurança e, de uns anos para cá, sufocante.

Da força à asfixia

Ainda novinha, Manuela notou a grande estatura do pai. Ao caminhar pela Estrada das Paineiras sobre seus ombros, sentia-se transportada por gigante. Na praia, comparava-o aos demais banhistas e se orgulhava de percebê-lo bem mais alto. Os raros a ultrapassá-lo apresentavam sempre algum traço redutor, como alquebramento ou franzinice.

Com a barriga apoiada nas imensas mãos de Gabriel, Manuela se deslocava segura pela água; rapidamente aprendeu a nadar. Então passou a apostar braçadas em diferentes direções: disputas com placar equilibrado pela engabelação consentida; farsa levada ao extremo das turras simuladas.

Juntamente com o zelo, a fortaleza de Gabriel compensou a ausência de Hortência, apagada pouco a pouco. Também serviu de resguardo contra o abeiramento que, por volta dos treze anos, Manuela começou a sofrer de meninos, rapazes e homens.

Só que a robustez virou embaraço no momento em que ela se sentiu pronta. Da catequese para que não se deixasse *deflorar*, Gabriel passou ao desenvolvimento de estratégias embarreiradoras. Olhar, sorriso, mesura, qualquer gesto masculino lhe parecia assédio.

Claro que reparou a maneira como Juca passou a tratá-la. Empenhou-se em impedir achegamento, muitas vezes por meio de rosnaduras. Ao saber da primeira vez, deu carreira no porteiro, cuja morte pensou em encomendar.

A essa altura Manuela já havia mudado completamente a percepção do genitor, que, em lugar de amparar, tirava o ar. Sobretudo depois de ser dispensado por Clara, que dividira com Gabriel por mais de duas décadas.

A soberania dos sentimentos

Clara administrava muito bem o triângulo: satisfazia plenamente os amantes e, assim, impedia qualquer animosidade; discorria tão serenamente sobre os dois que conseguia naturalizar o caso junto a católicos e crentes.

Manuela se deu conta da relação aos cinco anos, quando passou a lançar olhares de candidata a filha para os lados de Clara, com quem estabeleceu uma cumplicidade muda. Sorrisos e outros pequenos gestos silenciosos intensificaram a troca de afeto de longe.

Na adolescência, Manuela acordou para a discrepância entre Clara e Gabriel. Ainda lutou para recuperar do pai a imagem da primeira infância, mas enxergou apenas um bronco opaco, sem espaço para próximo, metido a marajá. Perguntou-se o que a vizinha via nele — até compreender que o nexo tinha origem pretérita.

Até o dia em que o presente pesou sobre Clara, alertando-a para a passagem do tempo e a importância de lançar no mundo quem lhe desse continuidade. Ah, desacerto: Gabriel já tinha cria e, de toda forma, com ele a desejosa de engravidar decididamente não queria filho; quanto a Rodapé, apavorou-se de tal maneira com o pedido para procriar que sumiu.

Essa reação despertou raiva em Manuela, que percebia Clara cada dia mais frustrada de se limitar à maternidade a distância. Ao longo dos anos, a namorada do pai acompanhara cada passo de seu desabrocho, torcendo por sua saúde e beleza; mas jamais sequer a afagara.

Manuela resolveu ensinar a Rodapé: faria com que gamasse, em seguida cairia fora. Todavia, acabou sensibilizada por sua vulnerabilidade, que o tornava verdadeiro oposto de Gabriel. De alvo o preparador passou a motivo de cuidados.

Até seu pendor para a infidelidade começou a ser visto como positivo. Manuela se acreditava capaz de deixar apaixonado qualquer homem de meia-idade; entregue à variação, Rodapé teria alguma chance de escapar à dependência.

Os sentimentos realmente nada têm de previsível: a moça acabou tomada de tal maneira pelo interesse que esqueceu o intento inicial, fechou os olhos para as expressões de dor de Clara e os ouvidos para as ponderações do preparador quanto ao risco de ser morto.

Fadados à rivalidade

Gabriel passou a vociferar para Rodapé tão logo notou atração entre os dois. Mais que nunca, Manuela considerou o pai um mestre de paciência, no sentido de pessoa a tal ponto intratável que, no exercício para suportá-la, aprende-se a tolerância.

Paradoxalmente, a blindagem faz de Gabriel um monólito que tem o ponto fraco na filha, a quem não pode confrontar sem cair inteiro, choroso, pedindo perdão. Sempre que o encara, Manuela vê repetir-se um script com início na intransigência explosiva e fecho no melodrama.

Por isso não teme por si; e tomou como desafio anular o ímpeto paterno de colocar ponto final numa concorrência iniciada ainda na infância, quando Rodapé perdia todas as quebras de braço, mas já aproveitava o pequeno tamanho para tocar a bola entre as pernas do galalau. No momento em que as brincadeiras foram substituídas por namoro, a rivalidade virou rixa, na qual Gabriel levou definitivamente a pior. Dado a arroubos, jamais soube a importância de banho-maria em abordagem; mais afeito a números do que a letras, comunica-se aos borbotões. Enquanto isso, o preparador se nutre cotidianamente de fábulas, ideias e vocábulos que tem o cuidado de despir do aspecto livresco e, assim, entretém agradáveis colóquios.

A solidão lhe ensinou a ouvir, faculdade a que associou o hábito de responder alinhavando o pensamento da outra pessoa, que se sente compreendida. Rodapé contrabalança a tranquilidade na análise do alheio com manifestações de insegurança quanto a si. Isso explica boa parte da atenção que lhe dispensam as mulheres, distraídas pelo feito de amparo vir de desamparado.

Contudo, diálogo Manuela tinha na simples camaradagem. Faltava-lhe aquilo que não conseguia atingir no vuque-vuque com os de sua idade. Ciente de que Rodapé se achava preparador em tudo e levava à cama a calma com que conversava, sussurraria *ainda não* quantas vezes fossem necessárias à ultrapassagem do limite de gozo até então atingido.

Embalada por tais pensamentos, Manuela acreditava na possibilidade de se igualar a Clara no pagamento de paixão. Ao triscar em álcool, suspendia todas as culpas, a começar por aquela decorrente de colocar em perigo de vida o homem que via de quatro a cada encontro: por mais que temesse Gabriel, Rodapé não conseguia esconder o desejo, que transparecia em gestos e miradas.

O silêncio como limite

Manuela recorda a manhã em que se fitaram pela primeira vez, como se acabassem de ser apresentados: não trocaram palavra, mas ficou claro o que ele sentia. Dias depois ela tomou iniciativa de puxar papo, inaugurando intercâmbio respeitoso, no qual, todavia, sempre escapavam movimentos.

Ao pegar carona com ele, por exemplo, acontecia de enfatizar alguma passagem de relato tocando-o no braço. Nas despedidas evitavam beijos, mas seguravam a mão um do outro durante certo tempo. Às vezes, ele dava tchau passando os dedos levemente na barriga dela.

O tempo corria e a relação mudava, contudo evitavam verbalizar o magnetismo, como se tal silêncio fosse a fronteira que, uma vez transposta, acionaria Gabriel. Os olhos é que exageravam no dizer. Como da vez em que se acharam sentados em mesas distintas do Simplesmente. Rodapé ficou inquieto ao perceber braço peludo posicionado sobre os ombros dela. Quis avaliar o adversário, mas tinha a visão impedida por uma gorda. Esticou o pescoço, derrubou guardanapo propositalmente no chão para ter pretexto de se inclinar, entretanto só conseguiu o que queria ao levantar como se precisasse ir ao banheiro: deu uma sacada carrancuda no outro, felizmente portador de cavanhaque — que o preparador sempre associou a falta de senso estético e amoroso.

Manuela seguiu a movimentação dissimuladamente, esforçando-se para não cair na gargalhada. Sentia-se feliz de notá-lo ridicularizado pelo maravilhamento. O encanto também dignificava os olhares que abrangiam o corpo, no todo ou em parte. Quando a sós, ele se permitia admirá-la dos cabelos aos pés; ela continuava a conversa, sem se abalar ou ofender, para retribuir o apreço na mesma moeda.

Legitimado por Clarice

A vizinhança assistia ao crescente chamego como se acompanhasse folhetim. A mágoa de Clara por quem outrora considerara filha, o despeito arrebentando Gabriel, os suores gélidos de Rodapé, quanto conteúdo para fofoca!

O condomínio inteiro estava certo de que o novo casal acabaria transando e antevia catástrofe. Alguns faziam apostas sobre estragos. Os mais próximos percebiam que o freio só podia ser acionado por Manuela, a quem tentaram aconselhar. Mas ouviram desconversa de apaixonada.

— Apaixonada, nada! — Clara reagiu, ao saber. — Vadia, isso sim!

De fato, Manuela desejava cada vez mais; porém o crescimento da atração se devia a motivos sem nexo sexual, como a partilha de interesse por Clarice Lispector, de quem Rodapé presenteara *Perto do coração selvagem*, com a recomendação de que o lesse sem alvoroço, no mais recluso dos cantos, preferencialmente em dia frio e nublado, para facilitar a introspecção.

Logo comentavam passagens marcantes, como a conclusão da jovem protagonista Joana de que uma outra personagem "compreende a vida porque não é suficientemente inteligente para não compreendê-la". Manuela se dizia aliviada de constatar no alter ego de Clarice sentimentos que sempre condenara em si, por achar pretensiosos, perversos ou perigosos. A certeza de que a maioria das pessoas se mantinha na superfície, a impressão de desacordo com quase todos os conhecidos, a vontade de mandar o mundo à merda, o fascínio pelo fenecimento — quanta esquisitice verbalizada com brilho!

O preparador a abastecia de histórias sobre a autora, como aquela contada em poema por João Cabral de Melo Neto: Clarice está falando com amigos e, depois de a conversa ser interrompida por outras pessoas que acabam de chegar de um jogo de futebol, pede que se retome o assunto anterior: a morte.

— Esse gosto surpreende ainda mais quando vemos que era uma mulher belíssima — Manuela comentava, agitada. — Talvez porque tinha tudo para ser cheia de vida, ficou à vontade para cultivar o contrário.

— O que impressiona é a capacidade de ela se mover no sentido da essência das coisas e parar na beirada, reconhecendo a impossibilidade de o ser humano avistar além daquilo que os sentidos captam — Rodapé completava. — Quando a leio e a Guimarães Rosa, tenho certeza de que jamais conseguirei sequer chegar perto. Os dois e Machado de Assis me deixam cheio de complexo, sem coragem alguma de escrever.

O preparador fornecia também informações sobre o experimentalismo do romance durante o século XX, quando a tentativa de se libertar da obrigação de imitar a realidade levou os escritores a desrespeitarem inclusive as balizas espaçotemporais. Era do que Manuela precisava para apreciar ainda mais o texto clariciano, produzido sem roteiro prévio, em entrega à criação semelhante à deriva com que a leitora levava a vida.

Ah, como essas conversas a excitavam! Não se surpreendia de o preparador gostar do autor de *Grande sertão: veredas*, cujo requinte se espalhava por histórias contadas do ponto de vista masculino. Entendia o interesse de Rodapé pelo criador de Capitu, com seu privilégio da movediça interioridade humana como tema e da cidade do Rio de Janeiro como cenário. Agora, amar Clarice era um atestado incontestável de que Rodapé compreendia a alma feminina.

Esse dado conferia uma legitimidade que Manuela não enxergava em nenhum homem com quem estivera. Daí vislumbrar o preparador em visita delicada e detalhista, para exploração plena.

Azar das outras

Manuela se imaginava com Rodapé principalmente ao ficar de fogo, quando o destrambelho etílico se associava a desregramento de alcova e ascensão ao sétimo céu.

— Dar pra ele é simplesmente vital! — soltava em voz alta, sem se importar com quem estivesse por perto.

Ocorria de um dos presentes estimulá-la a falar mais. Ouvia, enaltecia a persistência no amor, fingia abrir o coração, firmava-se como confidente. Se havia música, puxava-a para dançar e se mostrava ainda mais caloroso.

Manuela se sentia compreendida, começava a vincular o pretendente ao sonho de ter Rodapé e, gradativamente entristecida de ver a noite avançar e não encontrar quem tanto desejava, acolhia carente o carinho de que se tornava objeto.

Se acontecia de todos os homens interessantes da festa estarem acompanhados, permitia-se invejar os casais, em meio aos quais resolvia abrir espaço. Com esse fim, analisava a área onde se dançava e escolhia o melhor lugar para assumir posição.

As expressões faciais eram de leve descaso, os pés se alçavam no ritmo e, de uma extremidade a outra do corpo, sobressaía-se a rigidez do futebol. A coesão e a coroação do todo cabiam aos longos cabelos escuros, dos quais a textura convidava a toque e o orquestrado ondear comunicava promessas.

A plateia se dividia entre o despeito e o desejo: as mulheres torciam para que ela levasse tombo, quebrasse o nariz, se arrebentasse; os homens começavam a perder o foco de suas respectivas.

Ao notar que causara efeito, Manuela voltava à mesa, acendia um cigarro e analisava o salão por trás da fumaça, avaliando a extensão do estrago. Bebia mais um copo e se dirigia ao banheiro ou outro lugar afastado, onde invariavelmente recebia a visita de um atiçado ardendo de tal maneira que pouco se importava em perder aquela com quem viera à festa.

Manuela quase sempre regateava: acatava beijos, porém se restringia a fornecer o número do celular. Imprimia tal encaminhamento à abordagem por acreditar que sua dignidade dependia do cultivo de um certo fair play ou, o que era mais comum, para ter a satisfação de chegar ao final da noite contabilizando um bom número de azarões.

Vez por outra, porém, puxava o primeiro a ousar abordá-la para dentro do banheiro e, apoiando-se no vaso em diferentes posições, tragava-o.

Crise cíclica

O problema da esbórnia é que à noite sucede o dia, com sua incômoda claridade. Manuela acordava recriminando-se por haver causado mal-estar a um bando de mulheres, algumas conhecidas. O mais constrangedor era ter enrolado a si mesma, ao acreditar que fazer homens babar era abafar.

A natureza é que, com seu poder sobre necessidades, acende os machos a qualquer promessa de orifício onde possam depositar a substância de que a espécie precisa para se perpetuar. Por sua vez, as fêmeas se mostram mais finas na administração da libido por serem aparelhadas para viver uma das poucas experiências realmente sublimes facultadas ao ser humano: dar à luz.

Na profundidade imposta pela ressaca moral, Manuela sofria ainda mais de pensar que fizera o papelão por não conseguir perpetrar mal ainda maior: roubar Rodapé definitivamente de Clara, que, ao chegar à idade ideal para parir, começara a sonhar acordada com filho. Autônoma e debochada até pouco mais de trinta, a síndica perdera completamente a arrogância ao se ver premida pela precisão de abrolhar, que, com o passar do tempo, se tornou verdadeira ideia fixa.

Manuela detestava perceber-se calhorda no campo amoroso. O fato de o dano causado não ser material não reduzia em nada o sentimento de culpa, que a levava a se ver sem direito de criticar encarnações estereotipadas do mal, como os políticos ladrões e seu próprio pai. A formação em História, com sua abundância de provas de que o ser humano é maligno e o país é bonzinho apenas na aparência, aguçava ainda mais a dor do arrependimento.

Por fim, mas igualmente grave, havia as ciladas a que se expunha com as bebedeiras. Desconhecia boa parte daqueles a quem seduzia, entre os quais alguns certamente eram responsáveis pela manutenção da cidade entre as mais violentas do planeta. Bastava pensar nas histórias que corriam sobre Camarão, de se travestir de diferentes personagens para frequentar anonimamente até festas familiares.

Manuela imaginava a desgraça de dar trela para alguém assim e começar a ser perseguida. Tentava expulsar da cabeça a lembrança das ocasiões em que a falta de local reservado levara-a a passear em carros de desconhecidos. Quantas vezes passara a ser importunada de tal maneira pelos entusiasmados que precisara trocar o número do celular? Por sorte nenhum deles era como um antigo chefe do Cerro, que fazia acompanhar o sexo de retalhamento.

No ápice da depressão, Manuela repetia para si que a única saída seria abandonar de vez a bebida, afinal bastava tocar em cerveja para perder as estribeiras. Entrava no site dos Alcoólicos Anônimos e anotava o endereço dos centros de atendimento mais próximos.

A angústia a fazia acender um cigarro atrás do outro, até se colocar diante do espelho, mas não para se admirar, e sim para se abater de vez, ao pensar que em algum momento seu rosto começaria a trazer as marcas, igualmente devastadoras, do tabagismo. Mais uma vez se comparava a

Clara, que não estava satisfeita com a vida, porém mantinha a pele infantil e a vitalidade adolescente.

— Maldita nicotina! — Manuela repetia para si.

Ficava trancada em casa, padecendo de pensar que só lhe restava trocar o hedonismo suicida por uma agenda de idas regulares às entidades dedicadas aos dependentes de ambos os vícios. Passava um, dois, três dias abatida, a recusar convites para sair, pensando seriamente em mudar de vida.

Só quebrava o recolhimento para atividades comprovadamente saudáveis, como jogar futebol na quadra, onde sempre fora a única mulher. Amante do esporte desde os tempos em que assistia a partidas no Maracanã sentada sobre os ombros de Gabriel, tinha enfrentado muito preconceito até provar que a força é importante, mas o que realmente conta é a habilidade.

Se a vontade de ver a noite começava a se pronunciar, vestia-se de rapaz, colocava toca ninja e partia ladeira abaixo de skate. Tomava a Rua Júlio Otoni, em cuja metade vivia a aventura de cortar a favela para desembocar na Rua Alice. Reduzia a velocidade diante da Casa Rosa, onde se deliciava de passar anônima por conhecidos que entravam para festa ou show. Voltava já madrugada, sentindo uma disposição e um bem-estar que a levavam a cantarolar sob ducha fria.

Entretanto, havia um momento em que a vontade de badalar retornava para valer, então Manuela pensava que era uma balela essa história de alguns organismos serem especialmente sensíveis ao álcool; da próxima vez, pensaria em limite antes de sair de casa e, com certeza, controlaria o consumo, pronto. Quanto ao cigarro, andava muito estressada para abandoná-lo; melhor fazer isso quando acabasse a faculdade, arrumasse emprego e partisse da casa paterna.

Presas fáceis

Nicole não se sentia propriamente equilibrada, mas se preocupava de tal forma com o desgoverno da amiga que muitas vezes perdia o prazer da saída. O temor se instalava no momento em que a ouvia dizer, em tom de brincadeira, que estava tomada pela Pombajira: sinal de que passara a um estágio de inebriamento em que o corpo já não apresentava o aprumo natural, tampouco o controle imposto pela cultura.

Nicole tentava retê-la nas proximidades e, sempre que podia, interpunha-se entre ela e os pretendentes. Usava apenas gestos e caretas para interceder, pois o sotaque parecia minar a autoridade e reforçar sua condição de objeto igualmente de abordagem. Muitas vezes nem o silêncio impedia que os audazes a cantassem.

Nas saídas em Santa Teresa, a francesa receava menos, pois havia muitos conhecidos e, em geral, os moradores e frequentadores do bairro evitavam manifestações explícitas de machismo. O mesmo acontecia em festas no amplo pátio interno do Instituto de Filosofia e Ciências Sociais (IFCS), onde Manuela estudava: ao menos no âmbito acadêmico, os universitários da área de humanidades se mostravam respeitosos.

Bastava irem à Lapa, porém, para serem tocadas em cabelo, braço, bunda, por invasores de espaço vital que se sentiam especialmente estimulados ao notarem que a possível presa não estava com domínio sobre o próprio corpo.

A situação se complicava pelo fato de, consciente ou inconscientemente, Manuela sempre encontrar meios de escapar à vigilância. Ora fazia fila para ir ao banheiro e, ao sair, já desandava; ora avistava um amigo querido, ao encontro do qual ia e, após curta ou longa conversa, se extraviava.

Ao perdê-la de vista, Nicole se inquietava, colocava-se em ponto elevado, passava os olhos demorada e repetidamente pelo ambiente e, se não a localizava, ligava de celular para celular, mas quase nunca obtinha resposta. De repente, Manuela aparecia atravessando a aglomeração como se protegida por anjo da guarda, quando estava mais vulnerável do que nunca, e, na verdade, parecia milagre que nada lhe tivesse acontecido.

Em exercício mental comum quando se é estrangeiro, Nicole se perguntava se aquele comportamento se devia à conhecida permissividade brasileira ou à formação liberal que Manuela recebera no CEAT até o ensino médio. Contudo, não chegava a qualquer conclusão, pois a via mudar completamente ao recuperar a sobriedade.

Sem falar que, em comparação com a amiga, a suposta equilibrada se arriscava muito mais, com seus envolvimentos amorosos. No momento em que conseguiu objetivar sua própria situação, parou de temer mais por Manuela do que por si mesma.

Apelo acintoso

— Não temos subjetividade, e sim loucura! — Nicole afirmou enfaticamente a Rodapé. — Pra piorar as coisas, a maluquice de quem mora no Rio é incrementada pela violência. Os parisienses são tensos, mas contidos. Aqui, todo mundo parece pronto pra pancadaria.

— Também, pudera: o barulho das balas vibra nos nervos. Acordamos e dormimos com tiroteio, então ficamos cada vez mais medrosos, agressivos, neuróticos e atarantados.

— Por que você e Manuela não se unem de vez? Juntos, podem se ajudar na busca de bússola e se proteger mutuamente.

— Proteger? O Gabriel providenciaria imediatamente meu óbito!

No entanto, o preparador sentia tanto ciúme de Manuela que, ao ouvir que ela se trancara com alguém em pleno banheiro do Simplesmente, ligou para Clara, pediu perdão e, ao notar amolecimento, implorou que se reabrisse para Gabriel:

— Você é a única pessoa capaz de impedir que ele me mate...

— Mas só fará isso se você e Manuela...

— Pois é...

— Não acredito! E ainda me liga?! Filho da puta!

— Por favor...

— Por favor, o caralho! — Bateu o telefone.

Queda na real

Clara alardeou que estava mais apaixonada do que nunca por Rodapé, perto de quem Gabriel nunca havia existido. Repetiu a informação no escritório e na pracinha, para ser ouvida pelos grandes mexeriqueiros, que se apressaram em passá-la adiante e, principalmente, levá-la ao desprezado — que a escutou em diferentes versões, então jurou reação.

Coincidiu de Rodapé ficar repentinamente esquisito e, mesmo ainda saindo, manter-se à parte, taciturno e enrugado. Gabriel soube que o adversário se dizia preocupado por não encontrar um certo alguém, todavia, convencido como todo homem de musculatura desenvolvida, atribuiu o estranho comportamento a temor de sua pessoa e tentou se acalmar. Só que, como brutamontes, tinha também um orgulho mal resolvido, que lhe dava a impressão de os vizinhos desviarem os olhos para dissimular o pensamento de que ele era só tamanho e, na verdade, não passava de frouxo, manso, desmoralizado.

Ao saber que o preparador ousara sair do isolamento e promovera farra durante a qual se agarrara com Manuela no escuro da bica, afiou o facão de cozinha e aguardou o momento de usá-lo. O sarrabulho a que o submeteu não foi nada diante do que teria feito caso ele não fugisse. Ah, se lhe cortaria o órgão copulador!

Avisada por Nicole do incidente, Manuela ligou para Rodapé e exigiu que atendesse o telefone. Então ouviu detalhes da tentativa de agressão, da queda despenhadeiro abaixo e dos ferimentos.

— Se me quer vivo, não me procure, não me fale, sequer me olhe! — o preparador suplicou.

— Me perdoa...

Até então Manuela vira a iminência de tragédia como embelezadora da aproximação, que ganhava contornos de love story; mais cercava e era rechaçada, mais anelava. Entretanto, a passagem à violência concreta impôs senso de realidade, além de uma revolta incontrolável: ao ver o pai entrar em casa, berrou demoradas ofensas — nenhuma delas rebatida.

O risco como reforço

Várias semanas depois, o candidato a assassino tentou se mostrar compungido ao afirmar que a fornicação fora fatal: Rodapé ainda não manifestava, contudo era portador. Um vizinho vira-o saindo terrivelmente angustiado do CTA Rocha Maia.

— Não sinto mais raiva, e sim pena...

— Além de mentiroso, mau ator! — Manuela gritou.

Entretanto, estava desconcertada: trancou-se no quarto e, depois de alguns minutos resmungando, relembrou a extravagância que tomara conta repentinamente do preparador. O próprio Juca estava convencido de o problema ser sério e se inquietava especialmente com o silêncio do amigo:

— Como a gente não sabe o que é, imagina cada coisa... — o porteiro admitia.

Manuela detestava pensar que Gabriel se deliciava com a certeza de que Rodapé estava bichado. Aos poucos, porém, a ira contra o pai começou a dar lugar a mais apreço pelo suposto soropositivo.

Era admirável, por exemplo, que o preparador abraçasse a abstinência, quando bem poderia tomar a ruína como incitação ao abocanhamento: já que desamparo virara desengano, por que não botar em quem pudesse? Em vez disso, escapava mais uma vez ao reducionismo masculino e, assim, heroicizava-se. Oferecer-lhe calor nesse momento seria uma atitude clariciana, regiamente recompensada pelo posicionamento em privilegiado posto de análise da vida.

Manuela se viu invadida por um sentimento enredado que desembocou numa vontade ainda maior de dar. Perdeu controle sobre a mão direita e se imaginou abrindo-se até atingir a dimensão ideada. Chegou a se perguntar se não estaria se deixando levar por presunção da mocidade — quando a energia é tanta que passa por milagrosa —, mas figurou coito sem preservativo, pele com pele, fricção repetida até o sangue, a justificar a rima de existência com transcendência pela dimensão da highway.

Fingiu que desistia de Rodapé e fez as pazes com Gabriel, com quem concordou que, em vista da notícia de Reimoso querer seu escalpo, era melhor partirem. Ajudou-o a encontrar uma casa no Recreio, comprada com o dinheiro da venda do apartamento e um financiamento da Caixa Econômica. Também se dispôs a passar o feriadão da Semana Santa embalando o máximo possível do que vão levar.

Em segredo até para os mais chegados, no entanto, planeja visitar o Equitativa assim que se mudarem e, longe da sombra do pai, inundar de prazer o vizinho. Sabe que não terá paz enquanto acumular tanto desejo — que se amplia na mesma medida em que é negado.

Eclosão

O apartamento se situa no térreo. Em períodos de grande movimento, como início de noite, recebe falatório, estridência, algazarra. As vozes entram pelas portas e janelas que dão para a pracinha. Manuela mantém ligados o CD player e a tevê, entre os quais se alterna com o controle remoto.

Agora mesmo passa à Net, que exibe uma cerimônia realizada em Amsterdã, de escolha da melhor canabis do mundo: prefeito e empaletozados prestigiam o evento, enquanto o júri, composto de maconheiros ilustres, prova e opina numa civilidade de acender sonhos.

Sem despregar os olhos da tela, Manuela estica o braço até a caixinha de filme fotográfico, abre-a e retira ingredientes. Começa a desbelotar maquinalmente, atenta aos provadores de além-mar, que comparam erva a vinho, em degustação à sombra da lei, a anos-luz do desmantelo das bocas tropicais.

Como a reportagem finda, sobe a voz de Cássia Eller, que cogita de ainda ser uma garotinha. Manuela vê a proximidade da conclusão do curso universitário como promissora, porém prenhe de incertezas. Nos últimos tempos, arrepia-se ao fumar: abalo por conta dos estouros de Gabriel, efeito do clima da área ou medo das responsabilidades que se anunciam?

Sabe apenas que adoraria desplugar da atmosfera pesada. Tivesse tempo, trabalharia para comprar passagem com destino à distância. E tanto fazia se fosse o frio de Praga ou a sequidão do Atacama. O importante seria partir — oxalá ao lado de Rodapé, que ao menos viveria as últimas no estrangeiro.

Manuela entorta a boca para prender o beque, acende o isqueiro e leva-o posudamente ao bico. Ao contatar o fumo, porém, a chama vira rajada de fuzil, metralhadora. Os pipocos de sempre, mas muito perto, da própria pracinha. O pior terá eclodido? Sim, a julgar pelo vozerio, seguido de silêncio.

Manuela arregala os olhos para a ponta em brasa. Apressa-se em apagar o fino e o esconde na palma da mão. Lança-se até o interruptor e desliga a luz. Dá uma olhada em volta, tentando decidir que outras medidas de segurança tomar, então lembra do som, sobre o qual se precipita e, em vez de apertar o botão, puxa a tomada.

Corre até a porta e, pelo olho mágico, percebe que não há mais vizinho à vista, e sim uma milícia adolescente. Meninos e rapazolas zanzam esbugalhados, acesos, belicosos. Tentam esconder a origem rota com mochilas pseudoimportadas nas costas. As armas, sim, vêm do exterior: novas de reluzir e potentes de romper.

Manuela interrompe a observação e cola as costas na porta, como se não enxergar fosse maneira de se proteger. Pensa na velha fala de que os usuários são culpados, já que financiam. De fato, troca parte da mesada por períodos de alienação; todavia, só consome bagulho — instalador de slow motion —, enquanto o combate é obra da cocaína, com seu poder de trincar.

Manuela narigava esporadicamente, mas em certa festa achou babaca o consumo. Tinha acabado de limpar uma linha colocada sobre a mesa da sala e, ao levantar o rosto, viu os demais a discursarem, uns com jeito de gênio, outros chistosos, cada um se julgando mais.

Sem branco, os traficantes não ousariam cruzar os prédios. Os estudiosos mostram que a escalada de violência se deve a motivos tão variados quanto o agravamento dos problemas sociais, a crise ética, o desencanto político, o oco existencial, a multiplicação do número de consumidores de drogas, com a consequente ampliação do faturamento — mas a coragem para guerrear vem do branco, que acabará transformando Rio e São Paulo em palco de atos terroristas do crime organizado.

Manuela não resiste à curiosidade, olha novamente pelo olho mágico e quase cai para trás: lá vem Juca, com dois encapuzados na retaguarda. Usa argumentos inaudíveis, entretanto é evidente que tenta convencê-los a mudarem de ideia. Quem poderia imaginar que o taludo porteiro, destemido de pasmar, acabaria miando em mira de malandro?

A dupla armada não está nem aí para rogo e mantém o engatilhamento. Afinal, Juca é influente nos Prazeres e assecla de Camarão. Só não desembestou ou ligou para avisar porque não pôde: o alto já é palco de morticínio. No Equitativa ficou apenas um destacamento encarregado de abater fugitivos. Àqueles dois, cabe agarrar Manuela.

Ao menos é isso que ela pensa, freguesa do Cerro desde que percebeu que, mesmo desprezando o pai, precisa visceralmente vê-lo vivo; então resolveu reduzir a animosidade de Reimoso contra ele e, para tanto, pediu para Rodapé levá-la lá; mas acabou se emburrando com o chefe, que há algumas semanas mandou espalharem o intento de findar com todos os opositores, dos quais comerá as familiares apetitosas.

Proteção de prostrado

Manuela passa o trinco na porta, corre até um dos janelões de trás, escala-o, cola o corpo ao parapeito e se desloca. Chega ao apartamento vizinho, para dentro do qual pula.

Rodapé se assusta, mas fica na rede, de onde sobe o olhar até coxas, short, umbigo, busto desenhado por camiseta, rosto de rubor — tudo coberto de suor. Noutros tempos, talvez se desse ao luxo de analisar em detalhes e, eventualmente, descobrir pequenas imperfeições; agora vê conjunto a tal ponto soberbo que não se acredita merecedor. Contudo, se a guerra começou, besteira respeitar limite ou timidez.

Puxa-a para si, em busca de calor que anule o frio descabido: afinal, o mês de abril anda quente e, mesmo neste momento, quase oito da noite, o mormaço mantém estática a folhagem e umedece os corpos; apenas o prostrado parece sentir baixa temperatura.

Atenta um pouco mais para a esmurração ao lado: não conhece o motivo, mas pensa em tentativa de estupro. Também ouviu que Reimoso se vingaria de certos condôminos praticando, com suas filhas e mulheres, o que fora proibido de fazer com as empregadas, ao ser despedido. Haveria até mesmo a lista daquelas a serem devoradas durante a festa do triunfo.

Ao saber disso, o preparador pensou em telefonar para o chefe e pedir pela integridade de Manuela. No entanto, a ideia fixa dos últimos meses baniu as demais preocupações. O estouro do conflito hoje, dia em que apanhou o exame, não é coincidência nem ficção — e sim calamidade.

Rodapé estica o braço até o telefone, pensando em ligar para a polícia; todavia, não consegue atribuir humanidade a armado. Limita-se a puxar ainda mais Manuela e fazer de conta que nada acontece. Ela se encolhe na rede, cedendo ao arremedo de anteparo, mesmo suspeitando que a ousadia do frágil se deve a contagem regressiva, desencadeada por erupção de doença oportunista.

Capítulo 4

O dilaceramento de Juca

Os encapuzados querem acertar conta de honra, porém não com Manuela, e sim com seu pai, em quem pretendem dar porrada, coça medonha, possivelmente tiro. Gabriel provocou a demissão de Reimoso do quadro de funcionários do condomínio, o que já lhe rende maldição; mas sobretudo chamou de ladra a Zilda, mãe da dupla ali.

A explicação é dada por um e desperta censura do outro. Juca percebe a adrenalina que ambos produzem e pensa que o descontrole resultará na morte de um número bem maior de inocentes. Mesmo em situações normais, os jovens guerreiros não têm muito domínio sobre o corpo, ainda em crescimento e longe de se harmonizar ao cérebro, igualmente agitado pelo pó.

O porteiro arruma os óculos no nariz e interrompe a discórdia com pedido de calma, seguido de sussurro de seus nomes. Lembra que os conhece desde crianças. Comenta o dia em que apartou briga entre eles. Confessa-se impressionado com o alongamento:

— Perto de vocês, Gabriel some! E querem saber? Também já pensei em quebrá-lo! Pô, até racista o cara é!

Conta que, entre muitas sacanagens, o procurado tentou convencer os demais condôminos de que ele não era limpo o suficiente para fazer o biscate periódico de lavar as caixas-d'água do Equitativa. Por sorte todos conheciam o real motivo: arrufo por sabê-lo iniciador da filha.

Ah, mas a referência a Manuela eriça os encapuzados, que tomam a putaria do porteiro como privilégio. O mais velho diz que conhecem muito bem suas atividades e aconselham sumiço:

— Se a operação babar, Reimoso vai finar os bambambãs!

— A começar por você, o pastor e o pai de santo! — o mais novo acrescenta.

— Pro morro sentir! — o mais velho conclui.

Juca embasbaca. Sempre temeu pelas consequências de seu vínculo com Camarão, porém via o engajamento como resguardo. De repente, descobre que respaldo também pode passar por ofensivo. Melhor silenciar e refletir.

O eu e os outros

O líder começa pensando que a associação dos Prazeres realmente reduz a míngua e amplia o bem-estar: gente de todas as idades utiliza o salão para festas, desempregados se inscrevem para arrumar trabalho, adolescentes se orientam sobre retirada de documento e pequerruchos são tratados a pão de ló, por encarnarem esperança.

Sim, Juca também tem motivo de sobra para ser cético: vida que é uma parada, perda prematura dos pais, neca de dindim. Mas se anima, acredita, positiva ao ver guris reduzindo pança, esticando, divertindo-se com o alfabeto — em prevenção contra a entrada no movimento.

No início, o líder encarou a creche mais como defesa: nenhum policial ou traficante ousaria atacar casa angelizada: as mães morderiam, mobilizariam machos, morreriam se necessário. Aos poucos, começou a se emocionar com certas manifestações de doçura, como o alvoroçado coro de *tio* com que era recebido pelos pequenos. Passou a procurar a calorosa companhia sempre que não sabia o que fazer com a rachadura que o perpassa.

Também recorreu à mídia para fortalecer o empreendimento e a si mesmo. Contatou a *Folha de Santa* e falou em motivo irrecusável de reportagem. Apareceram um jornalista e um fotógrafo, que entabularam papo de sondagem sobre sua relação com o tráfico. Acabaram convencidos de sua neutralidade devido à densidade do discurso, legitimado, curiosamente, pelos óculos expressivos.

Juca apareceu entre os miúdos, em colorida bagunça. Isso lhe rendeu cumprimentos até de condôminos que não enxergam favelado. Nos Prazeres, muitos admiraram o recorte afixado na associação, felizes de o morro ser notícia sem sangue.

O mais contente era o próprio Juca. Ao ser abordado por vizinho ou condômino, fingia não dar a mínima; mas guardou exemplares do jornal, que mirava sozinho, achando-se garoto-propaganda. Intuiu que aquelas páginas formavam camada protetora e que a luta por melhoria podia ampliar o gozo:

— Nunca comi tanta mulher! — disse a Boiô, que viera passar uns dias com a avó.

O percussionista lembrou que era fundamental usufruir sem se refestelar. Juca sabia disso e, para não ser tragado pelo próprio umbigo, usava a popularidade em prol da creche.

— Se quiser ajudar os irmãozinhos lá de cima, é só dizer... — insinuava sempre que algum condômino dava brecha.

Começou a levar sacolas cada vez mais pesadas de não perecíveis, que rapidamente surtiram efeito no corpo das crianças e o fortaleceram como líder.

— Sou o desarmado que as mulheres mais mamam — confessou a Rodapé.

Continuou empenhado nas causas do morro. Por exemplo: ciente da importância do engajamento pessoal da síndica, aproveitou cada oportunidade para convidá-la a subir e ajudar. Quando finalmente a convenceu, mostrou-lhe todos os recantos dos Prazeres.

— Só que Clara não anda, desfila, né? — comentou com Camarão. — Pô, me deu ainda mais prestígio. Mesmo as sebosas querem saber o que tenho. Nem você tá com essa bola toda.

— Negão mais metido... — O chefe caiu na gargalhada e lhe apontou o revólver na direção da cintura: — Se o bilau crescer muito, o dono já era... Onde já se viu trabalhador pegar mais que vagabundo?...

Juca volta à atualidade trazendo a conclusão de que realmente misturou altruísmo e narcisismo, batalha por melhoria e capitalização da nomeada, interesse público e satisfação sexual. Mas que ser humano consegue pensar só nos outros?

E quem é Reimoso para julgá-lo? Se houvesse um concurso para eleger o mais tarado, o chefe do Cerro ganharia com ampla folga! E de onde tira a pretensão de mandar num pedaço aonde acabou de chegar? *Vai se fuder!*, Juca repete interiormente, torcendo para que a ofensa se faça profecia.

Pode fugir, mas para onde? Nos Prazeres cresceu, amou, cultivou quimeras. Pertence à área tanto quanto a rocha sobre a qual se espalham vegetais, humanos, construções. Longe, passaria o tempo feito estadista exilado, a bolar plano de retorno, conspirando — não, não arredará.

Encurtamento de pavio

Desde o início do tiroteio diário, Juca passou a merecer tratamento agressivo até de Camarão, que recebera ordens de reduzir a afluência de forasteiros:

— O morro precisa ficar fora de foco...

— Mas os asfaltosos querem ajudar!

— Porra nenhuma... Tudo traíra...

— E você, um fodão que só sabe ser capacho!

— Rapá...

— Se teus chefes mandarem, tu é capaz de me matar! É ou não é?

Juca se referia ao fato de a organização começar a exorbitar nas zonas mais carregadas. Em lugares tão diferentes como Copacabana e Encantado, chefes haviam apagado líderes sob pretexto de que boas intenções inviabilizam business.

— Se eu te queimar, é que tu é chato pra caralho... — Camarão fez um gesto impaciente, despachando.

— Tou indo! Mas vou te dizer: não te chamo de ameba porque tu já é Camarão!

— E não te encho de bala porque quero que tu viva muito... Pra virar um velhinho bem viado... Polindo o pau dos patrões... São quantos mesmo no Equitativa?... Cento e cinquenta?... Beiçola é que não te falta...

Movimentos opostos

A turbulência apenas aguçava uma diferença básica: Juca gosta de negociar, verbo que Camarão considera covarde. O chefe explicou isso aos assessores mais próximos, mas reiterou respeito pelo líder, a quem via como exitoso, afinal era tão lido que precisava de óculos e usava tão bem o latim que conseguia conciliar produção e prazer.

— Só que anda muito no asfalto... — Camarão lamentava.

Achava estranho Juca não levar em conta que se estava em pleno exercício de guerra. Em vez de impedir a subida de pessoas de fora, infestava os Prazeres de desconhecidos, no meio dos quais certamente se infiltravam espiões. Como se não bastasse, aproveitava a chegada de levas de estrangeiros ao bairro para internacionalizar a militância.

— E se, mesmo sem querer, a gente acerta um gringo?... — Camarão batia na testa. — Quando mais precisa ser sagaz, o cara cega... Se é brô de vera por que não para tudo até eu resolver a parada com o merdolento lá de baixo?...

Desde a infância

Juca sempre fora o mais ponderado dos três. Ainda pequeno propunha melhorias, organizava horários e providenciava o necessário à realização dos planos. Boiô e Camarão faziam corpo mole e se permitiam até debochar da seriedade do amigo.

Camarão certamente era o mais desajuizado, com sua queda para o fim. Dava a impressão de ter capitulado no exato momento em que abrira os olhos e vira o dificultoso mundo. A resolvida rendição acabava fortalecendo-o: como não tinha nada a perder, deliciava-se em arrostar desafetos e enfrentar perigos.

Como reação, Juca agia feito babá: tentava dissuadi-lo das ideias arriscadas e, se não conseguia, empenhava-se em reparar os estragos decorrentes de sua concretização. Até o dia em que não conteve as lágrimas, ao vê-lo ingressar de vez na delinquência.

Somente alguns anos depois de se firmar como líder e pensar bastante sobre o hediondo xadrez que constitui a sociedade, encontrou algum sentido na opção do chefe, que, ao fazer do morro um bastião, mostrava ao mundo que preferia o confronto a ser esculachado.

— Camarão é desses malfeitores que fazem a gente se sentir pamonha de acreditar na paz — Juca reconhecia a Clara. — O problema é que não tem consciência, apenas raiva. E não ficou assim por causa do tráfico: sempre foi malvado.

Ao entrar no movimento, Camarão se mostrou tão violento que em pouquíssimo tempo virou braço direito do antigo chefe, Arlindo. Sossegou no posto de fiel até perceber que só continuaria subindo se atropelasse. Então conspirou e, na primeira oportunidade, tomou a crista, que impõe vigília de criar úlcera, mas oferece o Rio aos pés: enche o peito de ar, a cabeça de pretensões e os bolsos com o que conta.

— Imagine o efeito dessas vantagens naquela mente... — o porteiro dizia à síndica.

Flor da pele

Juca encarava como carma lutar pela recuperação do amigo. Ao reencontrá-lo alguns dias depois do bate-boca, respirou fundo para se manter calmo e pediu papo particular, durante o qual fez uma retrospectiva da ascendente trajetória do trio e, ao final, tentou plantar perspectiva:

— Ainda pensa em mudar pro asfalto?

— Nada... Cada dia me encalacro mais... Daqui, vou direto pra cova...

— Qué isso, cara?

Camarão estava certo de que não sobreviveria ao ajuste de contas com Reimoso. Não temia o desafiador, todavia tivera um pesadelo em que uma faixa transportada por um avião anunciava sua hora de passagem, o que havia despertado tamanha desordem interior que as emoções passaram a escapar pelas pupilas, pelas mãos, pelos poros.

— Passei a viver como se desse adeus...

Juca saiu da conversa diretamente ao Equitativa, onde consultou um condômino advogado sobre as chances de limpar o chapa. Ouviu que seria muito difícil, mas não impossível. Agora, o primeiro passo precisava ser dado pelo próprio, largando as armas.

Juca correu de volta aos Prazeres e apelou para os evangélicos, a quem pediu campanha de regeneração. A recorrência aos bíblias vazou até Camarão, que a ouviu madrugada adentro, achou-a afrontosa e capaz de desmoralizá-lo, então sequer esperou o sol para intimar Juca:

— Tu quer me amolecer... — Quicava, arregalava os olhos, fungava. — Se vendeu pro cuzão lá de baixo, foi? Ou quer mandar tu mesmo? Talvez pense em fazer como no Cerro, onde troço comunitário se mistura a transação...

— Tu é Camarão, mas a ameba sou eu! Somente muito burro pra tentar ajudar desequilibrado!

— Rapá...

— Rapá, rapá! Rapá é o cacete!

— Rapá...

— Para, porra! Me mata, mas para com *rapá*!

O chefe chegou a apontar, porém a visão dos olhos do ameaçado, atravessando as lentes com uma integridade inegociável, o fez recuar mentalmente no tempo, através de cenas de amizade entre os dois e Boiô, que, de resto, jamais o perdoaria. Baixou a arma e arriou na cadeira.

O porteiro partiu soltando palavrões e marchou floresta afora até alvorecer, quando procurou Clara, que, na falta de Rodapé, era a única pessoa com quem se sentia à vontade para desabafar.

Berro diluído

Dias depois, Juca foi retirado de casa numa noite chuvosa e conduzido a um cafofo, onde Camarão lhe arrancou os óculos e ficou engatilhando e desengatilhando, enquanto fazia perguntas óbvias sobre as atividades da associação. Oscilava entre riso e careta, sempre aventando beleléu. Tinha como companhia dois comandados e um desconhecido distinto, que se manteve na retaguarda, assistindo a uma distância teatral.

Juca devolveu todas as questões com olhares petulantes. Só abriu a boca para perguntar se os presentes faziam ideia da reação que o Equitativa esboçaria, caso o eliminassem. Como resposta, ouviu uma gargalhada geral:

— Negão pega branquela e se acha... — o chefe escarneceu. — Quem disse que teus patrões vão te proteger?... Querem é que tu se foda... Digo mais, ex-mano: a mania de líder te deixou mané legal...

Apesar do prefixo *ex*, o porteiro assimilou a referência ao passado fraternal como indício de que o traficante não o mataria. Afinal, quando o desamor e a demência apertavam, o perdido só não enlouquecia porque o tinha, único a conhecer os verdadeiros motivos e a real dimensão de sua dor.

Depois de muito dizer que era a última advertência para Juca limitar o engajamento aos moradores da comunidade, Camarão lhe acertou uma coronhada desmaiante. Mais tarde, acordou-o com água fria, devolveu-lhe os óculos e repetiu a explicação de que seguia instruções. Tanto que tivera grande dificuldade de convencer o enviado de que mudez digna era característica de favelado fiel.

— Mas, porra, tu não vê que é hora de dar um tempo?... Com esses encaralhados todos de fora, a gente não pode nem defender direito o morro... Até gringo tu tá trazendo... Quando tudo fica encarnado, qualquer balinha perdida vira escândalo... Se atinge turista, então!... A imprensa bate em cima... Os vermes sofrem pressão... Entram pra arrasar...

Mais do que nunca, Juca se deu conta da diferença entre os pontos de vista de quem abraça a guerra e quem se pretende pacifista. De que adiantaria repetir que o problema não era a filantropia e sim a desavença? Já não bastavam os flagelos seculares que se abatiam sobre os miseráveis? Fechar-se ao apoio externo seria abortar um longo e paciente esforço de articulação!

Partiu sem palavra, tomado pela visão do outro como tumor: não sabia habitar sem contaminar, comprometer, apodrecer tudo em volta. Precisava ser extirpado dos Prazeres, para dar lugar. Quem sabe até mesmo a Reimoso, comandante bárbaro, porém presidente da associação do Cerro, portanto simpático ao coletivo? Aliás, um dos motivos da desconfiança de Camarão era que o amigo e o inimigo se aproximavam pelo populismo — elogiado no próprio morro.

Pensar em Camarão como cancro amplificou o dilaceramento de Juca, que desde então viveu acessos de revolta, entre resmungos cotidianos e xingamentos incompreensíveis, confundidos com os dos traficantes, no ponto mais alto.

A diferença é que os *tomanucus* e demais gritos dos falcões se dirigiam aos adversários, enquanto os bramidos do porteiro se destinavam às injustiças, que, se transformavam em paradoxo a passagem pela Terra, mostravam-se lancinantes no pequeno mundo dos Prazeres.

Top é tudo

O aumento de tensão decorrente do tiroteio diário piorou bastante a difícil costura entre morro e condomínio. Um dos incidentes mais graves se iniciou com a descida de adolescentes dos Prazeres até a quadra do Equitativa, onde pediram para participar de uma partida de futebol em andamento. Ao receberem negativa, jogaram palavrões e pedradas, ampliando no porteiro a dor da ambiguidade e o desejo de desertar.

Não satisfeitos, voltaram em horário de descuido, depois do almoço. Entraram pela traseira do Bloco G, sob os pilotis mais afastados. Usaram caco de vidro e prego para lavrar protesto: *top*. Os proprietários dos veículos com pintura riscada correram, apopléticos, ao escritório do condomínio.

Os empregados foram reunidos para interrogatório. Como se negaram a dar nomes, ouviram acusação de displicentes, ameaça de corte de salário, quem sabe demissão. Até Clara se mostrou acerba. Ao final, surgiu acordo: um dos funcionários iria ao chefe topetudo exigir o fim daquele tipo de violência. A incumbência coube a Juca, que subiu disposto a realizá-la.

No caminho, porém, lembrou que traficante não tem didática nem medida. O próprio Camarão espancara duas crianças que, ao passarem pelo Equitativa, haviam apanhado brinquedos esquecidos na pracinha. Usara as próprias mãos, sentindo-se instrumento divino, em demonstração de chaleirice em relação a quem apenas o desprezava. Juca quase se atracara com o pretenso xerife.

— Cê jamais vai conseguir virar classe média! — gritou, cheio de certeza e vontade de ofender.

— Rapá... — Camarão ficou repetindo, para não verbalizar ofensa mortífera e, assim, sentir-se na obrigação de concretizá-la.

Outro motivo a impedir que Juca tomasse providência quanto aos arranhões nos automóveis é que ele próprio divulgara a palavrinha que os garotos haviam escrito. Na infância já sabia que morar em cima era viver por baixo, mas se agarrava a qualquer prova do contrário. Como o vocábulo em inglês, que descobriu em filme policial e começou a brincar, passando de *top é tudo* a *topetudo*.

Só que as três letras significavam bastante em si mesmas, não podiam se limitar a serventias menores: espalharam-se pelo morro e começaram a aparecer em diferentes situações. Durante a noite, os traficantes as bradavam. As crianças e adolescentes as escreviam com carvão, nos muros. Até o dia em que se encontrou *top* rabiscado em papel de caderno, ao lado de vários gatos envenenados.

A chacina dos bichanos causou retumbante rebu, encabeçado por Gabriel, que gritava não se conformar de ter perdido seu angorá. Na verdade, arrumara-o ao ler uma reportagem sobre pessoas desencontradas que compensavam o desprezo pelos semelhantes adotando bichos de estimação. No início ainda tentara desenvolver estima: providenciava água e comida, retinha o felino no colo diante da tevê e o acariciava sistematicamente. Aos poucos, porém, concluíra que não conseguiria gostar do animal, que só mantivera para agregar excentricidade à sua imagem de intratável.

Ao vê-lo morto, já estava de saco completamente cheio: conteve a vontade de soltar fogos, suplantada pela máscara mais triste que conseguiu compor, à qual adicionou uma ira tremenda. Foi à síndica e defendeu a construção imediata de muro de dez metros de altura, para separar Equitativa e Prazeres. Só calou ao ouvir Clara gritar que não tinha dinheiro em caixa, e sim motivo para suspeitar que a matança fora provocada por condômino.

A síndica blefava, como confessou mais tarde ao porteiro, que cogitou de o massacre haver sido perpetrado por agente groteiro, em tentativa de queimar o filme dos inimigos. Juca omitiu que tinha escutado zum-zum-zum de guris do morro aprontando algo contra o condomínio. Não conseguira descobrir o que era, tampouco fora ouvido ao pedir que evitassem problema. Nem assim havia recorrido a Camarão. Permanecera indeciso, em angústia que crescia à medida que os conflitos proliferavam, confundindo os motivos de estresse.

Pendulação sem fim

O estilhaçamento interior de Juca lateja também no trato com os vizinhos adultos, e se fez insuportável numa das últimas assembleias da associação. Muitos moradores continuam parindo e recebendo parentes do interior, então propuseram alastramento pelas bandas do Equitativa, com seus platôs amplos e arborizados.

Juca tentou arremessar a atenção para o futuro: quando o morro ganhasse saneamento e se integrasse ao bairro, o verde o valorizaria. Todavia, foi compreendido apenas por crentes e otimistas. A maioria o acusou de cortar dos dois lados — imputação torturante porque incontestável.

A reação de Juca foi esmurrar a mesa e desafiar os ofensores. Aos berros, lembrou que a ultrapassagem levaria ao rompimento com o condomínio, que contrataria seguranças particulares para espancar os invasores, demitiria os empregados dos Prazeres e bloquearia a servidão. Os favelados seriam obrigados a dar mil voltas para chegar em casa com compras, material de construção, idosos e doentes.

O líder impôs novamente seus argumentos, porém sai cada vez mais acabado dessas colisões, nas quais se sente desempenhando o repulsivo papel de arauto da burguesia. Por que não deixa que tudo arrebente de vez?

Double face

O porteiro só se sente inteiro na sacanagem, e olhe lá. Algumas moradoras do condomínio o seguem para se abastecer de droga, mas interrompem a caminhada pelo meio e o puxam até a touça mais próxima, onde arranham e unham, na fúria de uma falta que somente alentado pode preencher.

Ele realmente se cuida: touro de estrutura, futebola no campinho e na quadra, corre floresta afora, vive fazendo bicos braçais. Os invejosos tentam desaboná-lo chamando-o de *tição*, cunhado na infância; mas o apelido corresponde, a um só tempo, a preto e pleno de luz, portanto sempre aceso; sem falar na positividade que mulheres como Manuela agregam ao epíteto, ao lhe acrescentar adjetivo. Então Juca reage às tentativas de ofender abrindo a boca e exibindo dentes impecáveis, em sorriso que, no contraste com a pele, mostra-se ainda mais marfim.

Em pleno tiroteio, porém, sua compleição avantajada aumenta a exposição; o mesmo acontece à brancura dentária, que se realça no escuro. Para completar, quase todas as dondocas que se arreganham no matagal repõem a máscara em público, quando fecham a cara e ressuscitam a diferença. Agora mesmo devem roer unhas em companhia de seus brancos, torcendo pela sobrevivência do porteiro — até para continuarem dispondo de seus dotes —, mas incapazes de mover uma palha por sua pele.

Carne acalma

Entre as raras moradoras do Equitativa que Juca considera de uma cara só, destacam-se Manuela, Clara e Nicole. A primeira parece haver nascido socialista, a síndica foi obrigada a ganhar consciência e a parisiense deve ter igualdade, fraternidade e liberdade no gene.

Bastou Juca bater os olhos na francesa para imaginá-la acolhendo a negritude como recompensa pela exploração que os arianos impuseram aos africanos. Estendeu a ambiguidade do primeiro cumprimento aos encontros seguintes, durante os quais conciliou cordialidade e corte. Até o dia em que a encontrou em companhia de Clara, que intuiu a atração e não precisou dizer nada para demonstrar desagrado.

— Não dá pra pegar a gringuinha — Juca admitiu a Rodapé, sugerindo que o outro ficasse à vontade.

— Agradeço, mas também não posso... Ela e Manuela são muito amigas...

Nas proximidades do mutirão de limpeza, Nicole confessou o desejo de conhecer tudo o que dissesse respeito a Boiô. Imediatamente Juca começou a elogiar Camarão, que descreveu como melhor amigo do músico. Para lidar com ele era necessário apenas levar em conta sua condição de fora da lei, que o tornava irritadiço e, por vezes, estúpido.

— Não dizem que cachorro produz ainda mais adrenalina quando vê a pessoa com medo? Com ele é a mesma coisa. Fora isso, é um poço de autenticidade.

O líder iniciou o trabalho de cupido também junto ao chefe, que se percebeu tratado como leão a que se lança bife. Não comentou nada, mas refletiu longamente sobre o jogo de Juca, concluiu que não implicava risco e anunciou:

— Vou fazer isso por você...

— Pelo seu bem, isso sim... — Juca ironizou. — Quer dizer, pelo bem de todos. Quem sabe com buceta de Primeiro Mundo você fique menos escroto?

Foi o que aconteceu: mal colou em Nicole, o chefe voltou às boas com o líder, a quem se mostrou profundamente agradecido por lhe proporcionar uma vivência que jamais esperaria daqueles que lhe pareciam os últimos dias.

— Que últimos dias, cara? — Juca reagiu.

— Últimos dias, sim... Você vai ver... Mas vou gozar muito antes de partir...

A associação festejou a melhoria do humor do topetudo-mor. Entretanto, a portaria força a ver mais do que se precisa. Meses depois, Juca quis encarar como coincidência o fato de Gabriel e Nicole saírem do condomínio quase à mesma hora, mas logo entendeu o que se passava.

— É uma cadela — desabafou com Rodapé. — Mal sabe o perigo que tá correndo...

— Quer que eu fale com ela?

— E se ela contar pro Gabriel? Você se ferra de vez.

— Então encontre uma solução. Se Camarão descobre que é corno...

— Mas que porra! Tudo o que faço pra arrumar as coisas sai pela culatra!

Juca passou a procurar ocasião propícia à delicada conversa, porém a francesa parecia adivinhar seu propósito e encontrava sempre uma maneira de evitar que ficassem a sós.

A incompreensão grassa

Os encapuzados se convencem de que a luz apagada indica que não há ninguém em casa, mas insistem em vas-

O incidente fechou à empregada as portas dos condôminos, sempre inclinados a acreditar em afano de favelado. Uma versão ainda pior escalou a colina por obra de três colegas de Zilda, que sentiam inveja de sua dupla condição de peniqueira e amásia de amo.

As crianças dos Prazeres começaram a torturar os dois filhos da suspeita com zombaria. Alguns adultos a censuraram abertamente, por acharem que contribuía para manchar o morro. Ela ainda tentou se explicar, porém foi ouvida com má vontade até por quem fazia alguma coisa em prol da igualdade entre as classes, que a criticava de ter aberto as pernas para explorador. Sem falar que a lembrança da ausência no pulso peludo do patrão surtia o efeito visado, de prova irrefutável do crime.

A onda cresceu, despertou choro, briga e xingamento, até chegar aos ouvidos dos traficantes, que raro roubam, mesmo assim longe, para o delito não atrapalhar o principal. Arlindo chamou Zilda para conversa, mas sequer a ouviu, convencido de que a situação se tornara insustentável:

— Como você gosta muito de relógio, preste bem atenção nesse aqui. — Mostrou um cebolão tão vistoso quanto o de Gabriel. — Vê que são onze e doze minutos? Então: amanhã, exatamente na mesma hora, vou mandar um dos meninos na tua casa. Se ainda tiver lá, babau.

— Misericórdia! — Zilda caiu de joelhos e agarrou as pernas de Arlindo.

— Leva a racha embora! — Arlindo a chutou, enquanto fazia careta de repulsa.

Arrastada para fora, a mulher se viu completamente sem chão: um só golpe lhe tirava trabalho e teto. Olhou para o céu e não precisou de palavras para acusá-lo. Qual lampejo reparador, lembrou de Juca, considerado bom e importante nos dois espaços. Disparou até a associação e, ao avistá-lo, abriu o berreiro:

— Não tenho nada no mundo, a não ser os Prazeres!

O líder vivia pensando e ouvindo a mesma coisa, reveladora da necessidade de se agarrarem ao único pedaço em que se sentiam verdadeiramente legítimos, com alguma coragem para enfrentar os muitos reveses. Mudar ampliava a penúria, devido ao investimento para recomeçar, quase sempre em condições ainda mais adversas.

Juca a conduziu até a salinha dos fundos, acomodou-a numa das cadeiras em torno da mesa, serviu-lhe água e também sentou. Zilda desabafou demoradamente, rememorando a armadilha criada por Gabriel, que a teria seduzido para elevar seu moral e, assim, levar ao máximo o enxovalhamento.

O raciocínio era mirabolante, mas pareceu plausível ao líder, que crescera vendo o condômino se mostrar atroz e, a partir de certo momento, ter o mau-caratismo comentado pela própria filha, que cogitava seriamente de ele caminhar a passo miúdo, mas perceptível, no sentido da loucura.

Ao terminar o relato, Zilda começou a se repetir, como se a redundância aliviasse e, quiçá, ajudasse a resolver. Juca conhecia bem esse processo, que considerava inútil e do qual sempre tentava escapar: levantou para ir conversar com Arlindo e sugeriu que ela aguardasse ali.

— Nossa vizinha diz a verdade! — garantiu ao chefe. — Pô, nem a filha acredita no cara!

— Quero que o tal se foda... — Arlindo esclareceu. — Mas a falação foi muito longe...

— E isso é motivo pra cometer mais uma injustiça? — Juca não conseguiu controlar.

— Escuta aqui, ô pretume! — O chefe mudou de tom. — Ela dá pra tu?

— Claro que não!

— Então que porra é essa de querer mudar ordem minha?

— Tou apenas conversando...

— Não, tá dizendo merda!

— Calma, Arlindo...

— Chispa!

— Arlin...

— Ó só: se tentar mexer qualquer pauzinho, vai junto!

— Ar...

— Vaza!

Juca respirou fundo para não fazer tolice e se apressou em chegar ao lado de fora. A intensidade do sol não deu luz, mas arremessou o espírito para a África, de onde outrora muita gente fora arrancada. Passado mais de século da abolição, os pretos continuavam gastando quase toda a energia na luta para ser respeitados, meta definitivamente longe de se alcançar, conforme comprovava a rapidez com que Zilda se reduzira a zero.

O nexo entre fado individual e sina coletiva deixou Juca paralisado, olhos no além. Foi retirado do estupor por Camarão, que colocou a mão direita sobre seu ombro e o acompanhou até a porta da associação.

No caminho, o líder acusou Arlindo de obtusidade; nem os protestantes, que amavam o rigor, decidiam com ferro e fogo. Ouviu do amigo que ficasse tranquilo, pois a maré começava a mudar.

— Por enquanto, não consegui nada... — admitiu a Zilda. — Mas vou ajudá-la no que for preciso...

A flagelada teve a impressão de ouvir promessa de político. Não abriu a boca, porém pensou que todo mundo tem um grande repertório de personalidades, cada uma delas destinada a um determinado tipo de situação. O mesmo Juca que se havia mostrado solidário ao ouvi-la certamente amarelara diante de Arlindo.

O olhar que a mulher lançou em volta foi de censura, por concluir que a entidade se viabilizava devido a negociações safadas com vizinhos, condôminos, autoridades e traficantes. O líder se vestia com simplicidade, não dispunha de carro e evitava ostentar, mas certamente guardava dinheiro em banco e possuía imóveis no asfalto, talvez na Barra da Tijuca, onde um dia ainda seria emergente.

Juca percebeu a destruição de sua imagem aos olhos da miserável, entretanto estava muito abatido para reagir. Limitou-se a anotar o número de seu celular e sugerir que ela lhe ligasse, caso precisasse. Como resposta, viu Zilda se levantar sem palavra e rasgar o pedaço de papel, antes de bater em retirada.

Uma vez sozinho, o líder se trancou no banheiro e chorou. Na manhã seguinte, evitou acompanhar a anunciada partida, pois temia perder a cabeça, fazer discurso e cair em desgraça. Seu único consolo era o plano de procurá-la caso Camarão assumisse o poder, para dizer que também fora ameaçado e convidá-la a voltar para os Prazeres.

Zilda desceu a ladeira apenas com trouxas e filhos, cabisbaixa, mas atenta às ausências, que tomou como descaso. Nas portas e janelas, muitos a observaram sem palavra ou aceno, todavia com uma gravidade que valia por um adeus. As rivais assistiram a tudo da casa duma delas, silenciosas e tesas como convém a quem vence e revigoradas por se saberem em melhores condições do que a diaba, que teria muita dificuldade de se reerguer. Além do arraso afetivo e profissional, os tostões feitos com a venda de cama, mesa e eletrodomésticos não possibilitavam destino melhor que a sarjeta.

Da rua ainda vieram notícias sussurradas, que sempre levavam Juca a pensar em ir ao encontro da escorraçada. Ao ver o amigo de infância se tornar chefe, passou a anotar o compromisso na agenda que mantinha na associação. Contudo, eram tantos afazeres e problemas que acabava adiando.

Até o dia em que acompanhou outra expulsão dos Prazeres: a de Reimoso, que como ex-cortador de cana crescera na guapice e, decidido a recobrar o brio, ingressou no tráfico do Cerro, de cujo falecido chefe herdou o trono e, tão logo foi possível, começou a se preparar para invadir o morro.

Em certa passada disfarçada pelo Largo da Carioca, o banido avistou Zilda, toda mendiga, espancando um velho para se apossar dum pedaço de papelão. Deu-lhe um sopapo simpático, seguido de convite para enfrentar inimigo comum — no que foi atendido de pronto.

A sem-teto assumiu de meia uma vendinha a partir da qual filma o movimento geral. Leva uma vida mais próspera do que quando morava nos Prazeres, porém a melhoria corre paralelamente à ampliação do rancor, que tem no tempo o melhor adubo.

Juca nunca sentiu tanto o peso das intrincadas interrogações, mas se esforça por recuperar o tino: desloca-se furtivamente até o almoxarifado, tranca-se, apaga a luz e senta numa velha cadeira de balanço, em meio a material e poeira.

Fecha os olhos, como se do completo negrume dependesse sua segurança. Respira fundo, retém o ar na barriga por alguns instantes e, ao soltá-lo, imagina-se desobstruindo os sentidos. Busca calma, paz, tranquilidade — balbuciando sinônimos para recuperar plenamente o raciocínio.

Lembra que é sozinho — sem pais, mulher ou filhos — e murmura ser safo o bastante para se salvar. Pensa em Rodapé, que lhe seria de grande valia neste momento. Passa os dedos no celular, mas qualquer barulho chamaria a atenção dos invasores; acaba baixando a campainha e desligando o aparelho. De toda maneira, não pode mais contar com o amigo, subitamente fechado.

Juca ainda tentou arrancar a verdadeira razão do amuo, pois não conseguia atribuí-lo apenas ao medo. Rodapé sempre tivera acessos de pusilanimidade, mas era experiente: saberia repartir o fogo que sentia por Manuela em labaredas dirigidas a plantel e, assim, respeitar os limites impostos por seu pai. O porteiro tendia a acreditar muito mais que o preparador se descobrira com HIV.

Fosse como fosse, decidiu tirar a limpo e, assim, usar seu posicionamento na portaria para propagar antídoto ao zum-zum. Procurou Rodapé e disse que a retração apenas reforçava o mexerico. Entretanto, não ouviu esclarecimento, e sim grito de que não dava a mínima para os bisbilhoteiros, que, com sua mania de encabeçar movimento, Juca certamente comandava.

Ora, a amizade datava de quando o porteiro ainda era menino e, entre os poucos moradores do Equitativa a defenderem sua participação nas partidas da quadra, encontrava-se o preparador, então rapaz. Posteriormente, a contratação foi comemorada por ambos e a convivência no condomínio aprofundou os laços. Em determinado momento, passaram a tematizar Manuela e, de uns tempos em diante, também Clara, que o líder desejava cada vez mais. E torciam sinceramente pelo sucesso um do outro.

Juca dizia dever a redução do sentimento de outsider às mostras cotidianas da camaradagem de Rodapé. Mais o porteiro se abria, mais despertava a exposição do preparador. Daí a casmurrice e a histeria repentinas se mostrarem tão inoportunas que pareciam comprovar que o boato não era balela.

Solícito mas decidido a respeitar, Juca começou a observar discretamente o comentado, em suas raras saídas de casa. Rodapé não ia mais à pracinha e, nas passagens pela portaria, sequer cumprimentava. Desalinho, encurvamento, olhar fixo no nada, tudo era matéria-prima com que a vizinhança montava mortalha. A apropriação da fofoca por parte da coletividade parecia tornar ainda mais iminente o mal.

Os condôminos interrogavam o porteiro, que não detinha dado para usar em sentido contrário à urdidura, portanto se limitava a repetir que o torpor decorria da contenção. Clara o estimulava a arrancar a verdade de Rodapé e, apesar de ressentida, no fundo estimava sua saúde. A maioria se mostrava pesarosa, mas estava imbuída de uma curiosidade que levava à torcida pelo pior, como se tragédia fosse poda, portanto mãe da vida.

Juca passava os olhos do suposto contaminado a outros condôminos, chocando-se de vê-los trocando enrugamentos, impacientes com a estagnação da história na dúvida, que queriam ver transformada em certeza científica. Os ares de benevolência eram a prova mais evidente da pretensão resultante do paralelo que se permitiam fazer entre suas respectivas existências e a de Rodapé. Muitas vezes o porteiro agira assim em relação a gente de que não gostava; mas o afeto que experimentava pelo preparador o levava a achar monstruosa a atitude.

Em certa cervejada na roda de samba dominical do Carro de Boi, Juca foi tomado pela impaciência, ligou para Rodapé e, ao deparar secretária eletrônica, descarregou ofensas de fraqueza, dizendo do estrago que o objeto dos falatórios deixava que lhe fizessem, ao emudecer.

O preparador ouviu perturbado o longo recado e pensou em explicar que, por enquanto, tudo não passava de suspeita. No entanto, concluiu que a simples referência ao período de janela a anteceder o teste já corroboraria a maquinação. Por mais que acreditasse em Juca, temia que sua intercessão o comprometesse ainda mais. Melhor manter o pretexto do complexo refluxo, fruto do esforço para se represar em relação a Manuela, afinal se sabia do pendor para homicida de Gabriel, que ainda não matara alguém apenas por falta de oportunidade e, concretamente, atacara-o.

Ao concluir que Rodapé não atenderia, o porteiro bateu o telefone e, repentinamente abalado, saiu caminhando às pressas para casa, também querendo se ocultar. Sentia-se frágil devido a uma empatia pautada pela estima, mas sobretudo pela partilha de hábitos que qualquer pensamento estatístico diria de risco. Como se enrista a qualquer apelo, encamisa-se sempre; mas pega em três áreas abundosas: Prazeres, portaria e Ipanema. No morro sequer precisa sair de casa, no condomínio conhece necessariamente todas e na praia se destaca pelo frescobol, que pratica sem afetação mas com classe, por meio de movimentos valorizadores do corpo e da cor. Apesar de suas compensações, a fartura impossibilita fixação, ataranta, desestabiliza.

A tontura de Juca é agravada pelos nocautes que recebe da realidade. Às vezes pensa que os moradores da favela e do asfalto só se afinariam se combinassem experiência da escassez e boa formação. A primeira mantém os pés na terra e a segunda possibilita desasnar. O líder nota isso em sua própria maneira de refletir, exercitada nos estudos até o final do ensino médio, na leitura diária dos jornais que chegam à portaria e num interesse por livros que o leva a pensar seriamente no convite feito por um amigo de Rodapé, dono de um sebo no Catete, para ser vendedor.

Juca sabe que a mudança de emprego não impedirá que a existência seja uma faina sem fim, todavia o peso pode ser reduzido mediante o contato contínuo com palavras articuladas, que têm um poder impressionante. Comprovou isso sempre que recorreu a Rodapé para produzir texto. Falava à vontade, sem ordem, soltando fiapos de frases; para sua surpresa, os vocábulos acabavam se entrosando no papel e crescendo em sentido. Impresso, o escrito era distribuído e surtia efeito. Ah, se essa concórdia e essa magia se repetissem na existência de cada um e na relação entre todos!

Juca imagina sua própria biografia como discurso disparatado, porém passível de ganhar sentido mediante acorde entre diferentes peças. Relembra o processo capitaneado pelo preparador, de ensaios de avizinhamento de termos inicialmente díspares, entre os quais alguns acabavam se encaixando à perfeição. O líder adoraria conciliar Prazeres, Equitativa e Cerro, fora e dentro de si — realização que a guerra demonstra impossível.

Capítulo 5

Desilusões de Clara

Clara se convence de que Juca conseguiu se esconder, então solta um longo suspiro e se afasta da persiana. Volta a discar 190 e mantém o telefone ao ouvido, mesmo sem acreditar que a polícia atenda. Pensa em quebrar o aparelho contra a parede, mas acaba colocando-o de volta à base.

Imediatamente escuta novo toque, em enésima vez desde o início da invasão, sempre para exigir providências, afinal ela é síndica e, de mais a mais, comentam-se seus encontros com o coronel Carmo, comandante do I Batalhão, com quem teria sido generosa.

Desta vez é uma velha amiga de seus falecidos pais: antiga incendiária, verdadeira encarnação do anarquismo, agora coberta de catarata e acometida de asma. Nem fala *alô* e já desboca:

— Caralho, Clara! Vá lá e diga àqueles meninos que assim é demais!

— Tá bom.

— Que barulho insuportável, caramba!

— É verdade.

— Precisa dar um jeito, cacete!

— Sem dúvida.

— Vá lá... — Interrompe para buscar fôlego em camadas profundas. — Merda...

A ousadia e a firmeza da fala devolvem Clara à infância, quando condômino tinha voz ativa e as desavenças raramente davam em desgraça. Cultivava-se uma certa cordialidade que, mesmo questionada pelo pessoal da esquerda por resultar em panos quentes entre as classes, tornava mais respirável o ar.

— Vá lá! — A anciã retorna, mais exclamativa que nunca. — Porra!

— Tou indo... Agora vê se toma um calmante e dorme...

Clara desliga e pensa em dedilhar novamente o número da PM, porém ouve a voz duma conhecida que sempre invejou seu êxito com os homens e, ao vê-la síndica, passou a frequentar as assembleias para criticar sua atuação.

— E aí, puta passada, percebe a gravidade? — A opositora solta um risinho que evidencia temor pelos desdobramentos, mas também festejo da crise. — Nas próximas eleições, vou me candidatar e levar de lambuja!

— Você vai levar é pau! — Clara a despacha.

Continua impossível fazer ligação, pois entra na linha um companheiro que várias semanas atrás elogiou a iniciativa de organizar um mutirão de limpeza nos Prazeres. Agora sugere novo arregaçamento de mangas, convencido da importância de se politizar o fato atual. Até descreve a beleza das bandeiras a tremularem na pracinha, entre fogos e falatórios de gente de todos os naipes, afinada na grita por providências oficiais.

A síndica tenta convencê-lo da necessidade de se manter discreta, do contrário sequer sobreviverá. Ele insiste na importância de aproveitar o momento: diz que ela telefone para políticos e jornalistas, convocando manifestação para o dia seguinte. Ela contra-argumenta, mas é acusada de ideologicamente suspeita.

Antes que a conversa vire trovoada, o Equitativa fica inteiramente no escuro. Clara diz que precisa ver o que aconteceu, promete dar notícia e desliga.

Convivência inviável

Por menos que espere do ser humano, a síndica não se conforma que a quase totalidade dos condôminos se permita cobrar e até ofender.

— Ninguém se importa com o risco que corro! — vivia reclamando a Juca. — Mesmo quem cresceu comigo quer que eu me esborrache!

Clara sempre percebeu a maledicência apimentando a pracinha, a repulsa formando torrente, as ameaças e insultos assemelhando vida em condomínio a eletrizante thriller. Todavia, isso estava muito longe da rede de ira a que teve acesso ao se tornar síndica, quando percebeu a negatividade como verdadeiro ponto em comum entre os vizinhos.

Vendo-se e comparando-se todo dia, as pessoas reprovam e maldizem, sob pena de se sentirem inferiores. Idiossincrasias sempre exacerbadas, antipatizam gratuitamente umas com as outras e formam panelinhas, que por sua vez acabam esfaceladas pela futrica. Mesmo as amizades com aparência de sólidas dão lugar à intolerância, e, quando menos se espera, pequenas discordâncias se transformam em batalhas.

— Às vezes, me pego pensando na quantidade de ódio produzida diariamente no conjunto de condomínios da cidade. — Clara confessava o delírio ao porteiro.

Entre os alvos se destacam os empregados, que pagam pelas diferentes frustrações dos moradores. Um estrilo por conta de uma ausência de minutos do porteiro pode ter como verdadeiro motivo uma humilhação sofrida pelo condômino. Um pito devido a varrição supostamente descuidada talvez esconda dor de chifre.

As crianças percebem que condomínio possibilita a todos exercer o doce direito do patronato e estabelecem uma proveitosa conta-corrente com os funcionários. Impõem vontades, fazem exigências e, se contrafeitas, açulam os pais, por vezes criando versões em que se sobressaem maus-tratos e até abuso.

— Um dia ainda descasco um escrotinho desses! — Juca admitia a Clara.

Não há dúvida, porém, de que o síndico recebe a carga maior: suspeito de roubar, privilegiar os amigos e amolecer diante dos funcionários, é responsabilizado por tudo que acontece de ruim — às vezes em nome da cidadania e outras bonitezas banalizadas.

Missão diplomática

Clara adoraria jogar tudo para o alto, mas seu moral e seus ganhos dependem do estado do condomínio, então disca novamente 190, deixa chamar até a ligação cair e, antes que alguém se meta na linha, repete o procedimento.

Entretanto, faz isso apenas por desencargo de consciência, pois realmente não acredita que o socorro venha. Em certas conversas, Carmo deixara escapar que os milicos eram unânimes em acreditar que a matança ajudaria a sacudir a opinião pública, portanto facilitaria o aumento de arsenal e soldo.

Para quem apenas acompanha o desempenho ordinário da soldadesca, a reivindicação parece provocação. Nas cercanias dos combates, porém, os moradores aprenderam a decifrar calibres e conhecem a imensa vantagem dos traficantes em relação à polícia — que anda até meio maltrapilha.

Clara comprovou isso durante reunião no gabinete do coronel: o ordenança servia café e, ao se virar para encher xícara, exibiu rabo suportado por calças puídas, prestes a explodir. É de se acrescentar, no entanto, que a situação não comportava riso, pois o traseiro pertencia a profissional que raramente demonstra paciência e resignação: as virtudes se esvaem na simples posse da arma, substituta fácil da outra face.

— A privação avilta — Carmo gostava de dizer, em defesa dos colegas de patente mais baixa que apareciam em reportagens protagonizando incidentes como chacinas de menores e mendigos.

Clara aquiescia por conveniência e retomava o tema que a levava com frequência ao quartel, no Estácio. Para não parecer muito interesseira, fazia círculos generalizantes, lembrando que a classe média era donzela tonta, exposta a botes na rua, contudo virgem em seus conjuntos residenciais; se fosse desrespeitada, logo ocorreria um assalto generalizado às fortunas.

A socialização se daria de forma bem mais violenta do que a tentativa feita décadas antes por universitários desajeitados e deselegantes, dos quais, porém, esperava-se alguma civilidade, enquanto quem agora enche de vermelho a cidade nada tem na cabeça, corroída por fome e fissura.

À época dos guerrilheiros, Clara ainda era menina. Entretanto, na adolescência viu os sobreviventes voltando do exílio e enchendo de entusiasmo seus pais e sobretudo Rodapé, que atribuía coragem exclusivamente a quem enfrentara brucutu e se sentia parte duma geração bunda-mole, expert tão somente no que chamava de *chupação de xota* e *felação sativa*. A começar por ele próprio, que lambia intimidades com um talento prostituto e frequentemente procurava a vizinha com estímulo canábico ao sexo.

Por lembrar da acolhida que dava a maconha e da simpatia que nutria pelos heróis do preparador, Clara evitava cuidadosamente ambos os assuntos nas conversas com Carmo, integrante de um contingente que outrora se fortalecia em bloco na reação à guerrilha e, depois da abertura política, destinara uma parcela cada vez maior de suas forças ao jogo com os traficantes.

A síndica se empenhava em limar da mente a ideia de que, em todo o país, policiais analisam movimentos de batalha como em partida de xadrez, para conciliar dividendos corporativos com ganhos pessoais. Ora fecham os olhos aos preparativos dum bando, dias depois cegam para as maquinações do grupo rival, sempre torcendo para que as quadrilhas se estraçalhem.

Clara recordava os pitis de Juca pelo fato de o Estado brasileiro jamais ter feito esforço sincero para acabar com a miséria e, não satisfeito de ser o principal responsável pela delinquência, permitir a seu braço armado capitalizar uma das consequências mais perversas da fome.

Mais uma vez a síndica precisava lembrar que o diálogo dependia da crença de Carmo em seu direitismo, então fazia força para se manter impassível mesmo ao vê-lo espanar o crime organizado para longe da caserna, com a difusa tese de que o sucesso dos traficantes se devia a senso de organização herdado de presos políticos, não à força conjunta de ilegalidade e faturamento, muito menos a parcerias oficiais.

— E a cabine? — Clara tentava objetivar. — Dois soldados bastam. A gente banca um celular ou rádio e pronto: qualquer coisa, eles chamam o enxame azul e branco!

— Adoro o entusiasmo com que você se refere à corporação. — Carmo parecia sensibilizado. — Só lastimo que andemos tão mal.

— Não entendo esse desânimo. Claro que vocês são mais fortes! A prova é que os marginais tentam primeiro o suborno!

O discurso surpreendia por emanar de civil, mulher e, ainda por cima, beldade. Carmo priorizou o caso e proibiu inferiores de incomodá-lo enquanto a tivesse no gabinete. Decidiu deixar que ela desse rumo às audiências e, ao lhe falar, amaciava a voz, em franco contraste com o aço com que se dirigia à tropa.

Clara tomava por galanteio a diferença de trato, que lhe parecia ainda mais estimulante durante a ovulação, quando exalava como dama-da-noite. Se nesse período tinha tête-à-tête, avaliava o corpo do coronel, percebia-o exercitado e concluía que muque era base de autoridade, tanto quanto plataforma de prazer: pensava em criar condições de ser convidada a motel.

Explicação ambiental

A síndica dividia os homens entre atraentes e caídos, interessantes e chochos, merecedores e não de que lhes facilitasse o acesso. A partilha se pautava inicialmente pelo físico, ao qual se agregavam itens que ela própria considerava mais nobres, como verbo, visão de mundo, projeto de vida — e o cômputo geral determinava o encaminhamento da relação.

Essa classificação se operacionalizava de maneira cada vez mais refletida. Na adolescência, porém, podia se fazer em atropelo e induzir a deslumbre instantâneo. Foi o que aconteceu, por exemplo, durante o velório coletivo dos condôminos de meia-idade mortos num acidente de ônibus em plena Avenida Brasil, na volta de uma excursão ao Pantanal.

Clara via todos aqueles caixões espalhados pela praça e receava enlouquecer. Lá estavam os corpos de seus próprios pais, dos genitores de Gabriel, Juca e outros amigos de infância. Os urros de dor se faziam ouvir em todos os cantos, por vezes brotando de rodas de órfãos abraçados para se apoiar mutuamente, na vã esperança de afeto de próximo substituir amor familiar.

Alguns clamavam contra o infinito, por falta de alvo discernível que concentrasse a ira e, assim, reduzisse a dor. Tudo indicava que o motorista fora culpado de tudo, todavia também falecera. E se tal versão fosse invencionice da companhia de viação para se eximir de culpa?

Ao saber que o representante da empresa estava no escritório do condomínio, Clara partiu decidida a lhe gritar todas as verdades. Avistou o homem de costas, em difícil diálogo com o síndico, e já descarregou:

— Filhos da puta!

— Concordo! — O emissário se voltou e lhe lançou olhos que deveriam se mostrar apenas solidários, mas se ambiguizavam por conta da indecisão entre o castanho e o verde.

Normalmente Clara veria a anuência como tentativa de engazopamento; entretanto era proferida pelo que lhe pareceu galã inato: de tal forma favorecido pela natureza que não precisava de formação nem fortuna para agradar. Abalada, baixou um pouco a voz e passou a imprecações moderadas, que se reduziram paulatinamente a queixume contra o destino. De repente, sentiu toque de mãos macias e enlace de corpo firme — desatou de vez o pranto.

Sabia do efeito que lhe causava o outro sexo, mas se estarrecia de experimentá-lo massacrada pela pungência. Envergonhou-se de misturar dor e desejo, achou-se traidora de seu gênero e se culpou de desrespeitar a memória de quem a colocara no mundo. Nem assim conteve o interesse pelo boa-pinta, cuja apreciação levou adiante durante o enterro, por meio de olhadas furtivas através das lágrimas, para ver um sujeito simples, ar pesaroso, todo consolo.

Dias depois recebeu telefonema que começou institucional, com pergunta sobre seu estado emotivo, e desembocou em convite para comer sushi no Tanaka da Estrada do Joá, no panorâmico e praioso bairro de São Conrado. Um resto de pudor a fez dizer não, mas o calor humano que parecia emanar do outro lado da linha acabou convencendo-a de que não havia nada de mais em aceitar.

No restaurante recorreu ao saquê, ganhou força e admirou a vista, sobre a qual se destacavam dois olhos que pareciam combinar o todo da intensidade e o nada da delícia. Pequenas conexões íntimas promovidas pelo álcool lhe possibilitaram neutralizar o sofrimento e acolher de bom grado a proposta de esticarem até um hotel de alta rotatividade — onde se despiu com a diligência de quem, apesar do pesar, muito fantasiara.

Ao acordar de restauradora soneca, olhou para as peças de roupa masculina e se surpreendeu de não ter notado antes que eram de grife. Fez um rápido cálculo das despesas até aquele momento e viu que haviam gasto uma pequena fortuna. Aproveitou que o acompanhante ainda dormia e lhe abriu a carteira, onde descobriu que estava ao lado do filho do proprietário da empresa de ônibus.

— Que bandido! — sussurrou, prestes a explodir. — Como pude ser tão ingênua?

Teve vontade de acordá-lo e bater boca, mas anteviu o horror de ser tratada de semelhante na leviandade. Levantou silenciosamente, vestiu-se sem sequer banhar-se e foi para a portaria, onde aguardou impaciente o táxi chamado pelo recepcionista para levá-la embora.

Passou o resto do dia diante dos janelões, tentando compreender a própria carnalidade. Recordou a crença de que, ao circundar inteiramente o condomínio, a natureza exercia sobre seus habitantes uma influência tão poderosa quanto a dos astros. Concluiu que seu frequente umedecimento espelhava o líquido que se derramava das montanhas e, em sua decidida descida até o chão, vencia mesmo a resistência das pedras, em cujas fendas fazia brotar.

Embalada pela explicação, achou uma resposta igualmente ambiental para a vontade de variar e a necessidade de se sentir livre: criara-se em conjunto residencial que proporcionava pluralidade de pontos de vista e riqueza de horizonte. A imensidão marcava de tal forma sua psique que talvez inviabilizasse até amarras profissionais. Resolveu limitar os gastos ao aluguel de três dos quatro apartamentos herdados.

Naquele que lhe coube habitar, passou a receber seus dois principais amantes. Movida pela curiosidade dos dezessete anos, também adotou o hábito de ir à praia e escolher um desconhecido, preferencialmente gringo, para iniciar flerte que dava sempre em leito, do qual saía sem deixar pistas de onde ser encontrada.

Com o passar do tempo, porém, um impulso inconsciente a levou a reduzir o número de parceiros, até se concentrar em Gabriel e Rodapé. Ao atingir a fase dita balzaquiana, deu-se conta de que trocara a geral pela polarização devido ao surgimento paulatino da vontade de parir, que acabava se sobrepondo a todas as forças do Universo.

Estudou os dois com vistas a escolher aquele pelo qual se deixaria engravidar. Para segurá-los enquanto se decidia, cultivou a equidade, entregando-se toda ao visitante da vez, que tratava como titular, portanto merecedor de figurar sozinho no pequeno mural de cortiça do quarto.

Ambos sabiam da alternância da foto e só adentravam a alcova depois de uma dissimulada checagem. Contudo, a farsa despertava reações distintas: o agarrado Gabriel via o zelo como indício de inclinação para seu lado; Rodapé achava a situação divertida e torcia abertamente pela gafe. Clara não conseguiu ser racional diante do descaso do preparador: como já havia comprovado sobejamente que o amava, propôs engravidarem — acabou recebendo negativa.

Desacostumada à rejeição, ficou tonta e fez movimento corriqueiro na área: fechou-se para a esfera em que se havia ferido, decidida a ressurgir apenas quando controlasse a situação e enxergasse maneira de realizar seu intento. A convivência diária com Juca a deixava mexida, mas a esperança de concretização só retornou no contato com Carmo, que, como bom cana, não precisou de palavras para intuir que o campo da reprodução lhe seria favorável caso alimentasse expectativa:

— O que não perdoo em minha ex-mulher é não ter me dado filhos...

Clara achava a frase tão linda que cegava para diferenças. Enxergava apenas um tipão rijo e meloso, salário fixo e ótimo padrão de vida. Mesmo os riscos inerentes à carreira militar possibilitavam antevisão de cenário positivo: ela viúva pensionista, mãe realizada.

Laço agendado

Os encontros continuaram, sempre no edifício azul e branco. Fardado, cheio de autoridade e dando dura nos subalternos, Carmo despertava fantasias sadomasôs em Clara, que o imaginava em posições humilhantes, submetido a palmadas, chicotadas e outros flagelos que ela nunca infligira, mas sempre pensara em experimentar.

Passou a usar decote, saia curta e outros recursos rasteiros mas infalíveis. Para deixar o admirador à vontade, lançava o olhar distraidamente pela janela e falava sobre assuntos sem importância, como a diferença entre o carnaval de rua e o dali do lado, no Sambódromo. Concomitantemente, cruzava as pernas, debruçava-se, realçava a lordose.

Usava o desejo como fio condutor de roteiro ascendente que desse em saída íntima, quando aproveitaria para arrancar a promessa de que a PM faria plantão no Equitativa. Cada vez que pedia notícias sobre a guarita, mostrava-se um pouco mais e, como recompensa, ouvia que se dera mais um passo na batalha burocrática e política para atender à demanda.

Carmo compreendeu o nexo entre cabine e cama, contudo se sabia impossibilitado de tocar no assunto. Até o dia em que disse que precisava contar algo, mas não ali:

— O inimigo planta espiões mesmo na corporação...

— A gente pode se encontrar fora!

— O que acha da Confeitaria Colombo?

— Um sonho! — Clara saboreou de antemão o clima idílico do estabelecimento.

— Que tal por volta das quatro da tarde?

— Maravilha!

— Pensei que poderíamos tomar um chá completo... — Carmo abriu os longos e peludos braços.

— Delícia!

Em vão

Carmo chegou à paisana e demonstrou sensibilidade ao comentar o aspecto belle époque da construção de 1894, situada na rua que leva o nome do maior poeta do Romantismo: Gonçalves Dias. Mal sentaram, porém, a delicadeza não se desdobrou em lirismo, e sim em síntese tão sofrida do aumento da criminalidade que o coronel se emocionou:

— Desculpa... — Torceu o guardanapo de pano entre os dedos, como se o preparasse para lenço.

Surpreendente, o gesto guardava coerência com a história logo narrada, de garotinho dotado de piedade pátria que, ao descobrir cinismo entre os colegas do Colégio Militar, resolvera dar-se em dobro: revelou-se prodígio em honradez, civilidade e respeito. Na Academia de Polícia Militar, continuou servindo como exemplo que a instituição expunha para se dizer imaculada. Isso o afastava dos pares que preferiam a realidade, onde já conjugavam ascensão e falcatrua.

Da lembrança dos tempos de formação, Carmo passou à proposta de prevenir o envolvimento dos adolescentes no consumo e no comércio organizando um campeonato de bola de gude entre Cerro, Equitativa e Prazeres:

— O jogo depende de pouco espaço e não envolve dinheiro nem violência — explicou, cartesiano e didático. — O melhor é que força os participantes a regredirem aos primeiros anos, portanto os afasta da sensação de adulto imposta pela familiaridade com meios letais.

A síndica não sabia se explodia em gargalhada ou desesperava de vez, pasma de assistir a lengalenga louca, completamente alienada, de quem não se permitia enxergar o avanço da voracidade. O alvoroço da garotada revelava diminuição na idade para se estragar, de muvucações no mato a corridas às bocas, com os olhos vermelhos ou expandidos, devorando doce ou de queixo retesado, sem que os pais nada pudessem fazer, sob pena de agravarem.

O desamparo era ponto de interseção entre a meninada e o coronel, cujo primeiro botão da camisa despencava. Ao contatá-lo com indicador, Clara desatou comportas e provocou debulha da dificuldade de se arranjar como divorciado. Carmo perdera o tato com mulheres, devido à ferida deixada pela anterior e à lida limitada a machos com quem tinha em comum apenas o traje — que não impunha sustância, mas sim subserviência mofina.

A síndica recebeu o extravasamento com pena, mas também como abertura para repetir que o Equitativa não queria se posicionar em relação a traficante, pois a neutralidade era condição de sobrevivência; porém, exigia força de paz, para sossego da comunidade como um todo, que vivia aterrorizada. Não parava de chegar notícia sobre carregamento de mercenários para o Cerro, onde se fazia a dança da guerra e se cantava por paz hegemônica, decorrente de carnificina.

Ao ouvir o pedido de sempre, o coronel ampliou o toró ótico. Revelou que tudo fizera, de estudos criteriosos a memorandos. Agendara e fora visitar o comandante-geral, ao qual apresentara mapas em que se sobressaía a linha indicativa do caminho pavimentado que atravessava o Equitativa e possibilitaria ao Cerro surpreender os Prazeres. Sim, convencera de que o condomínio era estratégico. Entretanto, suas explanações despertaram motejos, risos e olhares lúbricos, como se o interlocutor antevisse o conveniente desfecho fatal e desconfiasse de seu envolvimento com a senhora que encabeçava o abaixo-assinado.

Carmo nunca tinha imaginado que acabaria delatando superior, porém percebera a impossibilidade de continuar acalentando a mentira de que a solicitação de Clara seria atendida. Havia muito recebera incumbência de cozinhá-la e comê-la. O comandante-geral lhe fizera a proposta como compensação por seu empenho, sempre entre risos e perguntas sobre o número de bronhas diárias do solitário. O coronel acompanhara as pilhérias com os dentes à mostra, feito animal na brida, esforçando-se para não arrostar a hierarquia, ou teria crise de incontinência urinária.

Mas alto lá, seu rasgo de franqueza não incluiu comentários sobre a verdadeira tarefa recebida. Só que bastou a Clara saber que a reivindicação não fora levada em conta para se levantar, gritar que o lastimoso se danasse e partir fumegando, dizendo-se para si que os vizinhos mereciam ser estuprados pelos paus-mandados de Reimoso. Assim, pagariam por tê-la escolhido síndica apenas por combinar mau humor e atração — certos de que o momento pedia uma gostosa empertigada a ponto de enfrentar cegamente o perigo.

Joguete

No táxi para casa, Clara reviu a assembleia em que fora eleita, a começar pela alegação de doença do antigo síndico, comunista septuagenário que necessitou de silêncio absoluto para resumir a história do Equitativa, outrora pertencente a uma companhia de seguros que, ao falir, teve os bens levados a leilão.

— Seu pai, menina, era um verdadeiro herói... Valoroso, abnegado, aberto ao coletivo... Uma das presenças mais corajosas nos piquetes para impedir que especuladores de fora fizessem lances... Graças a camaradas como ele, cada um de nós pôde arrematar a preço módico o apartamento onde já morava...

A compra foi a primeira de uma série de iniciativas que incluíram substituição de canos, fios, pisos; plantio de árvores para segurar melhor o solo; reforma completa da fachada. O condomínio adquiriu identidade e passou a atrair interessados em conhecer o conjunto, tão silencioso e suspenso que se associava ao éden.

— Depois de tudo que nossa geração fez, bem merecemos descanso... — o velhinho concluiu.

— Sim, precisamos de sangue novo! — um admirador de Clara se entusiasmou.

— E que seja sangue de mulher! — uma feminista defendeu.

— Clara! Clara! Clara! — O clima de aclamação tomou conta do plenário.

— Mas não tenho intimidade alguma com gerenciamento... — a rogada ainda argumentou.

— Minha jovem, está tudo organizado... — o síndico lembrou. — E, além do bem que você fará a todos, o pró-labore não é de todo desprezível...

Naquela noite, a nova síndica foi para a cama fazendo cálculos. Decidiu que continuaria vivendo dos ganhos como senhoria e utilizaria a nova renda para verificar se cosmético era formol. Adormeceu se sentindo irônica. Sonhou com um vazamento no banheiro de Rodapé, que pedia sua intercessão e, ao recebê-la para vistoria, ficava fascinado pelo efeito que os cremes lhe causavam e a agarrava no exíguo espaço do boxe.

Na manhã seguinte, porém, Clara recebeu uma comissão de conselheiros e subsíndicos dispostos a lhe ditar os passos. Pretextavam que, em vista da crescente tensão entre Cerro e Prazeres, o destino do Equitativa dependia de idas a homens, que lhe dariam ouvidos atentos, mas dificilmente perderiam tempo com uma comissão masculina — que, no entanto, poderia fazer muito nos bastidores.

Clara se percebeu manobrada e quis entregar o cargo, todavia pensou nos salários mínimos que deixaria de auferir e na importância de ganhar alguma experiência profissional. Viu também a possibilidade de se revalorizar como fêmea, quem sabe aos olhos do próprio preparador. Se bem entendia, exigiam que fosse sozinha a encontros durante os quais precisaria conquistar apenas com sorrisos e insinuações: por que não aceitar a desfeita como desafio?

Na confeitaria, porém, descobriu que errara ao se limitar a Carmo. Deveria ter procurado diretamente o comandante-geral, para farejar a negativa a tempo de invertê-la. Afinal, estavam em jogo suas receitas e sua reputação diante dos vizinhos e de si mesma. Se abandonara o mundo ao ser dispensada por Rodapé, não conseguiria mais se encarar depois desse novo fracasso junto a um ser bem mais bronco e disponível, portanto mais fácil de convencer.

Degradação

Clara lançou o olhar através do vidro do táxi, querendo avistar distração para o sufoco, mas enxergou um caos que sua experiência como síndica tornava muito incômodo: casarões antigos desabando por falta de conservação, motoristas mudando de pista sem sinalizar, transeuntes jogando lixo na calçada — um descontrole que fazia despropositada qualquer esperança, enganoso qualquer sonho, natimorta qualquer ética.

No passado Clara também se limitava a pensar em si, entretanto a ascensão a cabeça do condomínio obrigou-a a analisar cada fato pelo maior número possível de ângulos. Era o que a levava, por exemplo, a escutar com crescente paciência os vizinhos em dissídio e, ao final, descobrir formas de neutralizar os agravos. Chocava-se com as renhidas provas da inclinação humana para o fascismo, porém se animava ao conseguir apaziguar ânimos e promover reconciliações.

O aumento do campo de visão decorrente do exercício do papel de síndica resultou em vontade de organizar tudo. Passou a imaginar outras roupas em determinadas pessoas, novos designs para certos automóveis, cores diferentes em muitos edifícios. Vez por outra cogitava de virar vereadora ou mesmo prefeita, para estender a ação ao município. Todo o problema é que acabava inventariando uma quantidade aparentemente infinita de problemas; e, nessa ida angustiada para casa, percebeu a impossibilidade de mudar o que quer que fosse, pois a maré do egoísmo ridicularizava qualquer ingerência pontual.

Ao chegar à Almirante Alexandrino, relembrou os tempos em que a rua oferecia uma vista marcada sobretudo pelo verde. Agora, construções irregulares de ambos os lados se misturam à degradação da metrópole e aprofundam o pessimismo. O pior é não haver espaço para saudosismo, já que superestimar o passado parece tão bobo quanto acreditar em evolução.

Para não deprimir, somente estabelecendo paralelo com lugares como São Paulo, que carecem até das nesgas de vegetação que ainda restam no Rio. No entanto, a lembrança de que morava em lugar parcialmente preservado logo esmoreceu diante do pensamento de que, naquele ritmo, o restinho de bucolismo logo desapareceria. Clara baixou a cabeça para não mais enxergar o exterior e buscou dentro de si algum motivo para continuar acreditando.

Pensou na decisão de engravidar, devido à qual perdeu quem lhe dava a impressão de preenchimento. Gabriel a sacudia, suava até expelir as substâncias nascidas dos desacordos com o mundo, conectava-a a uma animalidade liberada de idealizações; Rodapé encerrava uma expectativa variável, mas, no íntimo, associada a campo florido e criança a correr. De uma hora para outra Clara foi chutada por este, então dispensou aquele e recuou feito exército bem aparelhado que, diante de revés, precisa rever suas estratégias.

Contudo, o recolhimento se mostrou muito mais difícil do que supunha. Pouco tempo depois, sentia ódio de o preparador se permitir fazer jovens companhias ganir no andar de baixo. E experimentou verdadeira repugnância ao perceber Manuela se bandeando: após tanta luta para evitar que a promiscuidade pesasse sobre o triângulo, via-o ameaçado pela torpeza.

— Aprontei muito, mas nunca envolvi família — reclamava a Nicole. — O que a Manuela tá fazendo tem um quê de incesto.

Ao ouvir Rodapé ao telefone pedindo-lhe para reatar com Gabriel, ofendeu-se pelo descaso para com seu amor, achou inacreditável que o ex tentasse usá-la para se aproveitar da menina e chegou a pensar seriamente em contratar alguém para surrá-lo.

Então surgiu a notícia da infecção. Clara acompanhou o esforço inútil de Juca para tirar a limpo a história e, ao ver que o preparador se fechava completamente, convenceu-se da doença. Chegou a fazer ela própria o teste, cujo resultado deu negativo, mas nem por isso garantia que o ex-amante estava saudável, afinal se lançara na devassidão sobretudo depois de abandoná-la.

Clara passou a experimentar sentimentos contraditórios em relação a Rodapé. Torcia pela sua sobrevivência, mas não suportava imaginá-lo com Manuela. Fosse qual fosse o desfecho de ambas as histórias, porém, sabia que só lhe restava a falta, o buraco no peito, a ausência do bandoleiro de quem não conseguia se desapaixonar.

Tantas desilusões apenas reforçavam a vontade de conceber, que tornava bastante seletiva sua atenção. Ao levantar os olhos, por exemplo, avistou uma conhecida dos Prazeres se deslocando pela rua, a puxar o filho de três anos pelo braço. A mãe ia compenetrada, possivelmente afligida pelo pesadelo de ganhar menos que o necessário para as contas. Alheio a seriedades, o menino andava como se brincasse de saltar obstáculos, movido por um ludismo pelo qual o planeta jamais se mostrará suficientemente agradecido. Era essa companhia descompromissada que a síndica queria, convencida de que quem dá à luz não tem direito de esmorecer.

Depois que o automóvel passou pelos dois, Clara ainda virou a cabeça para manter sob foco o guri e, diante de seus pulos mais elétricos, chegou a esboçar sorriso. Mas lembrou, por contraste com a pouca idade da mãe, que não era mais nenhuma mocinha. Encarava provas disso a cada vez que se olhava, atividade antigamente recompensada pela percepção apenas da beleza e, de um momento para outro, marcada pelo dissabor de descobrir fios prateados e sulcos faciais.

Jamais esqueceu a primeira ruga, que passou dias analisando, em idas frequentes ao espelho, torcendo para ser ilusão de ótica. Empreendeu um exame minucioso no corpo e acordou para os efeitos da força de gravidade. Continuava globalmente atraente, mas bem menos rija e muito mais próxima do chão. Como doía ver que a bunda já não podia ser chamada de escultural! E ter de pintar os cabelos regularmente?

Dedicava cada vez mais tempo à toalete, para comprovar que providência alguma conteria as marcas do tempo — que anuncia a própria passagem assim que a pessoa chega ao mundo, mas sempre surpreende pela rapidez com que arruína. Talvez a revanche mais óbvia contra a inevitável decaída seja a prole, afinal se assemelha aos pais, que têm o prazer de se ver prolongados.

De repente Clara imaginou seu filho gargalhando como Juca, a quem decidiu dar ainda mais mole. Anteviu o broto fortalecido pela mistura de classes e raças, recebendo todos os cuidados para ter cabeça boa e corpo saudável, tomando banho de cachoeira e mar desde os primeiros meses, frequentando o CEAT, indo ao exterior aprofundar o conhecimento de outras línguas, dispondo de total liberdade para virar a pessoa que desejasse — mas então comprovando que a idade leva consigo a graça.

Clara tentava se furtar ao receio de se tornar coroca achacadiça, tendo sob responsabilidade um ser que, como qualquer humano, frustra as expectativas de valor e virtude. No entanto, como escapar à terrível previsão se o mais comum é pequeno angelical virar adulto cretino? O processo parece biológico, porém encontra reforço na realidade, onde pululam exemplos da pior espécie. Ela própria pensa em gerar não por altruísmo, e sim devido a uma necessidade exclusiva sua. Quem sabe o autocentramento materno seja a base de toda corrupção?

A essa altura Clara já se encontrava de volta à realidade exterior: o táxi se aproximava da bifurcação com a Rua Júlio Otoni, cujos imóveis apresentam alta incidência de placas de *vende-se ou aluga-se*, em prova de que se trata de um dos pontos mais violentos do Rio. A má fama aumentou desde que os groteiros passaram a atirar cotidianamente por sobre o Equitativa, deixando os nervos de todos cada vez mais abalados.

A contradição de o alto verdejante ter virado morro pavoroso fez a cabeça de Clara latejar e estimulou o abandono de qualquer aposta. Ocorreu-lhe que a pretensão a estender seu raio de alcance a todo o município tinha como fundamento um senso organizacional descoberto e aprimorado nos tempos do triângulo, quando precisava controlar todos os detalhes da relação, de modo a lhe impor funcionamento azeitado e normal. Contudo, a própria perda dos dois amantes provava a falta de efeito de seu dom administrativo sobre a desordem da existência.

Encolheu-se no banco de trás e, em lugar de postura materna, fez involuntariamente um arqueamento fetal que, se copiava movimento comum em narrativa com fundo psicológico, dizia da vontade de regredir até a primeira infância, quando seus pais eram vivos e pareciam com poderes de refazer continuamente o paraíso.

Embaraço

O motorista do táxi tomou tiros de rotina por eclosão de pega e cismou em dar meia-volta. Ah, mas ouviu uma explicação resmungada e silenciou. No início da ladeira do Equitativa, voltou à carga com frases humildes sobre filhos para criar e referência a taxa compensatória pelo perigo.

Clara associou o pedido à solicitação de desconto feita com crescente insistência pelos inquilinos, que fechavam o cerco ao baterem na irritante tecla da desvalorização decorrente da insegurança. Resolveu calar a boca do taxista com ofensa:

— Devia se envergonhar de ser tão frouxo!

— Melhor frouxo com vida do que...

— Frouxo morto, por completar frase babaca! — interrompeu em voz alta.

Ao chegarem à pracinha, estendeu notas e exigiu troco de centavos. Saiu do carro batendo a porta, desejando que o chofer esbarrasse nos traficantes. Correu agoniada até a portaria principal e ordenou que Juca a conduzisse até o campinho, de onde teria uma visão que lhe possibilitaria enxergar saída — ou voar pirambeira abaixo.

Subiram sem dizer palavra e logo avistaram uma dupla encarregada de disparar para o alto a intervalos regulares, para mostrar aos inimigos que *aqui, ó*. Entretanto, os sentinelas prestavam pouca atenção aos tiros que davam; de encarniçado ali havia a partida de porrinha, que interromperam ao ver o casal. Engatilharam armas, fizeram cara feia e gritaram:

— Peraí, pô!

Clara enxergou apenas espinha, buço e outros sinais de criancice. Continuou em frente, disposta a peitar os pirralhos. Por sorte, os garotos a conheciam desde que eram mínimos, quando já a desejavam. O tempo ampliara a tara, curtida diariamente no campinho, de onde acompanhavam a síndica pelo binóculo.

De toda maneira, o porteiro se adiantou e estendeu a mão, possibilitando aos dois baixarem as armas sem constrangimento e trocarem salamaleques codificados. Em atitude levemente soberba, retiraram-se para outro posto de observação, mas menos dos adversários do que do casal.

— Aí, o cara é mesmo o pica-doce do pedaço — um reconheceu.

— Queria eu meter em madame! — o outro sonhou.

— Ouvi dizer que o maluco faz até dinheiro com top.

Assim seguiu a conversa estrelada por Juca, visto no cimo: depois de égua tão garbosa, que mais poderia exigir da existência? Só que naquele momento era agraciado tão somente com um mundo de mágoas e a certeza, trazida pela síndica do encontro com o coronel, de que Prazeres e Equitativa continuariam a descoberto.

Interiormente o líder reconheceu que a negativa ao pedido de cabine enfeava bastante o quadro, porém sabia da importância de manter o ânimo de Clara, então repetiu uma hipótese a que recorria nesse tipo de situação: com o ensaio, Reimoso atraía facho para o flanco mais óbvio, deixando a descoberto os demais acessos.

— O condomínio é só isca. — Juca tentou se mostrar categórico. — Na hora, todo mundo vai se preocupar com o que acontece aqui, então os groteiros escalam tranquilamente pelo lado do Rebouças, que é escuro e não tem classe média.

— Sei não...

Clara não sabia se estava sofrendo mais devido à negativa da PM ou à constatação de que alucinara ao pensar em ter filho com Carmo, que em fração de segundos lhe parecera de outro mundo. A vontade de conceber desatinava mais que o risco e o tesão.

— Melhora essa cara! — Juca ainda tentou animar.

— Me abraça...

Juca a puxou para si, mas pela primeira vez se sentiu desajeitado ao contatar corpo feminino. Clara notou e ficou embaraçada, porém pioraria as coisas caso se afastasse bruscamente. Permaneceram enlaçados durante longos e pesadíssimos minutos, ao final dos quais ela se disse refeita e ele pôde afrouxar.

— O cara é foda! — um dos traficantes resumiu.

— Assim, até eu quero ser porteiro! — O outro deu uma longa saraivada de tiros para o alto, girando a arma com firmeza, como se domasse o timão do destino.

Balanço do baque

Clara passou aquela noite entregue ao derrotismo, certa de haver perdido o controle sobre a sorte da comunidade e seu próprio destino. Ao virar síndica começara a acompanhar a conjunção de elementos nefastos que fazia a área marchar para o cadafalso, porém somente durante o encontro com Carmo percebera não ter poder algum contra o encaminhamento. Era, além disso, a condômina mais exposta, afinal mantinha conexões com campos opostos. Provavelmente, os chefes do Cerro e dos Prazeres sabiam até da ida à confeitaria.

Clara se espantava de o sentimento de impotência quanto aos exercícios dos traficantes incomodar menos que a percepção do frangalho a que se reduzira desde o pé na bunda de Rodapé. Juntamente com o papo e a pegada do preparador, perdera seu próprio centro de gravidade e, a partir de então, vira-se à mercê dos acontecimentos, que, tivessem ou não importância, sempre a atingiam. O mais incômodo era notar que criava fantasias desvairadas, cujo desenrolar só podia ser frustrante.

Como pudera imaginar-se nos braços de um coronel? Como teve pais comunistas, não se sentia obrigada a ostentar marcas de adesão política e, na verdade, descria da sinceridade dos idealistas. Agora, entre acreditar que o ser humano conseguira acabar com a utopia e admirar a direita — ainda por cima, armada — havia um abismo a cuja transposição fora levada pela carência.

Temia que igual insensatez a estivesse acometendo em relação a Juca, que era bem mais próximo, mas ainda assim situado a uma distância que as circunstâncias dificilmente possibilitariam que fosse vencida. Clara suspeitava que o desacordo do abraço no campinho decorrera do excesso de expectativa, que a fazia pesada de uma maneira capaz de espantar qualquer homem. Ao tomar cogitação por constatação, tornava ainda mais glacial a ducha que lhe caíra sobre a alma, que não suportava mais fraqueza, aflição, frio.

No início, o orgulho parecia capaz de fazer a dor da separação desaparecer em dois tempos. Clara sempre fora muito ciosa do efeito que despertava nos homens, e que persistia: no Centro, na praia, em todo lugar era objeto de assobios, frases indecentes, propostas desbragadas. Pensava na população mundial e dizia para si mesma que conseguiria atrair a quase totalidade dos homens do planeta.

Todo o problema é que, dos três bilhões de machos existentes, apenas um se mostrara capaz de frequentá-la com delicadeza e sem dívida. O tampinha não chegava aos pés de muitos tipos que a cortejavam, contudo, como compreendia as agruras interiores, parecia realizar o desejo para além da carne e quebrar o isolamento a que o ser humano está fadado, então cresceu a ponto de não dar espaço para concorrentes.

Talvez pela facilidade com que se fazia íntimo das mulheres ou quem sabe por perceber em Clara pequenas feiuras que passavam despercebidas aos olhos de muita gente — como uma expressão verbal por vezes canhestra —, o preparador sempre conseguiu conciliar um usufruto satisfatório com um desprendimento, uma distância, uma reserva que comprovava, a cada encontro, a falta de diferença entre ficar ou partir.

Em vão Clara tentava descobrir a fonte de tamanha independência, de modo a neutralizá-la. Não se conformava de ter o ego abalado por um descaso que não levava ao abandono, porém pairava como ameaça, que se concretizou no instante em que, cansada de esperar progresso nos sentimentos do parceiro, atropelou-o com convite à procriação. Entretanto, que mais poderia fazer se já entrara na idade da gravidez de risco?

Para agravar a situação, o início do tiroteio cotidiano diminuiu as chances de encontrar substituto para o preparador, já que precisou reduzir as saídas do condomínio e nunca mais pôde pensar calmamente na vida afetiva. A cada dia as balas pareciam mais amedrontadoras, como se herdassem o efeito das sessões anteriores e confirmassem a inexorabilidade da guerra — que a síndica torceu para vir logo e, assim, acabar ao menos com a angústia da espera.

Agora que se materializa, porém, o conflito não dá margem a pensamentos positivos sobre sua eclosão. Amplia, isso sim, o sentimento de abandono e insegurança. Os gritos dos guerreiros, a pressão exercida pelos encapuzados sobre Juca, o apagão, o silêncio da PM, os telefonemas de cobrança, tudo reforça o receio de Clara ser currada, espancada, talvez morta. Resta apenas torcer para Camarão realizar plenamente a selvagem natureza e cometer a proeza de aniquilar os numerosos e bem armados inimigos.

Capítulo 6

A sina de Camarão

Camarão lança olhos arregalados pelo amplo panorama que se tem a partir dos Prazeres, do tremeluzir de luzes da Zona Norte ao cintilante espelho escurecido da Baía de Guanabara, passando por focos menores mas igualmente especiais, como o relógio aceso da Central do Brasil e os pontinhos luminosos formados pelos carros que se movem pela ponte Rio-Niterói.

Desloca a vista para o lado e enquadra Nicole, toda bronzeada, bem-amada e ultra-armada, compenetradíssima na tarefa de bater mais uma carreira para seu homem, como a comprovar que sexo, pó e adrenalina dão liga tão forte que, diante do risco sempre presente de mofar na cadeia, melhor que o passamento se dê agora, quando tudo faz pensar em ápice.

Contudo, o fato de ter se preparado para o fim não leva Camarão a baixar a guarda, ao contrário, controla milimetricamente os movimentos da tropa, segundo plano concebido com a francesa, que usou o pendor analítico para maquinar manobras, reproduzidas numa maquete cheia de efeitos especiais, sobre a qual soldados em miniatura, diferenciados pela cor do uniforme, mudam de lugar em função dos dados que o bando envia pelos radiocomunicadores.

O chefe acompanha o pipocar das balas com o potente binóculo infravermelho fornecido pelos superiores e se imagina experimentando o prazer que viu Nero sentindo em longa-metragem sobre o grande incêndio de Roma. Com uma só tacada, coloca os pés nos peitos de Reimoso e obriga os vizinhos de classe média — que sempre o execraram — a torcer desesperadamente por sua vitória. Seja qual for o resultado do confronto, tem como certa a perpetuação de sua memória, pois pediu a Boiô que compusesse um funk proibidão contando sua façanhuda biografia.

O final da letra é que talvez não precise trazer *falecimento*, e sim *fortalecimento*, pois as informações que escalam o morro indicam a importância de se ter investido bastante em organização. As notícias enviadas pelos olheiros posicionados em pontos estratégicos, como o Equitativa, comprovam que tudo está sendo executado a contento.

A ideia é estimular o invasor a subir, ver-se em franco avanço, então desencadear contra-ataque surpreendente e fulminante. Imaginar tal desdobramento leva Camarão a inverter definitivamente o raciocínio e cogitar da vida, só que muito mais tranquila, com direito a frequentes escapadas até bailes, restaurantes, motéis e praias:

— Vi na televisão que tão cedo não chove... — Inclina-se para snifar parte da linha e, em repetição de cacoete, interrompe o movimento para se admirar ao espelho. Ao levantar a cabeça, cola o braço ao de Nicole, chamando atenção para o contraste. — Assim que a guerra acabar, vou ficar neguinho como tu...

— É ruim, hein? — A francesa ri, deliciada de dominar o português em suas expressões mais populares e não ter mais nada da lividez com que chegou ao Rio.

Camarão cai na gargalhada, pega um dos radiocomunicadores do recinto e, a pretexto de precisar fornecer novo relatório verbal aos mandachuvas da facção, afasta-se até o barraco do lado.

Gamadão

O chefe liga para Boiô, que acaba de fazer um show no Divan du Monde e está todo alto-astral, celebrando com músicos e conhecidos no camarim:

— Camarada Camaro, que alegria! — Recebe o telefonema como mais um regalo da vida. — Ó só, aqui tá muito barulhento! Segura aí que vou prum lugar silencioso!

Veste o sobretudo e usa a saída lateral para chegar à Rua des Martyrs, que à uma da manhã não tem vivalma. O percussionista ouve nitidamente a voz do amigo, mas também o tiroteio ao fundo. Finalmente percebe o que está acontecendo, alarma-se, pergunta se está tudo bem.

— Maravilha!... — Camarão o tranquiliza. — O que tinha de vir veio!... Tou pronto pro que der!... Mas, antes de começar a derrubar groteiro, queria te agradecer por ter me mandado a felicidade!...

— Ah, a Nicole!... — Boiô tenta fingir naturalidade, porém odeia ouvir o barulho da coriza do amigo e estremece a cada metralhada ao fundo.

— Sempre te falei que não sabia que gozo preferia... Se de mulher ou de pó... Pois a gringuinha resolveu a parada pra mim... Um dia chupou e deu, eu já tava satisfeitão, juro... Mas aí olhou sonsa e disse, com aquele sotaquinho, *agorra vou gozá no seu paú*... De novo?, pensei... Pois sabe o que fez?... Esticou um K-Y e arrebitou a bundinha!... Acredita?... Molhei os dedos de creme e fiquei fazendo carinho na beirada, depois enfiei o indicador, só de ensaio... Quando vi que o cuzinho tava relaxado, meti o pau com delicadeza... Ah, cumpadi!... Ah, cum-pa-di!... Ela ainda deu uns gritinhos de *só a cabecinha!*, como se doesse, mas aí começou a gemer e, sempre paciente, continuei... De repente, descarregou tudo, me deixou molhadão!... Caramba!... Nunca vi nada parecido!... Líquido limpo!... Orgasmo total!... Fiquei fã, taí!... To-tal!...

— Vê como sou bom professor? — Boiô pensa que o chefe realmente merece o apelido: como pode se drogar e pensar em putaria em plena guerra?

— Melhor mestre do planeta!... Você, Brô Boiô!... — Camarão não para de caminhar, de tão agitado. — Merece prêmio e tudo!...

— Será? Não consegui te ensinar o caminho da paz. Nem eu, nem o Juca.

— Não é culpa de vocês!... Ninguém ensina sina!... — Solta uma saraivada inesperada pela janela.

— Que foi, cara? — Boiô se assusta.

— Onde tá teu ouvido de músico?... Vou repetir, hein?... *Ninguém ensina sina!*... Gostou!... Hein?... Na moral!... Diga aí!...

— Da hora. — Boiô faz esforço para elogiar, mas está abaladíssimo.

— Tu tem que botar essa tirada no meu proibidão!...

— Claro. Só acho que você devia aceitar a proposta da Nicole e fugir com ela pra cá.

— Pra quê? Pra perdê ela pra tu?... Sai fora!...

— Mas meu tesão por ela acabou.

— É justamente isso que faz a mulherada ficar a fim: fastio!... Sai fora!... Ela nem sabe que tenho contato contigo!...

— Escuta: vocês vêm, mas a gente disfarça, se encontra sem que ela saiba.

— Ih, acabei de lembrar: ela não vai querer!... É!... Encasquetou que a gente tem de tomar aquela mansão perto da Júlio Otoni!... Acredita?... Pois é!... Depois da guerra com Reimoso!... Fez eu jurar e tudo!...

— E você vai cometer essa loucura?

— Quem sabe?... Faço qualquer negócio pra ficar com ela!...

— Nunca pensei que um dia você ia dizer isso de uma mulher.

— Meu Brô, mandei todas as vagabas passear... Tou só com ela... É!... Pro que der!... O bom é que ela pensa em tudo!... Que tutano!... Cada ideia!... Agora mesmo, a gente tá executando traçado dela!... Acredita?...

— Não! — Boiô pasma com o que ouve. — A Nicole planejou a defesa de vocês?

— Sim!... E parece até o Juca: calcula tudo direitinho!... Só que agora eu respeito, não é como no tempo da sociedade!... — Volta a metralhar. — Taí uma ideia boa: a empresa de amenduba!... Lembra?... Hein?... Diga aí!... Sinceramente!... Na moral!... Hein?...

Os pequenos empresários

Camarão se refere ao momento da infância em que, após constatarem que os homens do morro se dividiam entre os muitos que desciam de peito aberto e um punhado que ficava na encolha, os três resolveram jogar no primeiro time: fizeram-se sócios no ramo de amendoim.

Algumas vezes por semana percorriam os bares do Leme ao Leblon e, se sobrava mercadoria, esticavam até o Baixo Gávea. Só retornavam de madrugada, dormiam até tarde e, mesmo estudando no turno vespertino, por vezes perdiam aula. A diretora da Júlia Lopes reclamava com os pais, que prometiam providências, mas nada faziam, já dependentes da ajuda oriunda do pequeno negócio.

Deduzida a parte que repassavam à família, os negociantes ficavam com muito pouco, porém, em vista da dureza generalizada, diferenciavam-se das outras crianças e sonhavam alto.

— Não vejo a hora de comprar aqueles instrumentos maneiros da Rua da Carioca! — Boiô cantarolou em certa sessão de ensacamento, deixando as sementes torradas deslizar por entre os dedos e fazer som de ganzá.

— Aí, Boiô, também sou músico... — A pronúncia de Camarão se fez ainda mais chiclética. — Ouve só: chap... chap... chap... Se ligou?...

— Repete... — Boiô apurou o ouvido e ficou escutando: — Parece água...

— Isso aí... — Camarão sorriu, tomando como ótimo presságio a facilidade com que o amigo identificava o som. — Do marzão que vou ver da janela do meu imóvel...

— Em sociedade, a gente divide tudo — Juca interveio. — Camarão empresta o apê, Boiô faz o som e eu levo as mulé.

— Mulé?... — Camarão se afogueou. — Hein?... Mulé?...

— Sim, que vou conquistar! — Juca se fez galã. — Como sou bonito...

— Tição cego do cacete!... — Camarão passou os dedos nos cachos aloirados.

— Quem canta, toca e dança sou eu! — Boiô gingou. — E quem canta, toca e dança é quem pega!

— Pega mesmo... — Camarão aproveitou: — Pau... Pênis... Pica...

Boiô se lançou sobre Camarão, mas Juca se posicionou entre os dois e os empurrou para lados opostos. A altercação se prolongou durante alguns instantes e, no momento em que começava a arrefecer, Juca a reativou, embolando-se ora com um, ora com outro, em contenda sem fim nem consequência.

Pai pancada

À época Santa Teresa era servida apenas por dois bondinhos e uns poucos ônibus da decadente Companhia de Transportes Urbanos (CTU). Para suportar os infindáveis aguardos, os três se alternavam em carregar consigo algum brinquedo com que matarem o tempo.

Nesse dia Camarão passou em casa para apanhar uma bola, todavia encontrou o pai, que parecia ter perdido o pouquinho da vergonha trazida do interior e se acanalhara de vez: passava cada vez mais tempo sumido e, quando reaparecia, era manguaça e mandão. Naquele momento, por exemplo, ameaçava espancar a esposa tão logo a visse.

Até ali Camarão conseguira proteger a mirrada mãe, contudo sabia que precisava livrá-la definitivamente das garras do violento. Delirava ao falar em moradia grã-fina, mas realmente tencionava adquirir teto na Rocinha, na Maré ou outra favela distante.

— Quando a gente for embora, você pode ficar com esse barraco... — disse ao pai. — Agora, se aparecer onde a mãe tiver morando...

— Qual é, pequeno? — O pai levantou a mão direita, bêbada mas ainda assim pesada. — Desde quando o bolhinha que saiu das minhas bolas diz por onde posso ou não andar?

Camarão pinoteou para o lado e escapou. De longe, mediu o adversário da cabeça aos pés. Concluiu que o confronto seria fatal, pois, para compensar a desigualdade física, precisaria apelar para arma. O receio de ter de matar quem lhe dera a vida deixou-o ainda mais vermelho, aquecido e agitado.

Precisava resolver a situação o mais rapidamente possível, porém pela via pacífica. Correu à birosca, de onde voltou com um conhaque no qual havia um tranquilizante dissolvido. O agressivo não discerniu a razão do presente, mas se apressou em emborcar a bebida e, pouco depois, roncava.

Camarão recuperou um pouco da calma, entretanto acabou esquecendo que viera ali buscar algo com que o trio se distrair.

Sede danada

O transporte demorou ainda mais do que o normal e, na sofreguidão dos poucos anos, cada minuto se fez eternidade. Juca subiu na muretinha que separa a rua da vegetação e a usou como púlpito, para discursar contra o tratamento dispensado aos pobres. Boiô aplaudiu feito claque e começou a improvisar um batuque de protesto no decrépito orelhão, no que foi logo seguido pelo futuro líder.

— Olha a dupla aí, gente!... — O jovem percussionista sorria feito intérprete de samba-enredo. — Jovem Juca & Brô Boiô!...

— Dupla mais muquirana! — Camarão reagiu.

— Desanuvia, ô perobão! — Juca fez um gesto convidativo para o emburrado largar o meio-fio e se juntar aos dois.

Camarão abraçou as pernas com os braços, inclinou a cabeça, mirou o betume e desejou que, em lugar de asfalto, houvesse paralelepípedos, para arrancar alguns com as próprias unhas e atirá-los contra os automóveis, que iam e vinham como se gasolina não custasse nada, invariavelmente ocupados por uma só pessoa, bem alimentada, bem estudada, bem filha da puta, que bem merecia ter a cabeça espatifada, para o bom miolo e o bom sangue escorrerem ladeira abaixo, atravessarem o aqueduto da Lapa e desembocarem escandalosamente em pleno coração da cidade.

Para completar a irritação, a dupla fazia som como se a vida prestasse. Camarão pensou que realmente nascera para seguir apartado, rompido, à contracorrente. Retirou o inseparável canivete do bolso e se entreteve espetando uma manga verde encontrada na sarjeta.

Cavando confusão

O ônibus finalmente apareceu. Camarão entrou resmungando e rumou para o último banco. Os dois amigos, ao contrário, saudaram efusivamente o motorista, que os convidou a ficarem por perto e os estimulou a animarem o ambiente.

Dessa vez o instrumento foi o próprio motor, a cuja cobertura a dupla imprimiu uma batida pagodeira que logo contagiou. Ao perceber que muito mais gente batucava, Boiô ficou de pé e, qual mestre de bateria, passou alguns instantes se comunicando com todos por meio de movimentos braçais, até que abriu a boca e lançou a límpida voz para o fundo do veículo, em interpretação que harmonizava pesar e picardia.

Emendou uma música a outra, em sequência que parecia ensaiada e envolvia cada vez mais o coletivo. De repente, porém, o êxtase foi interrompido por um berro:

— Porra, moleque! — Era o cobrador fumegando de raiva de Camarão, que acabava de rasgar o assento. — Só na porrada!

— Vem, viado!... — Camarão brandiu o canivete. — Tou doido pra acertar um!... Vem!...

— Vou! — O cobrador começou a se levantar. — Vou pra tu aprender que isso aqui é público, velho e tá sempre atrasado, mas não é da mãe-joana!

Antes que algo acontecesse, Boiô e Juca haviam se colocado entre os dois.

— Qual é, xará? — Juca abriu os braços para Camarão.

— Se quer aprontar, anda sozinho! — Boiô completou.

— É melhor mesmo, que vocês são dois bundões...

— Será? — Boiô lançou um olhar de profundo desprezo. — Melhor bundão do que Camarão.

— Pelo menos minha merda fica aqui, ó... — Camarão apontou o próprio crânio.

Boiô se lançou contra o ofensor, indiferente ao risco de ser esfaqueado. Juca voltou a se plantar entre os dois. Camarão enxergou vários espaços por onde meter a lâmina no detratado, mas jamais o veria como alvo, acabou guardando o canivete.

— Magriça mais marrento! — O cobrador ainda soltou, contudo voltou a se acomodar. — Vai acabar botando vocês dois na pior!

Juca se sentou ao lado de Camarão, encurralando-o. Os três continuaram trocando insultos que, todavia, foram perdendo o vigor e, no Centro, acabaram se diluindo na imensidão e na efervescência.

Sombras proféticas

No ônibus para a orla, Camarão se manteve crispado, silencioso, entregue a uma velha especulação: nascera insular ou se isolara paulatinamente? Sabia apenas que o mundo inteiro o incomodava, variando apenas quanto à intensidade. A boemia do pai, o riso de Boiô e Juca, até o canto besta com que a mãe às vezes voltava da mendigação — tudo parecia elegê-lo o ser mais atanazado da face da Terra.

Ao avistar o oceano, porém, sentiu o mau humor sumir por encanto. Desceu do transporte unido aos dois amigos numa euforia de gritos e cabriolas, em correria da Rua Prado Júnior ao calçadão, então areia afora até a água.

Como precisavam manter seca a roupa, contiveram a vontade de tomar banho. No entanto, caminharam no sentido da Pedra do Leme com água até o tornozelo. Quando a água refluía, viam-se projetados na areia pelos últimos raios solares do dia, que os alumiavam pelas costas.

Gostavam de se enxergar ampliados, em antecipação do que esperavam da vida adulta. O melhor era perceber que, quanto mais andavam, mais estatura ganhavam. Não verbalizavam, mas se sentiam mocinhos de filme sobre camaradagem.

Acostumado a se posicionar entre os dois, Boiô colocou um braço sobre o ombro de cada um. Os dois também esticaram o membro superior sobre o ombro do amigo, até que se viram mais unidos do que nunca, a marcharem em sintonia.

Boiô percebeu que a montanha logo venceria o sol e começou a contar até três. No momento da passagem, cada um pulou para a sombra numa pose prenunciadora do que seria no futuro: Juca abriu os braços como se falasse às massas, Boiô imitou a passada com que ganharia o mundo e Camarão retirou da cintura uma arma imaginária.

Sucessão de rolos

Seguiram pelo passadiço existente na base da pedra até o extremo direito, onde àquela hora não havia ninguém. Sentaram-se sobre a mureta e ficaram admirando o pôr do sol, enquanto relembravam banhos tomados nas duas meias-luas: a primeira formada por Leme e Copacabana, a segunda constituída por Ipanema e Leblon. Faziam da altura das ondas ponto culminante dos relatos exagerados que se repetiam uns para os outros, muitas vezes ao som de *cascateiro!, cascateiro!*

Desde crianças eram levados à orla nos finais de semana, só que à praia parada e podre do Flamengo, a que o morador de Santa Teresa chega pagando apenas uma passagem de ônibus ou descendo de graça no bonde até a Estação Carioca — em ambos os casos, completando a pé o trajeto. Já o restante da Zona Sul parece às famílias dos Prazeres um lugar a ser deixado para lá, com sua distância, sua carestia e seu esnobismo.

Só que os três não haviam se autoproclamado *topetudos* para se acanhar: mal começaram a vender amendoim, passaram a se arriscar em braçadas cada vez mais ousadas mar adentro. Levaram caixotes, arranharam a cara, arriscaram-se a se afogar, porém insistiram em interpretar o movimento das ondas e, a partir de certo momento, orgulhavam-se de conseguir pegar jacaré.

O problema é que Camarão não se cansava de buscar riscos, pelos quais ensaiava passagem precoce ao além. Certa vez, viu mergulhadores profissionais lançando-se do passadiço do Leme diretamente na água e não hesitou: imitou-os no voo de quase quinze metros com a cabeça para baixo. Só que o corpo entortou no meio do caminho e o inexperiente caiu de barriga, em estouro que o tirou do ar. Voltou à consciência graças aos salva-vidas acionados pelos dois amigos.

Emendou-se? Claro que não. Dias depois inflamou-se diante da Praia do Diabo, com suas ondas fortes e suas placas indicando entrada proibida, por se tratar de área militar. Surdo aos apelos dos sócios, lançou-se em exploração que novamente não foi desastrosa por conta da intervenção de uma dupla de carrancudos soldados do Forte de Copacabana, que o retiraram como se recolhessem rato molhado.

— Camarada Camaro, acho que por aqui tu já fez tudo o que podia de merda — Juca comentou, nesse final de tarde em que tudo parecia harmonioso.

— Será? — Boiô duvidou.

Camarão soltou um sorrisinho de quem não prometia nada e mudou de assunto: disse que, se não conseguisse juntar dinheiro para comprar teto, traria a mãe para a praia.

— Ela não quer, mas eu disse que aqui pobre esmola de maiô... E ninguém faz força pra subir nem descer, que é tudo plano...

De fato, fazia tempo que Camarão assuntava os grupos acomodados na areia macia, quentinha, acolhedora, depois de um dia passado da melhor maneira possível: dentro d'água. Suspeitava que, em comparação com os desajolados do Centro, os de Copa levavam vida de lorde. Só não entendia por que os da cidade não vinham morar à beira-mar.

Para decifrar o enigma, estava decidido a passar boa parte dessa noite ao relento. Evitou falar do plano por receio de Juca gorá-lo. Mas lá pelas tantas, quando estivessem entusiasmados com o término do trabalho, proporia que se jogassem na areia para conversa à toa, todo mundo junto, aquecido por fogueira e relaxado pelo fumo que trouxera em meio ao amendoim. Os desvalidos locais sentiriam o futum, se aproximariam, mas só teriam direito a baforo se abrissem o jogo.

Além da linha

Numa só jornada de venda, muitas eram as vezes em que Camarão armava auê. Bastava um não mais enfático de um turista para suscitar ofensas e intimidações. Boiô e Juca intervinham, cada um fazendo o que mais sabia: o primeiro abria sorriso, batucava contra o peito, improvisava som com a boca, compensava o insulto com pequeno show; o segundo arrastava o belicoso e, para acalmá-lo, podia até fingir que concordava com a esculhambação.

Naquela noite, entretanto, Camarão nem parecia o mesmo. Fez-se especialmente eficaz, controlou o ímpeto de desacatar e, pela primeira vez, conseguia escoar a mercadoria com a mesma velocidade que os simpáticos sócios.

— Aí... Pra ser mais rápido, vou pro outro lado... — propôs. — Assim, a gente não concorre... Quando acabar tudo, é só se encontrar na frente do Copacabana Palace...

Os dois concordaram, mas Juca desconfiou. Fez-se moroso e, logo depois, puxou Boiô até a praia, onde aceleraram o passo no sentido contrário. Voltaram ao calçadão e avistaram o outro atendendo um freguês, que inspecionava o produto com um rigor que amendoim jamais merecera.

— Porra... — Juca pressentiu que o amigo transpunha a linha.

— Será? — Boiô ainda hesitou.

Tinham de reagir, porém. Correram até a cena, onde surgiram como se brotassem do nada, para flagrar e repetir que o apelido do novo vagabundo dizia tudo. Não era à toa que desde cedo Camarão heroicizava os traficantes, para os quais fazia pequenos mandados de graça, satisfeitíssimo de poder citá-los com uma intimidade de que tirava o direito de se mostrar violento até nas brincadeiras.

— Tu conseguiu! — Juca usou a entonação mais ofensiva possível. — Agora é um deles!

— E vai matar de vez a coroa... — Boiô se fez sentimental.

Camarão achou baixo o jogo dos dois e quis berrar que era aquilo mesmo e quem desaprovasse que se danasse; mas se controlou e tentou atenuar:

— É só comprar um lugar, que paro...

— Será? — Boiô balançou a cabeça como se avistasse caso perdido. — É o que todo mundo diz!...

— Quer saber? — Juca também pareceu capitular. — Fica aí com teu bagulho que a gente vai nessa!

Os dois partiram em silêncio, decididos a romper com quem os expunha justamente ao que mais tentavam evitar. Adorariam estar nos Prazeres, para brincar bastante, dormir bem e frequentar assiduamente o estabelecimento capaz de lhes mudar o destino: a escola. Como isso não era possível, tiritavam ao frio da noite avançada e sofriam todo tipo de humilhação. Contudo, os muitos exemplos do morro deixavam claro que nenhuma provação se comparava à verdadeira furada.

Camarão ainda os acompanhou por algumas quadras, sempre a dar explicações, até que perdeu a paciência, gritou-lhes vitupérios e, ao se perceber incapaz de despertar reação, deixou-se ficar para trás.

Surpreendido pelo desamparo

A raiva se fez energia: Camarão falou em voz alta que não aguentava mais a moleza dos dois e, sozinho, poderia tomar as medidas com que planejava mudar rapidamente de vida, pois se achavam que fanfarronava ao dizer que teria endereço no asfalto, ah, se enganavam, e mais: no ramerrame do amendoinzinho, um dia ainda se ajoelhariam a seus pés, quando então iam ver se ele daria pelota.

Leve como se finalmente se livrasse de um pesado controle, ofereceu maconha a quase todas as pessoas a quem propôs amendoim. Muitas vezes usou o poder de barganha para condicionar o fornecimento da erva à aquisição do torrado, argumentando que assim o cliente teria algo para comer durante a larica. Em dois tempos só lhe restava a mutuca com que pretendia tornar gostosa a planejada pajelança.

Caminhou na direção da areia disposto a se regalar sozinho. Batia no bolso e repetia que aquilo, sim, era capital. Ainda teria de dar a parte de Arlindo, mas mesmo assim poderia fortalecer a mãe e guardar um bom para si. No dia seguinte faria um rápido levantamento do preço médio de barraco e calcularia quanto tempo precisaria para conseguir a soma.

Sentou-se próximo da água e, depois de constatar que não havia ninguém num raio de centenas de metros, começou a desbelotar. Enquanto preparava o baseado, continuou repetindo as palavras com que se assegurava de estar dando o passo certo naquele momento. Assim que fizesse o dinheiro cairia fora, que era esperto e não queria se encerrar no morro, feito pássaro em viveiro.

Ao tragar, porém, a fragilidade que jererê pode instalar no usuário arruinou completamente as certezas e fez os elementos naturais se mostrarem repentinamente hostis. O escuro, tão conveniente a ilegalidades, virou fonte fictícia de perigo. As ondas duplicaram a altura e o ímpeto, para se quebrar impetuosas. Uma lufada mais forte de vento instalou um frio tal que, ao percorrer a espinha, associou-se à morte.

Camarão reuniu o que lhe restava de coragem para correr de volta à luz do calçadão. Olhou para ambos os lados e constatou que aquelas pessoas apenas ampliavam seu isolamento, pois tinham a vida resolvida, enquanto ele se arriscava a perder a sua. Precisava a todo custo encontrar os únicos que realmente o compreendiam e queriam seu bem.

Disparou no sentido do Posto 6, cortou até o Arpoador e, quando já começava a desanimar, avistou os amigos em ridente papo com alguns estrangeiros que bebericavam caipirinha numa das barracas. Achegou-se escabreado e se postou a alguns metros, deixando-se perceber, mas aguardando sinal para se aproximar.

Boiô e Juca notaram sua presença, todavia fingiram que não. Concluíram a venda e seguiram adiante, até que no Posto 10 viram Camarão reaparecer ainda mais pianinho, a pedir para não ser abandonado. Juca se mostrou cético e quis garantias:

— Jura nunca mais...

— Juro!... — Camarão se apressou em responder.

— Será? — Boiô ainda questionou. — Mas se...

— Juro!... — Camarão queria encerrar o assunto, que lhe fazia arder o juízo.

— E aí? — Juca fungou, como a indicar que sentia cheiro bom. — Guardou a ponta pra gente?

Incidente decisivo

Os três pareciam filhotes de vira-lata a se espojar, engalfinhar e atiçar. Revezavam-se na condição de pele no qual os dois outros davam rasteira, para subjugar na areia, em recriação convincente de luta à vera. O próprio Camarão foi jogado na água e, ao invés de se irritar, ficou feliz de se perceber sem frio — efeito do bom calor humano.

Assim entretidos, não perceberam a aproximação de dois fardados, que se colocaram calmamente em posição de achaque: o cabo assumiu pose de atirador e lhes apontou a arma, enquanto o soldado se aproximou do montinho de mochilas e sandálias.

— Aí, elementos! — O cabo os mirou bem. — É levantar os braços ou... puf, puf, puf... que sou econômico com o dinheiro público, só gasto uma bala por meliante!

— Cabo cidadão é isso! — o subalterno homenageou.

Camarão avistou o soldado escarafunchando e anteviu a apropriação do dinheiro gordo, que sequer lhe pertencia. Pensou em gritar que lhe dessem porrada, mas deixassem a grana, a ser usada com a mãe. Entretanto, de nada adiantaria abrir a boca, pois os policiais os viam como pertencentes a campo inimigo e não os aliviariam em nada.

— A gente tá filmando vocês desde o dia em que pisaram na praia! — O cabo se jactava da própria eficácia.

— É! — O soldado ostentou as notas como se fossem medalhas: — Hora de colher!

Camarão levou a mão ao canivete, escondido no bolso da bermuda, e só não o retirou por saber que o cabo não hesitaria em apertar o gatilho. Agora, se retornasse aos Prazeres de mãos abanando, seria esfolado vivo. Impiedoso como todo chefe, Arlindo era dado a rompantes especialmente sádicos quando perdia dinheiro. Por mais de uma vez, havia matado quem tentara velhacar.

— Ei, os três! — O cabo ordenou: — Amontoa aqui!

Os meninos se sentaram de frente para a Vieira Souto, em posição que lhes deixava o rosto iluminado, favorável a interrogatório.

— Vamos conversar... — Juca acreditou na possibilidade de chegarem a acordo.

— Conversar uma porra! — O cabo apontou a arma para a boca de Juca. — Se der um pio, engole besouro!

O soldado passou ao cabo as notas recolhidas, enquanto soltava gracinhas quanto ao amadorismo do trio:

— Quem é o banana que manda em vocês?

— Não tem — Juca explicou. — O amendoim é a gente que compra.

— E o bagulho? — o soldado lembrou.

— Era só meu... — Camarão assumiu.

— Quem te passou? — O cabo acariciou caricaturalmente o gatilho.

— Peguei com um carinha lá do morro... — Camarão explicou.

— O carinha tem nome? — O soldado insistiu.

— Sei lá... — Camarão titubeou. — Acabou de se mudar pra lá...

— Pra lá... — O cabo voltou a se fingir cordato.

— Pra Providência!... — Camarão completou de supetão, receoso de alguém mais abrir a boca.

— Então tá... — O cabo saboreava o andamento da prosa. — O tal carinha se mudou agora pro Morro da Providência e o fumo te tirou a memória...

— Como assim?... — Camarão buscava um nome para chutar.

— Qual a graça do carinha, caralho? — O soldado deu um tapa no rosto de Camarão, cujas reticências lhe pareciam desrespeitosas.

— Gabriel... — Camarão fuzilou o soldado com os olhos. — Um cara assim como você... Parrudo...

— Então um dia deu na cabeça de sair da Providência e invadir a praia alheia! — O cabo parecia aplaudir a ousadia. — Como se aqui não tivesse dono!

— Já pensou? — O soldado também parecia pasmo. — Que trio inteligente!

— Não tem trio... — Camarão repetiu. — Tou sozinho na parada...

— E acha que a gente é babaca! — O soldado deu um murro de punho fechado na cara de Camarão, arremessando-o para trás.

— Ele tá falando a verdade! — Boiô gaguejou, tamanho o medo. — É, sim!

— Ih, caramba, o mocinho ceceia... — O cabo trocou um sorriso calhorda com o soldado.

Em fração de segundos os dois tiraram a bermuda e a cueca de Boiô e, controlando-o com os coturnos, retiveram-no de bruços, aos prantos. O soldado se posicionou de cócoras às suas costas e se deliciou em passar o cassetete na areia.

— Pra tu aprender que, quando home fala, viado cala! — O cabo se achou genial. — Gostou dessa?

— Muito boa! — O soldado gargalhou e, como se tomasse o relaxamento provocado pela piada como propício a uma enfiada brusca do bastão, fincou bem no ânus de Boiô, que soltou um grito terrível.

— Não! — O corpo de Juca fez vaivém, prestes a se atirar sobre o soldado.

— Se der um passo, te derrubo! — O cabo se concentrou em Juca.

Era o descuido de que Camarão precisava para pular felinamente até a retaguarda do cabo, contra cuja garganta pressionou o canivete e, para mostrar que estava disposto a tudo, fez um pequeno talho. Usou a mão livre para lhe tirar o revólver, que ia passar a Juca, mas temeu que o amigo não soubesse o que fazer, então o jogou diretamente na água.

— Tá achando que sai vivo daqui? — O cabo desafiou.

— Quem não sai vivo é você, verme de merda... — Camarão apertou um pouco o canivete. — Pega o trabuco do outro, Juca!...

Juca se aproximou e, movido pelo instinto de sobrevivência, apanhou uma camiseta e a usou para tocar no revólver do soldado sem deixar impressões digitais. Arremessou-o no mar e puxou Boiô para o lado.

— Fala pro teu capacho entregar o dinheiro roubado ao meu amigo e tirar a roupa!... — Camarão rosnou ao ouvido do cabo. — Cueca e tudo!...

A ordem foi cumprida. Juca jogou o uniforme com força dentro d'água, sempre tendo o cuidado de não deixar marcas.

— Aí, cuzão!... — Camarão gritou para o soldado. — Entra no mar, vai!...

— Tu é muito abusado! — O cabo reagiu.

— Abusado é tu, que fala quando não deve... — Camarão ampliou um pouco mais o corte, que se limitava à epiderme, mas já sangrava bastante. — Agora diz ao teu escravo pra caminhar até ficar só com a cabeça do lado de fora...

Ao ver o soldado quase submerso, Camarão pediu que Juca despisse o cabo e também jogasse suas roupas dentro d'água. Evitou muita proximidade com o corpo nu do militar, mas tripudiou:

— Sem farda e sem arma, tu né nada... — Pressionou um pouco mais o canivete: — Te matar vai ser minha boa ação do dia...

— Pelo amor de Deus! — O cabo finalmente se fez humilde e apelou para o de sempre: — Tenho mulher e filhos...

— Coitados... — Camarão não pareceu sensibilizado. — Tu deve ser pior do que meu velho...

Camarão mandou que Boiô e Juca corressem e o esperassem no calçadão. Não degolou o cabo, mas, para deixá-lo ocupado com as próprias mazelas, fez-lhe pequenas incisões em diferentes pontos do rosto — que imediatamente pareceu minadouro — e disparou ao encontro dos amigos.

— Tu tá enquadrado aqui, ó! — O cabo abstraía dos talhos para apontar os próprios olhos. — Achar alemão em morro é muito mole!

— Tu também tá marcado!... — Camarão retrucou. — Vou matar todo verme que tiver cicatrizinha na fuça!...

— Seu descaralhado! — Os gritos do cabo se fizeram espumantes. — Te achar é muito fácil!

— Te achar, também!... Vou fazer teu retrato falado e mostrar pra todo mundo lá no morro...

— Aí é que você se fode! Conheço quem manda na Providência!

— E quem disse que sou da Providência?... — Camarão gargalhou.

— Agora é que vou te pegar mesmo! — O cabo perdeu a cabeça e partiu no encalço de Camarão. — Vou te esquartejar!

— Vem!... A turistada vai adorar saber que existe verme nudista!...

O cabo estancou e se deixou arriar sobre a areia, para se entregar a um resfôlego entrecortado de ameaças e maldições.

Vida nova

O ocorrido levou os três a pensarem que não havia sorte, chance, oportunidade, e sim destino, fado, força suficientemente traiçoeira para plantar coincidências pérfidas, como novo esbarrão nos dois policiais. Decidiram se limitar aos Prazeres e cercanias, evitando até as partes baixas do bairro.

Também calaram sobre o ocorrido, que repercutiu de maneira particular no interior de cada um, porém sempre como divisor de águas: o malogro do plano do amendoim não era nada diante da certeza de que precisavam mudar de vida.

Juca se entregou aos estudos, para dominar a língua, ampliar o poder de persuasão e escapar à eterna chapa quente a que se relega quem não consegue compreender e se fazer ouvir. Protegido por um boné que cobria quase todo o rosto, passou a ir todos os dias à escola, cujos exercícios não mais lhe pareceram enfadonhos, e sim pavimentadores do progresso, comprovado pela aquisição de um novo hábito: ler jornais e livros.

No restante do tempo ajudava os obreiros que atuavam no Equitativa, em troca de lições sobre as diferentes atividades. Ao ganhar alguma prática, passou a fazer mais dinheiro do que vendendo amendoim, e anos depois esse diversificado know-how se revelaria essencial à complementação do salário de porteiro.

Agora, alegre de verdade ficou ao sentir problema na vista e, ao consultar oftalmologista, descobrir-se necessitado de óculos — que passou a usar qual salvo-conduto, além de prova de inteligência e profundidade.

Boiô mergulhou de vez na música, mais que nunca filtro para o que via em volta, a começar pela malevolência de que podia ser alvo ao lhe notarem a delicadeza. As pessoas, sobretudo do sexo masculino, não percebiam que não lhe faltava virilidade, tanto que satisfazia igualmente as meninas; seu gestual arredondado, seu rebolar, sua pronúncia e seu terno bater de cílios não eram indícios de fraqueza, e sim sinais de uma maleabilidade e uma doçura importantíssimas à exploração plena do amor e da arte — esferas em que os travados deixavam bastante a desejar.

Se o mundo apreciava os ritmos brasileiros, um dia certamente acolheria o percussionista, para lhe dispensar tratamento muito mais humano do que o machismo tropical possibilitava aos compatriotas. A esperança lhe veio do contato com os afáveis e bem tratados estrangeiros que conheceu na praia, entre os postos 8 e 9, os quais, ao perceberem seus múltiplos dons, pagavam-lhe as contas, davam-lhe carinho e faziam convites para ir animá-los, insuflar-lhes ânimo, aquecê-los no Hemisfério Norte.

Camarão foi ainda mais rápido na guinada. A lembrança da vitória sobre a tentativa de extorsão lhe proporcionava um prazer que só identificava em armado e com cujo desfrute sempre sonhara: o de decidir sobre a permanência ou partida de quem não presta. Existirá forra melhor para predestinado ao pisoteio? Tirar sangue de verdade, ainda mais da polícia, cristalizara os vincos faciais com que manifestava maldade. A experiência fora tão intensa quanto etapa decisiva de ritual indígena de ingresso na vida adulta.

O rumo da existência se traçava sozinho: como perseguido, só lhe restava encastelar-se no morro e assumir integralmente a crueldade, para a qual se sentia nascido. Detestava o fato de Arlindo gostar de homem, mas o reconhecia com a fibra necessária à chefia. Quem sabe no futuro o substituísse? Naquele momento, importava se oferecer para soldado do tráfico — no que foi imediatamente aceito.

Alguns dias depois foi escalado para uma missão madrugueira, de eliminação de alguns assanhados do Morro do Fogueteiro. Na preleção que antecedeu a investida, Arlindo lhe explicou que as injustiças eram tantas no país que faziam da margem um espaço muito apertado para os párias, o que explicava as guerras frequentes entre os bandos. Nesse inevitável desmantelo, seria suicídio cultivar moleza, dúvida ou humanidade.

— Quem não mata morre! Ouviu bem, garoto?

Camarão balançou a cabeça afirmativamente, ainda que nem precisasse de estímulo para realizar o que via como possibilidade de se libertar do complexo experimentado mesmo frente a Boiô e Juca, que desenvolviam paulatinamente qualidades que nunca enxergara em si.

— Agora vem cá e mete a venta! — Arlindo apontou a cocaína batida sobre a mesa. — Quero meus homens animados! E, se algum tiver de morrer, que embarque pulsando de pó! Vem!

Sentindo a energia da cocaína percorrer seu corpo pela primeira vez, Camarão ziguezagueou pela comunidade vizinha como se tivesse crescido naqueles becos, abrindo destemidamente os caminhos e atirando qual mocinho de filme de aventuras, até derrubar o primeiro: ah, sentiu uma força descomunal arrebentar o interior e fazê-lo pedra, árvore, animal, semideus. Uivou demorada e vulcanicamente, enquanto sentia sua verdadeira essência aflorar. Lançou-se em novo assalto, entregue a bramidos com os quais disfarçava o choro do verdadeiro nascimento.

Mudou imediatamente a postura: substituiu o desassossego de ressentido pela paz de quem encontra meio de escoar os resíduos dos reveses. Daí a pensar no exercício da autoridade como missão foi um passo mínimo: se o destrambelho social criava a figura do traficante armado, desempenharia tal papel como justiceiro. A violência lhe era vital, mas a canalizaria para vermes, adversários e vacilões.

Respeitado

Ao ver Camarão aparecer em casa enlameado, manchado de sangue alheio e com um olhar de quem retornava do além, o pai sentiu, a um só tempo, orgulho e medo. Perguntado se conteria a agressividade, prometeu se portar como anjo. Dias depois ainda teve uma recaída: embebedou-se e ameaçou a mulher; antes de atingi-la, porém, sentiu frieza de cano contra a têmpora direita e recuperou instantaneamente a lucidez.

Além de arrumar as coisas na esfera familiar, Camarão passou a usufruir de grande prestígio junto à vizinhança, que se desdobrou em agrados e deferências, fazendo de tudo para se mostrar amiga. Mesmo quem o detestava começou a cumprimentá-lo com estardalhaço, oferecer cerveja, propor feijoada, convidar para ser padrinho e outras honrarias. A nova estrela deixava placidamente que lhe massageassem o ego.

Acontecia de o rapapé se desdobrar em cochicho sobre espezinhamento e injustiça que ele, tão valente e valoroso, poderia reparar num piscar de olhos. Camarão se limitava a abrir um sorriso silencioso e enigmático. Por dentro, chamava os atiçadores de otários, pois jamais se deixaria desencaminhar. Daria o melhor de si apenas nas atividades ligadas ao tráfico, para erigir uma imagem coerentemente medonha, que seus traços ajudariam a amplificar. Antevia o destaque que um dia a crônica policial ainda reservaria a seus olhos verdes e seus cachos dourados.

Era isso que as meninas gostavam de mencionar, ao abordá-lo nas festas ou cercá-lo nos becos, sempre aos gritinhos, para se deixar tocar e já se mostrar preparadas. O vínculo entre o poder do traficante e o fogo do macho foi reforçado pelo desempenho sexual de Camarão, que, ciente de estar sendo usado, cobrava na cama por cada bebida, baseado ou teco oferecidos.

Podia fazer isso porque evitava acompanhar as parceiras no consumo de produtos enfraquecedores: associava álcool à debilidade paterna e só fumava maconha em momentos de relaxe absoluto, quando podia se permitir um certo amolecimento, mesmo assim sozinho, pois não confiava em ninguém, tanto que sequer tinha fiel. Gostava era de snifar branco do bom, para sentir o palpitar das veias, em amplificação do arrojo e do dinamismo que lhe possibilitavam achar-se super.

Pó para toda obra

A cocaína se fez presente nos momentos decisivos da nova vida de Camarão, do primeiro confronto armado a cada feito que lhe possibilitou subir na hierarquia do tráfico, em processo coroado pela tomada do cetro das mãos de Arlindo.

Acostumado a ver cocainômanos definhando, o novo chefe pagava à mãe para lhe preparar comida consistente e nutritiva, que se esforçava por ingerir mesmo quando a droga lhe reduzia a fome. Também investiu em equipamentos de ginástica, com os quais ganhou cada vez mais músculo. E, ao sentir alguns dentes bambos, patrocinou uma recauchutagem geral na boca, onde cacos foram substituídos por porcelana de primeira.

Sentindo-se arrasador, Camarão adquiriu o hábito de se interromper cada vez que se debruçava sobre o espelho para cheirar, de modo a escancarar bem a boca e admirar a nova dentição, que o fazia pensar em várias celebridades de quem se sabia que haviam tomado a mesma providência.

Manteve o sorriso mesmo ao receber uma inesperada visita de Juca, com quem andava às turras. O líder se disse ainda enfurecido com a estupidez com que o chefe tentava forçá-lo a esvaziar a militância, porém fora trazido ali por uma conversa que dispensava companheirismo, amizade ou mesmo simpatia, pois estavam em bote visado por esquadra e precisavam juntar forças para resistir:

— Lembra que eu te disse que o bosta de um coronel aí prometeu colocar policiamento no condomínio? Pois é, não fez nada...

— Fez, sim... — Camarão gargalhou, orgulhoso de saber muito mais do que as pessoas que levavam vida normal. — O verme até batalhou...

Em lugar de concluir a frase, usou o suspense para dar abraço de quebrar osso e propor dividirem a carreira esticada. Ao se inclinar, admirou mais uma vez os dentes novos e só então informou que a facção de que era mero ramo vinha fazendo esforço de embarreiramento coincidente com o do Equitativa: tomava outras vias, mas corrompia o mesmo Carmo.

— Que filho da puta! — Juca explodiu. — Se vende pra vocês e, com a Clara, chega a chorar, jurando mãos limpas!

— Normal... O cara quer comer tua patroa...

— Tou sabendo... Mas acho que melou...

— É, me contaram que tu já andou até amassando ela...

Juca pensou em confessar que o contato corporal no campinho fora um desastre, porém se limitou a fazer um pequeno gesto obsceno, pois adorava ser tratado como Don Juan. Tecou e, paulatinamente eufórico, esqueceu qualquer preocupação, resgatou a camaradagem, riu até raiar.

Relembraram apirontos e disputas de hímen, num tempo em que não havia arma entre os dois. Eram apenas moleques revoltados com a falta de condições, mas capazes de se sentir acima do asfalto, de se imaginar senhores da vista e do vento.

Amigos para sempre

Camarão radicalizou na ilegalidade sem reduzir, em nada, o afeto pelos camaradas. Mesmo nos momentos de maior tensão com Juca, teve certeza de que preservariam o sentimento fraternal. Com Boiô mantinha contato assíduo, facilitado pelos créditos de celular ganhos de quem se deixava coagir pelo telefone.

Claro, o chefe fazia de tudo para a conversa com os chapas não desaguar em assuntos delicados, como violências encomendadas ou praticadas. Tinha tanto cuidado que só ligava para Boiô ou recebia Juca quando se sentia livre de qualquer energia decorrente de providência sangrenta. Se um dos dois dizia saber de algo, fazia-se ainda mais pachorrento, dilatava o característico reticenciar, limitava-se a afirmar que ninguém escapa a falatório, fofoca e fuá.

Os dois não se convenciam, porém tampouco insistiam, cientes de que só lhes restava assumi-lo assim ou romper, pois, mesmo que tentasse, Camarão não conseguiria ser diferente. Davam os conselhos de praxe, feito rezinga familiar, mas sem expectativa de vê-lo virar trabalhador. No fundo, até se orgulhavam de terem um compadre do peito em plena guerra civil brasileira.

Boiô, então, adorava propagar o que sabia. Invariavelmente, os ouvintes se boquiabriam como se assistissem a filme de aventura ambientado num dos lugares mais exóticos do planeta, sobre o qual teciam considerações das mais simpáticas e sociológicas.

Por sua vez, Camarão admirava as atividades dos dois. Evitava dizer isso a Juca para não estimular o incremento da militância — que realmente considerava exagerada —, no entanto vibrava com as conquistas da associação. Em relação a Boiô, agia feito protetor: repetia a disposição de punir quem o amolasse durante as estadas no Brasil e pagava boa parte das contas de sua avó.

Os três estavam destinados a se cultivar até morrer. Todo o problema é que, ao menos para dois, o fim se mostrara uma possibilidade bem palpável. O terceiro estava no além-mar, mas acompanhava o conflito desde os primeiros dias de ensaio e, por mais que tentasse transformar distância em abstração, não parava de pensar no aperto que aguardava os brôs.

Será?

Dois meses atrás, Camarão achou por bem ter uma conversa sóbria com Juca, durante a qual perguntou se o líder percebia o risco a que se expunha ficando no meio da guerra, o que o impedia de sumir até o término do conflito, por que não aceitava o emprego no sebo. O porteiro respondeu que não nascera para amarelar, mas aceitou os mil reais, a serem usados em caso de emergência.

O chefe também convocou o pai, de quem passara a pagar todas as contas, inclusive as da birosca, onde o ocioso atravessava o dia e, se conseguia se manter de pé, varava também a noite. O provedor pouco se importava com o comportamento e a despesa, contanto que o visse pacífico. Acontece que, bêbado, seria presa muito fácil para Reimoso.

Camarão relembrou histórias que muito ouvira, ocorridas no distrito de Bom Jesus do Querendo, no município fluminense de Natividade, e perguntou o que o velho achava de retornar, para encerrar a vida no calor da parentela, em pedaço de terra próprio.

— Você joga muito baixo! — O homem riu, de se ver corrompido. — Sempre soube que, proprietário, volto! Não é que vai se livrar de mim? Canalha!

Por intermédio de um colega da facção, o chefe comprou um sítio de oito hectares com casa, nascente e roça de feijão.

— Não chega a ser fazenda, mas é de vocês!... É só não fazer corpo mole nem cantar de galo!... Já sabe: se triscar na mãe, te quebro todinho!...

— Até na despedida, tenta me intimidar! — O pai agora se divertia. — É nisso que dá ter como filho o diabo!

O passo seguinte foi Camarão exigir que Nicole se decidisse entre retornar à França e escalar definitivamente o morro. A francesa já havia perdido bastante tempo com o dilema, então disse que subiria, contanto que pudesse ser luz, razão e consciência. Transaria sempre que o chefe quisesse, não cheiraria mas bateria suas carreiras, posaria de primeira-dama classuda e submissa, qualquer coisa. A condição era que a ouvissem no tocante à ideia de politizar o movimento, mediante a ocupação da rica propriedade ali à frente.

Camarão topou e, assim, não teve mais qualquer laço afetivo a vulnerabilizá-lo. Juca preocupava um pouco, só que contava com a proteção do Equitativa e sabia se virar. Como agora, quando os groteiros atravessam o condomínio, mas o porteiro certamente está bem escondido.

— Trouxa ele não é... — Camarão lembra a Boiô, ao telefone.

— Será?... — O músico não contém a aflição.

— Claro que não!...

— Falou com ele depois que a guerra começou? Antes de você me ligar, telefonei várias vezes, mas o celular dele não atende...

— Deve estar no silencioso, que o bicho não é besta!...

— Será?

— O tempo do *será?* acabou, Brô Boiô!...

— É o que mais me assusta, Camarada Camaro.

— Que nada!... — Camarão bate no peito e volta a atirar pela janela. — Vamos vencer!

— Claro! — Boiô se apressa em apoiar, mas seu interior parece muito pequeno para o *será?*, que, contrariamente ao que acaba de dizer, parece mais opressor do que nunca.

Capítulo 7

Boiô, o desterrado

Ao desligar o celular, Boiô está trêmulo e lacrimejante. Olha para os dois lados da ladeira em busca de rumo, pois não tem cara nem cabeça para voltar à boate. Como substituir a angústia e a tristeza atuais pela alegria que a gringalhada espera de brasileiro? Envia um torpedo para Laurent, dizendo que precisa ficar um pouco sozinho e pedindo que leve os instrumentos para casa. Levanta o casacão o máximo possível, para enfrentar o frio, potencializado pela notícia de eclosão da guerra.

Segue pelo Bulevar de Clichy abatido e banzeado: por mais que circule, tem o coração no Rio. Durante os oito anos no exterior, percorreu países europeus, africanos e asiáticos — ora a trabalho, ora para renovar o visto —, contudo jamais pensou em fixar residência em nenhum deles. Esgotado de tanto desterro, sente que o telefonema de Camarão transformou em agonia a vontade de regressar, que depois do enterro da avó já era incontrolável.

Parou de frequentar até o Parque de La Villette, ao qual entretanto sempre havia associado sentimentos bons, pois era lá que nos primeiros tempos de Paris encontrava gratuitamente satisfação para todas as necessidades: via filmes no imenso telão instalado ao ar livre, vivia assistindo a shows abertos, ia a todas as festas do Cabaret Sauvage, acompanhava as exposições e, mesmo perna de pau, aventurava-se em partidas de futebol.

Interessava-se principalmente pela área verde, em cujo jardim dos bambus trabalhava. Bastava chegar com os instrumentos e iniciar batuque, para uma pequena multidão se formar. Muitas vezes já aparecia com séquito numeroso, ao qual sempre se juntava gente nova.

Beneficiário da universalidade da música instrumental e do fato de os franceses considerarem o Brasil uma nação ritmada por natureza, estabelecia uma comunicação privilegiada, que lhe possibilitava escolher as pessoas que queria perto de si, entre aquelas que demonstravam empenho em aprender a tocar, eram atraentes, ofereciam teto ou faziam convites para apresentações remuneradas.

Boiô havia descoberto a possibilidade de utilizar campo de recreação como fonte de sobrevivência afetiva e financeira ainda na adolescência, quando, ao perceber que o corpo se modificara tanto que os policiais que o tinham agredido não mais o reconheceriam, passou a frequentar Ipanema.

Nas cercanias do Posto 9 fumava um, arrumava bico como músico, informava-se sobre a night; ao se deslocar até as imediações da Rua Farme de Amoedo, juntava-se aos rapazes interessados em companhia. Foi assim que, já arranhando inglês, conheceu um holandês bonitão com quem embarcou para Amsterdã.

Viciado em zum-zum

Na Veneza do Norte, Boiô achou a aquosidade muito invasiva, nada a ver com a relação entre terra e mar do montanhoso Rio. Ah, mas adorava sentir o líquido por toda parte, a espelhar pessoas e coisas como se a função dos múltiplos canais fosse devolver imagens melhoradas do mundo.

O contentamento se desdobrava em alegria doce depois de visita a coffee shop, quando Boiô e o companheiro caminhavam pelas ruas de prédios gentilmente baixos e atravessavam as românticas pontes sem se sentir tomados pelo kitsch, afinal celebravam a rara liberdade de segurar a mão um do outro. O percussionista impava de olhar à frente e não ver ameaça. As costas, quase sempre tensas quando nos trópicos, distendiam-se confortavelmente.

A lei impedia que a polícia punisse drogonauta e o espírito de tolerância possibilitava a dois rapazes se mostrarem par sem ser incomodados. Boiô imaginou o que seria o Rio se à estupenda geografia combinasse civilidade. Todavia, como não acreditava que a cidade natal conseguisse realizar plenamente sua verdadeira vocação, fez plano de morar na Holanda. A certeza de ter encontrado porto ganhava reforço nas boates, onde tipos avultados manifestavam uma meiguice de mexer.

Dois anos depois, porém, o músico começou a sentir falta da taquicardia das metrópoles de verdade. A capital holandesa recebe continuamente turistas, mas é muito pequena para propiciar a sensação de se viver em ininterrupto zum-zum. Boiô pressentiu que se aproximava o momento de partir ao perder a vontade de visitar o Museu Van Gogh. Teve certeza de que era hora de ir embora ao deixar de enxergar poesia no transporte mais usado na cidade: a bicicleta.

Ora, como boa parte dos brasileiros, tinha como país europeu de estimação a França, situada logo ali, do outro lado da Bélgica. Alegou vontade de conhecer o dia a dia parisiense para partir em meio de semana, quando o namorado não podia viajar.

Cara de pau

Boiô se instalou no albergue da juventude da Rua Mouffetard, onde viu rapazes e moças dignos de aproximação, porém moradores de outras localidades, portanto sem interesse para seus planos de mudança: convinha limitar a prospecção aos habitantes da Cidade Luz, em cujas calçadas começou a bater pernas.

Enamorou-se de edifícios e monumentos, mas se dedicou principalmente à admiração das pessoas, imaginando histórias de convivência íntima a cada homem ou mulher interessante que avistava. Os corpos, cobertos pelos muitos agasalhos, pouco inspiravam. Em contrapartida, quantos rostinhos formosos!

Boiô sabia que a vida afetiva é cheia de receios, descaminhos e outras tantas complicações. Todo mundo tenta se organizar, prever, gerir os eventos que afetam o coração, mas frequentemente se vê desorientado. Quantos não se fecham devido a dolorosos desencontros? Pois era justamente disso que tiraria proveito, com sua facilidade para se achegar, mostrar-se afetuoso e ganhar confiança.

Paquerou em todos os lugares a que foi. No Beaubourg, em especial, pensou que a concentração de artes já bastava para criar uma atmosfera propícia a idílio. Nas visitas aos diferentes recintos — galeria, cinemateca, videoteca, teatro, museu, livraria, biblioteca —, repetiu um roteiro com início no inventário de pessoas merecedoras de apreciação, para escolha da mais apetecível e passagem a miradas, com possível desdobramento em conversa.

Recebeu tocos em profusão, de expressões carrancudas a partidas bruscas, passando por viradas tempestivas de rosto. Entretanto, não se abalou, pois havia colocado o ego em suspenso a priori e sabia que sempre se consegue alguma coisa quando se é tenaz. A cada gesto de rejeição, pensava que o problema era da criatura, que não sabia se deixar desejar e não podia adivinhar que repelia alguém capaz de levá-la às alturas.

Também abortou flertes bem-sucedidos que, todavia, se mostraram frustrantes. Voz fanhosa, tiques nervosos, muitos foram os motivos para descartar gente mobilizada por sua malícia. Com o mesmo desembaraço com que semeava laços, desfazia-os.

Sua estratégia incluía posicionamento no amplo pátio em frente ao centro cultural, em ponto de passagem dos visitantes, que o encontravam tocando. Muitos que não lhe haviam dado a mínima se surpreendiam de descobri-lo músico, portanto valorizado pelo halo que se costuma enxergar em artista.

Pequeno príncipe

Entre as conquistas, Boiô escolheu um jovem tão branco que só fazia pensar em fragilidade. Ao tê-lo a alguns centímetros de distância, em torno de uma mesinha de café, nem precisou de bebida para acariciar a pele transparente de seu rosto, cuja beleza se beneficiava do contraste com olhos piscinais e uma boca carnuda e encarnada.

O moço fazia Filosofia na Sorbonne e reclamou da exiguidade das moradias parisienses, que o relegavam a um microscópico "studio", palavra que Boiô nunca ouvira, mas, ao adentrar o apartamento do estudante, percebeu que sinonimizava com "quitinete".

Cada um pronunciou várias vezes o vocábulo na língua do outro, em esforço que visava menos à correção do que ao riso. Os dois termos acabaram virando uma espécie de código de acesso a uma hilaridade associada ao início da relação, que o percussionista nunca viu como promissora, mas sabia importante à troca de cidade.

Fosso conveniente

Muitos outros namoros se sucederam, quase sempre confundidos com uma certa gigolotagem. Contudo, Boiô estava convencido de caso ter sempre um lado de comércio. Pouco se importava de a libido não se fazer apenas do interesse despertado pelo corpo e se nutrir de uma série de dados adicionais. Continuou atraído por homens bonitos, sim, mas preferencialmente instalados em espaços confortáveis e grandes o bastante para comportá-lo e a seus instrumentos.

A distância cultural impedia que os franceses notassem esses e outros pontos questionáveis do jogo amoroso. A comunicação, baseada em inglês — língua estrangeira para ambos —, ampliava ainda mais a conveniente distância.

Mesmo ciente da importância dessa margem de manobra, Boiô começou a se incomodar de o desconhecimento do idioma francês restringir sua relação com as pessoas. Que limitasse a monossílabos e mogangas o rápido diálogo com o balconista da padaria ou o caixa do supermercado, tudo bem; agora, boiar em roda de gente legal era profundamente desagradável.

Para eliminar tal dificuldade, começou um curso autodidático no Beaubourg, porém o levou apenas até partir para o sepultamento da avó — que o marcou profundamente.

Família faz falta

Ao receber Boiô para o funeral, os vizinhos quiseram reduzir seu pranto, mas apenas o estimularam, ao dizerem que, no momento em que teve certeza de que partiria, a senhora começou a perguntar quando o neto chegaria, a demonstrar impaciência, a acusar o pessoal de mentiroso e gritar que não queria ninguém perto de si, a não ser ele.

Boiô lastima que nos primeiros tempos de Europa não tenha se concentrado em ganhar dinheiro o bastante para trazê-la. Sofre principalmente de pensar que, depois, a vergonha o levou a recusar a oferta feita por Laurent, de ela vir morar em Versalhes, na companhia de ambos. Acreditava que, ao lado da favelada figura, acabaria perdendo o verniz desenvolvido na convivência com gente supostamente mais fina.

Compungido de não haver fechado os olhos da única pessoa que o compreendia sem ressalvas, reviu continuamente a cena do passamento: ela olhava em volta, em busca de quentura familiar, de calor em dosagem suficiente para fazer acreditar que o além nada tem de gelado, porém não avistava a pessoa mais importante de sua vida solitária e sentia um frio insuportável na alma.

Boiô teme amargar o mesmo nada, caso permaneça na Europa. Somente no contato familiar, íntimo e repetido as coisas e pessoas viram regaço. Prova disso é que muitos doentes terminais preferem voltar para casa a continuarem sendo cuidados no hospital. Não, o músico não quer falecer no exterior, e sim em seu lugar de origem, onde útero e túmulo se fundem, a sugerirem que firmamento existe e é quente.

Boiô tem apenas trinta anos, mas suspeita que morrerá cedo. Não por ser guerreiro ou militante, e sim devido à impressão de que o relaxamento e o devaneio propiciados pela música não conseguem anular a face aflitiva da sensibilidade, exacerbada a ponto de fazer reverberar exageradamente o que não presta.

É o que acontece com o óbito da avó, agora interpretado como de mau augúrio: se ela partiu de repente, nada impedirá os amigos de terem destino semelhante. No interior de Boiô, os últimos incidentes se combinam como se projetassem fileira de mortes — cujo sofrimento só seria minimizado se ele tomasse o primeiro voo com destino ao Rio, para tentar ver, ainda vivos, aqueles por cuja partida tanto teme.

Outra possibilidade de alívio seria falar com Juca. Mas sabe que não pode ligar. Até lembra de história ocorrida na Quinta do Bosque, na Rua Prefeito João Felipe, em plena festa de São João. Um pessoal sabe-se lá de onde invadiu e começou a recolher dinheiro e pertences. Um segurança que ajudava os presentes a fugir pelo matagal teve a infelicidade de receber uma chamada ao celular, cuja campainha alertou um dos assaltantes — que o localizou, decifrou seus movimentos e o apagou incontinente.

O telefone toca. O percussionista se sente ouvido pelos deuses e se apressa em verificar que número é. Ao constatar que se trata de Laurent, sente raiva a ponto de esbravejar. Não atende e segue, sempre chorando.

País perverso

Nas portas das casas de prostituição, os cafetões de origem árabe matraqueiam convites para que o cavalheiro entre e conheça moças e moços dispostos a aquecer mesmo as existências mais frígidas. Boiô sabe que muitos desses camelôs da carne estão em solo estrangeiro por carecerem de projeto que os prenda às suas respectivas latitudes. Vislumbra em cada um a desolação de quem teme sucumbir longe de casa, privado do conforto de unir as duas pontas da vida.

Acha-se com algumas vantagens em relação a eles, a começar pelo fascínio que francês costuma sentir por brasileiro. E, caso retorne ao Rio, acabará encontrando meios de viver de música. Surtirá muito menos efeito sobre as plateias e talvez se reduza a membro menor de grupo insignificante, porém poderá se ater exclusivamente à percussão — o que já é uma bênção.

Todo o problema é que certos compatriotas fazem do país um composto de afabilidade e ferocidade, sobretudo no trato com os homossexuais, entre os quais vários se exilam em cidades como Amsterdã, Londres, Nova Iorque e Paris. Até hoje Boiô tem pesadelos decorrentes de sufocos vividos, em que é maltratado por acumular traços frequentemente vistos como estigmas.

Um dos sonhos ruins mais recorrentes parece cena de filme nazista: o percussionista é arrastado até um centro de triagem com aparência de quadra de esportes, ao fundo do qual está instalada uma junta de especialistas que começa a dissecá-lo tão logo o avista. Ao percebê-lo preto, associa-o a escravidão, penúria e outros flagelos que o sadismo humano, pai de males como o pensamento econômico, transforma em motivo para depreciar.

O presidente da comissão pergunta sua origem e, ao sabê-lo favelado, olha com orgulho para os colegas: o que parecia uma questão excessivamente óbvia forçou Boiô a responder e, assim, facultou a audição de sua forma de falar, pela qual se percebe que seu apelido é diminutivo de boiola. Às três marcas se soma a ocupação de músico, para destiná-lo ao confinamento.

Em outro pesadelo, agora bastante prosaico, Boiô vai entrar numa agência bancária do Largo do Machado, cujos seguranças veem com desconfiança a combinação de melanina, roupas inusitadas e cabelo estiloso. O diálogo para exposição do que traz na bolsa é rápido, mas reforçado por gestos reveladores do desmunhecamento, objeto imediato de mofa, ainda que dissimulada, pois instituição financeira já é muito podre para se permitir intrometer-se nos costumes. Por fim, o recém-chegado senta em frente a uma atendente para abrir uma conta e, ao dizer que não tem rendimento certo e mora nos Prazeres, recebe uma polida mas firme negativa.

Nas ruas do Rio, Boiô odeia que, ao verem seu rebolar, os homens se sintam à vontade para soltar piadas e rosnar insultos. Treme ao ouvir, por vezes em voz alta, que bicha tem mais é que morrer. Quantas vezes não levou pisadas, safanões e porradas sem que ninguém tenha intercedido?

Mesmo no morro, só passou a ser respeitado no momento em que Camarão virou chefe e, querendo se redimir do fato de lhe ter colocado o penoso apelido, difundiu decreto proibindo que lhe fizessem agravo.

Boiô tem muitos amigos que, em vez de se amedrontar, integram as ofensas às fontes de adrenalina e, se não se divertem de sofrê-las, auto-heroicizam-se por enfrentá-las. Para tanto, malharam até ficar mais fortes do que os detratores, o que lhes proporciona, de quebra, a satisfação de ter o corpo esculpido.

Estimulado a fazer o mesmo, o percussionista passou um mês frequentando a Academia Trilho do Corpo, em Santa Teresa. Quase morreu de enfado e preguiça: decididamente não nascera para suar fora do palco. Além disso, acha aviltante investir um tempo de que não dispõe na criação de carapaça.

Ainda criança decidiu concentrar toda a energia na música, campo em que acredita exceler porque, além de dedicado, tem uma sensibilidade que confina com a suscetibilidade: irrita-se, revolta-se, chora de raiva de se pensar embelecendo o mundo com arte e, em troca, receber injúrias e ameaças em seu próprio país.

— Brasilzinho contraditório do caralho! — A mágoa se confunde com a dor de saber os amigos na guerra e aprofunda o pranto.

Variedade e dispersão

Boiô passa em frente ao Museu Erótico, que antigamente visitava com frequência, todavia vê agora como prova da tristeza que cerca o sexo sem sentimento. Sim, porque entrega o corpo facilmente, goza que é um fenômeno, porém não se fixa em ninguém. Se Laurent fizesse ideia dos chifres que recebeu desde que estão juntos!...

Boiô tem no amor o segundo termo do binômio que, encabeçado pela arte, norteia sua existência. Sabe-se felizardo de gostar menos de mulheres, geralmente mais comedidas do que os homens. Quanto aos ditos heterossexuais masculinos, basta estarem sem fêmea para se mostrarem mais ou menos sensíveis à abordagem de igual disposto a passar por passivo. Agora, os homossexuais parecem dedicados exclusivamente a catar companhia — e é dessa obsessão que o músico se aproveita para viver sua irrefreável promiscuidade.

Chegou a conversar sobre a sacanagem generalizada com Juca e Rodapé, que também a vivem, ainda que de outra forma. O preparador a atribui à fluidez pós-moderna. O músico tende a concordar que o tempo a influencia, porém vê seu próprio comportamento determinado principalmente pela bissexualidade, que, ao abrir bastante o escopo, anula qualquer esforço de fixação.

A dispersão cresceu substancialmente desde o momento em que a saudade do outro lado do Atlântico se tornou avassaladora a ponto de sugar sua ternura, desconectando-o do cenário atual e tornando insuportável a sensação de não pertencimento. Como viver paixão se o peito bate por um território situado na distância?

Se pudesse partiria imediatamente e, caso não tivesse coragem de se instalar no morro, alugaria um quartinho na Lapa. Se bem que nem adianta pensar nessa possibilidade, pois os pegas do tráfico costumam durar pouco: em um ou dois dias o sangue terá transformado os verdes vales em leitos sanguinolentos.

Introjetado

À porta do Moulin Rouge, ricaços apilecados e cheios de animação tomam táxis para esticar em outros pontos da agitada noite parisiense ou retornar a seus luxuosos hotéis. São altos e loiros, certamente do norte. Abissal é a diferença entre suas sensações e as do percussionista, que pensa em berrar contra o escândalo de seres humanos serem poupados das grandes dores do mundo.

— Brancos, bonitos, abastados e, ainda por cima, héteros! — Boiô balança a cabeça, reprovando enfaticamente os planos divinos.

Volta a se enredar na superposição entre os sofrimentos decorrentes de integrar o imenso coletivo de desfavorecidos e a revolta provocada pelas muitas histórias de agressão, por vezes fatais, aos veados. Se a pigmentação já desperta hostilidade cega, associada à luxúria acorda a fera insana que dorme no interior de muitos brasileiros — e que traumatizou Boiô para sempre.

Na França, beneficia-se da maciez dos homens, em sua maioria tão efeminados que, mesmo ele, tão afeito a decodificar direcionamentos, precisa de muito tempo até descobrir o que lhes interessa. No Brasil, todavia, a partilha da mesma cultura permite que todo mundo o decifre em dois segundos e, com frequência, encontre maneira de fazê-lo pagar pela opção.

— Malditos machistas! — Puxa o problema para si: — Se ao menos eu pudesse expulsá-los da cabeça!...

O ombro da musa

A subida da Rua Lepic reforça a impressão de adversidade, ao impor a produção de mais energia. Boiô dobra à esquerda e segue pela pequena, estreita e graciosa Rua Cauchois, em cujo número 18 antigamente morava uma brasileira chamada Paula, que fazia doutorado sanduíche em História da Arte.

Boiô achava engraçado o nome do doutorado, que atribuía aos privilégios de que a amiga desfrutava, como viajar pela melhor companhia de aviação do Brasil, ter a documentação regularizada, receber a bolsa em moeda francesa e dispor de excelente seguro. Ela explicava que *sanduíche* se deve ao momento em que o estudante o vive: entre o término dos cursos e a elaboração da tese.

Tese, eis outra palavra a que Boiô emprestava poderes extraordinários, espécie de abre-te sésamo para o conhecimento acumulado pela humanidade desde os primórdios. Era o que Paula fazia pensar ao discorrer sobre tudo, da política à especulação sobre o sentido da vida, da sexualidade às diferenças culturais, da carência de cada um às explosões coletivas.

Boiô se interessava especialmente pelas sínteses das buscas dos grandes movimentos artísticos dos séculos XIX e XX, como Impressionismo, Cubismo e Surrealismo, cujos representantes habitavam ou frequentavam Montmartre. A essas conversas os dois acrescentavam visitas a galerias, museus, livrarias e demais locais que concentram a produção dos inquietos, desajustados e, por vezes, loucos vanguardistas. As explicações ajudavam o músico a compreender e fruir as obras, enquanto as informações biográficas o faziam se sentir normal.

A confiança, desenvoltura e propriedade com que Paula imprimia coerência aos diferentes temas levaram o percussionista a pensá-la artista do verbo, matéria-prima que antes acreditava de lida mais fácil que nota musical, mas que brotava da paulistana como se resultasse de grande harmonia entre intuição e inteligência.

— Acho sua conversa não somente esclarecedora como bonita! — soltou certa vez. — Será amor?

— Não, é admiração de aluno.

— Mas você não é minha professora.

— Só que você me vê como muitos graduandos a quem dei aula.

— Que seja. Mas o quê me diz?

— Que não faz sentido irmos além da amizade.

— Será?

— Sim.

A suavidade e firmeza da negativa apenas aguçaram Boiô, que se viu cada vez mais tomado pela imagem da doutoranda, de quem se sentia cúmplice em camadas suficientemente profundas para apagar a diferença de background e justificar qualquer movimento de aproximação, acasalamento, vida sob o mesmo teto, para sempre!

— Nunca me senti tão macho — admitiu, para despertar gargalhadas, além de conselho para desencanar.

Boiô jamais conhecera pessoa tão centrada. Focada na pesquisa e num pintor que morava em São Paulo, Paula não perdia tempo com badalações. Beneficiada pela natureza, que a fizera esguia, limitava os exercícios físicos a cooper, em dias alternados, pelo Bois de Boulogne. Não fumava, pouco bebia e cultivava a positividade — daí o aspecto sempre saudável.

Boiô adoraria ser equilibrado como ela, que concentrava a libido num homem que — ela perdoasse — as fotos mostravam que nem era tão bonito assim, mas a quem ela mantinha total fidelidade, sem se perguntar se ele agia da mesma maneira ou, quem sabe, divertia-se com modelos e admiradoras. De onde ela tirava autodomínio para passar meses sem transar e, nem por isso, parecer estressada?

O percussionista admitia inveja de vê-la dedicada a uma atividade que, por mais que fosse próxima da arte, não se confundia com criação. Enquanto isso, ele se entregava plenamente à música, contudo a calma docilidade que mostrava aos semelhantes não passava de máscara facilitadora do trato, pois no fundo era intranquilo, escorregadio, quiabo até para si.

O mais impressionante é que Paula não buscava placidez no campo suprassensível, mediante crença na existência de uma entidade superior que, à última hora, assegurasse o céu. De sua boca jamais saíam manifestações de fé ou mesmo exclamações que incluíssem a palavra *Deus*, o que tornava sua inabalabilidade ainda mais autêntica.

Boiô terminava os shows no Divan e, em vez de seguir para alguma festa, caminhava apressadamente até ali, trazendo na mochila uma garrafa de bom Bordeaux, certo de encontrá-la acordada, lendo ou escrevendo, mas sempre disposta a interromper o que estivesse fazendo para se entregar a uma prosa sem hora, afinal nenhum dos dois tinha de acordar cedo no dia seguinte.

Nessas ocasiões, Boiô acompanhava os movimentos de Paula em minúcias, do levantar do corpo para apanhar algo ao leve fechamento dos olhos sempre que imprimia precisão ao que falava. Entretanto, não se sentia estimulado a passar do enlevo ao toque, como se o encontro, com sua semelhança a maré mansa, ensaiasse acesso a prazer intenso. Mesmo a masturbação que a lembrança posteriormente rendia era a mais demorada e curtida.

Às vezes, o diálogo ia tão longe que acabavam adormecendo no futon e, noite adentro, acomodavam-se nos braços um do outro. Na manhã seguinte, Boiô acordava esperançoso de seu calor ter surtido efeito. Todavia, bastava observá-la de esguelha, já de pé e banho tomado, a dispor sobre a mesa os croissants quentinhos e o café fumegante, para constatar que nada mudara — o que tornava a simples convivência ainda mais preciosa, afinal era tudo de que dispunha.

A expectativa quanto a desdobramentos incomodava menos do que a apreensão de saber que Paula retornaria ao Brasil. Boiô tentava se preparar para o temido momento, mas constatava cotidianamente que o ser humano não consegue domar sentimento presente, que dirá futuro! Olha o transtorno ao saber que a partida se daria em dois meses!... Desde então, o imenso prazer de vê-la se conjugou à grande dor de saber que cada dia partilhado se subtraía ao período total de uma troca de figurinhas da qual se via dependente.

— Como posso ser tão vidrado em você? — repetia. — Gosto de mulher, mas prefiro homem! Só que, por você, eu viraria espada pra sempre!

A anunciada partida desnudava a diferença entre quem vai ao Primeiro Mundo buscar algo com que crescer profissionalmente e quem permanece no frio por falta de alternativa. Boiô pensava em si e nos milhares de concidadãos que vivem em Paris em condições certamente melhores do que no Brasil, porém longe do ideal, pois, além do perrengue dos papéis, na França os biscates mal dão para pagar as contas. Mesmo os shows rendem uma soma que jamais possibilitaria, por exemplo, sustentar família.

Como Paula desocupou completamente o apartamento, os dois passaram a noite anterior ao embarque no quartinho de empregada que Boiô alugava em Convention. Não conseguiram dormir: estiraram-se na cama, no entanto mantiveram o olhar fixo no teto, experimentando a náusea de quem avista o vazio em sua feição mais cadavérica, pois no fundo sabiam que a amizade morreria.

Relembraram a relação desde que se conheceram: o percussionista vinha de metrô para um show no Divan du Monde e, ao perder o equilíbrio por conta de uma freada repentina do transporte, deixou cair um instrumento sobre ela. Temeroso de ter atingido uma enfezada francesa, apressou-se em soltar um *Excusez-moi!*, sob o qual Paula percebeu o sotaque e respondeu com *Imagina!* Em dois segundos, conversavam animadamente. Boiô acabou antecipando a descida na Estação Blanche e, depois de bons trinta minutos de papo no Café d'Amélie Poulain, seguiu cantarolando Rua Lepic abaixo, rumo à boate.

O resto da última noite foi de promessas de que se cuidariam, evitariam riscos, jamais se deixariam abater pelos senões. Por várias vezes se estreitaram, molharam-se mutuamente de lágrimas, beijaram-se no rosto. Boiô chegou a pensar que, mexida como se encontrava, Paula finalmente se abriria. Contudo, ele próprio estava de tal modo apossado pela tristeza que era só ternura.

Na manhã seguinte, tomaram o RER rumo ao Aeroporto Charles de Gaulle feito casal obrigado a se separar por força maior. Abraçados durante todo o trajeto, acariciavam-se e repetiam juras de manter contato. No momento de entrar no salão de embarque, ela o estreitou ainda mais e disse que, se não fosse comprometida, o elegeria o homem de sua vida. O choro de ambos se revelou torrente e, como tudo em Paris vira filme, algumas pessoas aplaudiram, quais figurantes de drama açucarado.

Boiô voltou para seu aposento completamente arrasado, sem forças, sentindo dores por todo o corpo. Jogou-se na cama e soluçou bastante, para finalmente cair num sono a tal ponto profundo que só acordou vinte horas depois. Deu uma olhada pela janela, viu o tom plúmbeo dos telhados que um dia tanto admirara e pensou que o inferno o esperava.

De fato, a escrita da tese consumiu de tal maneira Paula que as mensagens começaram a escassear. Boiô imaginava a força combinada da universidade e do pintor a puxá-la para seu verdadeiro mundo e reduzir a amizade com um ex-favelado a vivência que só se experimenta em condições especiais, por conseguinte de um romantismo insustentável.

Nesta madrugada de frio ferrenho, iminência de morte no morro e peso no peito, o percussionista dá uma última mirada para o janelão do primeiro andar, agora todo breu, escuro fechado, luto completo. Ah, como gostaria que as luzes se acendessem e Paula aparecesse na sacada, para acenar, abrir a porta e oferecer o ombro, então proferir palavras belas, densas e sinceras!

— Droga de dor!... — O músico não contém o soluço.

Antro de afetados

Boiô sobe até a Rua des Abbesses e toma a direita. Poucos metros adiante, avista o fervilhamento de sempre na calçada do Bar Sancerre, a esta hora repleto de gente, de frequentadores assíduos das proximidades a atraídos dos quatro cantos de Paris e outras cidades, de franceses a estrangeiros a partilharem a presunção de serem branchés, in, up-to-date, antenados, afinal estão numa das principais capitais culturais do mundo e são instruídos, viajados, inteligentes, criativos, quem sabe a nata do espírito planetário?

Tempos atrás, o percussionista não perdia oportunidade de aparecer ali, onde seu tipo, cor, cabeleira e roupa constituíam imagem suficientemente estetizada para merecer alguma atenção do olhar cronicamente blasé dos presentes. Boiô soltava *Hi!* a torto e a direito, em pouco tempo se enturmava. Ao se revelar músico e, ainda por cima, brasileiro, passava a ser tratado como suposto reservatório de informações preciosas sobre uma maneira de viver autêntica. Ao alimentar a ideia de os trópicos serem só sacanagem, virava definitivamente objeto de paparico.

Como o bar fechava às duas, frequentemente era convidado a dar continuidade à farra em boates ou domicílios, sempre para desentranhar os resquícios de alegria que sobreviviam à apatia do Velho Mundo. Se tinha oportunidade de cantar, tocar e dançar, comprovava de vez que a atração é física, mas depende da capacidade de administrar os próprios traços com vistas a construir beleza, fazer charme e despertar fantasia. Com que delicadeza convertia a música no melhor dos méis!

Numa das viagens ao Rio, conversou sobre esse poder de autotransformação com Juca, a quem perguntou por que não dava um tempo na militância e o acompanhava a Paris, onde seu tipão africano faria muito sucesso. Ouviu que estava desatualizado, pois, mesmo entre brasileiros, era cada vez mais comum a formação de casais café com leite, a atestar que a negritude finalmente se valorizava. Sem falar que o porteiro não precisava atravessar o oceano para pegar gringas: bastava ir à praia ou circular pelo bairro para percebê-las aficionadas por dimensão e desempenho, interessadas em registrar no diário provas de terem aproveitado devidamente o Novo Mundo.

— Se eu fosse à Europa, seria pra ver umas coisas, turistar, arejar — Juca acrescentou. — Morar, Brô Boiô, só aqui, onde tem gente que me ama não por eu ser exótico.

Na gelidez angustiante de agora, o percussionista pensa na pertinência desse pensamento, pois há sempre um momento em que mesmo o europeu mais gentil se desacautela e dá a mirada declivosa a que o povo que inventou o cogito submete os nascidos nas nações periféricas. A reação é tão automática que parece resultar de adestramento escolar ou mesmo condicionamento genético. Quantas vezes Boiô disse algo mais articulado e flagrou uma expressão condescendente, de surpresa diante da constatação de que seu corpo rotundo continha cérebro?

Como suportar a instalação do fosso por parte de alguém que, mais que habitar casa-grande, parece morar em castelo? O abismo se reproduz ao longo dos séculos, imune às mudanças de regime e refratário mesmo aos discursos pretensamente comprometidos com a igualdade, seja democrático, socialista ou anarquista. Com sua feição abstrata, o preconceito é fácil de ser dissimulado e difícil de ser combatido: diferentemente das injustiças sociais e outras vergonhas visíveis, sequer seria admitido caso fosse alvo de denúncia.

A única pessoa em quem Boiô nunca notou tal pretensão foi Nicole, que, talvez por descender de portugueses, possivelmente por não bater muito bem, quem sabe pela obsessão de atingir o orgasmo, não se sentia em pedestal, ao contrário. Assim se explica que a relação tenha sido a mais importante depois da partida de Paula, quando o músico não suportou mais a solidão do quartinho de Convention e passou a perambular pelas casas alheias, onde se encostava, mas principalmente garantia companhia durante as vinte e quatro horas do dia.

Com sua disponibilidade, Nicole era uma anfitriã perfeita. Boiô achava fascinante que o rebuliço mental da francesa resultasse em atitudes imprevisíveis e brincava interiormente de prever comportamentos e reações. Lembrava-se da versão livre que Paula dava à turbulenta história de amor entre Verlaine e Rimbaud: o primeiro tentou seguir o pensamento do companheiro, mas jamais conseguiu, então se atolou cada vez mais na paixão, até apelar para arma de fogo como último freio para o desatinado espírito. Felizmente era muito poeta para ter pontaria, ou teria cometido assassinato e passado o resto da vida ainda mais aflito.

A agitação de Nicole impedia que a rotina se instalasse no cotidiano e na cama. A agenda se fazia de improviso, como se o estado d'alma experimentado durante o café da manhã ditasse a primeira atividade do dia, a partir da qual as demais se encadeassem espontaneamente. O leito era cenário de rituais em que ela incluía cremes e massagens, buscando se fazer merecedora do máximo de sensação.

Acontece que, enquanto o desgoverno de Rimbaud se desdobrara em desinteresse, desapego e desgarre mochileiro, o desvario de Nicole se transformou em ideia fixa, obsessão e dependência. A cola surgiu no momento mesmo em que ela decidiu abordá-lo e ganhou toda a força a partir do primeiro grande espasmo. Boiô é que se viu olhando de cima para baixo, pois lá estava ela cativa, súplice, morta de medo de que alguém o levasse.

Temerosa de o apego aborrecê-lo, fazia de tudo para dissimular e, assim, ficava ainda mais tensa e fragilizada. Ao chegarem a lugar em que Boiô era conhecido, por exemplo, ela tratava de se afastar; todavia, com seus movimentos estabanados, chamava a atenção dos conhecidos, que se divertiam vendo-a acompanhar tudo de longe.

Em casa, ela estremecia a cada toque no celular do amante, certa de que alguma chamada o levaria embora. Distanciava-se, fazia-se discreta, mas abria o máximo possível os ouvidos e acreditava haver algo por trás das frases mais corriqueiras. Até a noite em que não conseguiu dormir, levantou silenciosamente, foi ao escritório do pai e começou a ler os e-mails de Boiô. Como sofreu! Gentil, meigo, por vezes meloso, o músico iniciava a comunicação com *amor*, *bem*, *lindo*, *gata*, o que fazia de cada destinatário um concorrente virtual para Nicole.

Por acaso Boiô acordou para beber água, não a viu na cama, temeu que ela estivesse passando mal e saiu à sua procura. Ao avistá-la lendo suas mensagens, pensou que não tinha namorada, e sim penedo amarrado ao pescoço. A despeito da agitação mental, ei-la tomada por uma compulsão que o sufocava e contrariava frontalmente a liberdade que sempre quisera para si. Resolveu partir na primeira oportunidade.

Não é que a louquinha sobreviveu à rejeição e fez como o autor de *Uma temporada no inferno*? Embarcou para o fim do mundo, onde acabou se envolvendo com armas e, o que é ainda mais surpreendente, virou mentora do movimento! Boiô se pergunta se deve sentir culpa, afinal ela se encontra no front por ter ido procurá-lo. Acaba pensando que, no padecimento em que se encontra, não pode se dar ao luxo da compaixão. Entristece-se, isso sim, de pensar que, ao eleger a francesa como bússola, Camarão se expõe ainda mais à morte.

Atravessa a rua para o lado dos números pares e, assim, evita passar pela calçada do Sancerre, onde parou de aparecer depois do enterro da avó, quando o ambiente lhe pareceu definitivamente reduzido a afetação, empáfia, modismo, pose, superficialidade e pretensão. Sabe que entre os frequentadores há um núcleo duro de habituês cuja continuação em vida parece depender da batida diária de ponto, em busca de prumo, amor e trampo. Como não conseguem se preencher completamente com a convivência e os contatos, apelam para estimulantes. E, doidões, sequer perceberiam o estado de Boiô, que tentariam arrastar para drinque, flerte, esticação.

— Vade-retro! — o angustiado fala em voz ríspida e quase gritada, como se fugisse do diabo.

Implosão

Boiô começa a costurar o labirinto de ruas que dá no Sacré-Coeur tomado pelo pensamento de que muitos habitantes da capital francesa são azedos por se limitarem à noite. Várias boates têm música até a tarde do sábado e do domingo, pois nos finais de semana boa parte da população leva vida de vampiro. Como faz falta um lazer solar empolgante!

Se a cidade fosse litorânea, muita gente se pouparia para o dia seguinte, durante o qual mesmo os noctívagos curariam a ressaca à beira-mar. Mas por que acordar cedo se as opções se limitam aos parques de sempre e às romarias maçantes ao Mercado das Pulgas, onde se expõem as mesmas quinquilharias? Os cinemas somam centenas, porém integram o rol de programas penumbrosos.

— Ah, meu Rio! — Boiô suspira, na tentativa de reduzir o ar acumulado no peito pela nostalgia.

Laurent acompanha em pânico o crescimento da saudade de seu homem. Sempre se soube traído enquanto trabalha, mas em Paris não se vê ameaçado, portanto se limita a vigiar tudo dissimuladamente, muitas vezes excitando-se com a infidelidade. Inútil, porém, é concorrer com a concupiscência, lascívia e luxúria que, a seu ver, explicam o epíteto de maravilhosa atribuído à cidade em que, ao menos nos protegidos circuitos do turismo gay, se sentiu à vontade para se esbaldar, soltar a franga, fazer de cada estada de férias uma orgia ininterrupta.

Ao ver Boiô cair em prantos por saber que a avó estava nas últimas, prontificou-se a organizar a viagem e ir junto. Não eram casal? Então! Entretanto, o namorado fazia questão de partir sozinho, pois se constrangeria de hospedá-lo nos Prazeres, onde ficaria até resolver tudo. Laurent detestou a ideia de soltá-lo no calor carioca, mas não teve escolha senão concordar.

Só que, já nos primeiros telefonemas, notou-o evasivo, reticente e, em certa medida, irritado. Perguntou se aparecera concorrente e, como resposta, ouviu um sonoro *Ah, non!*, com o qual Boiô parecia sintetizar a impaciência de quem não aguenta mais pressão. Laurent não voltou a tocar no assunto, ao preço de permanecer tenso a ponto de retomar o hábito de roer unha. Precisou de muito autocontrole ao receber o amado possuído por uma melancolia que o deixava cada vez mais abatido e indiferente a tudo em volta.

Laurent se fez ainda mais mimo e mordomia, até concluir que, na melhor das hipóteses, conseguiria adiar um desenlace que a incompatibilidade de mundos tornava inelutável. Chegou a estudar a possibilidade de largar tudo, de modo a se mudarem para o Brasil. No entanto, sequer chegou a verbalizar a cogitação, ciente de que substituir um desenraizamento por outro não resolveria nada. Nos trópicos, rapidamente se cansaria da leveza, acharia besta a alegria, sentiria falta da introspecção, da profundidade e — por que não? — da angústia. Luta para fazer da superfície o paraíso, mas no fundo sente o peso do desencanto europeu.

Há também o problema profissional, pois Laurent está estabelecido, com empresa e tudo. Aproveita o expansionismo da informática para ganhar cada vez mais e, assim, manter o aparatoso domicílio herdado dos pais — e que não se vê abandonando em hipótese alguma —, além de hábitos burgueses tão arraigados que se diverte apostando no poder milagroso do consumo.

Uma das primeiras providências que tomou ao conquistar Boiô, por exemplo, foi levá-lo por um périplo com início na Rua do Faubourg Saint-Honoré e na Avenida Montaigne. O percussionista quis reagir ao banho de loja, mostrou-se desajeitado nas primeiras provas, mas acabou se deixando conduzir. Ao final, desfilava de bom grado pelo piso encerado das butiques e principalmente nos salões do pavillon que habitam em Versalhes, onde aceitou fazer striptease com as diferentes peças de roupa compradas, em agenda distribuída ao longo de quase um mês.

Ao final de cada desnudamento, via o loiro monumental a seus pés, tateando, sugando, implorando que o enchesse de porra. O músico se excitava com o cenário luxuoso, os janelões se abrindo para o jardim impecável, os lençóis cheirosos e a condição de corrompido, além do paradoxo de ter apenas os músculos resultantes da prática artística e lhe caber enrabar o amante, este, sim, talhado por personal trainer.

São vivências assim que adoraria gritar na cara dos compatriotas que o discriminam por conta de uma delicadeza que, muitas vezes, atrai pretensos varões interessados em que aja como bofe. No palco, seus trejeitos despertam um, dois ou mais, que o procuram ao final do show. O mesmo acontece em lugares como o Sancerre, onde marombeiros e marrentos sempre lhe fizeram a corte.

Conhecedor de suas histórias no bar, Laurent não sentiu ciúme, e sim vontade de realizar capricho: fez questão de voltarem lá juntos, para o percussionista exibir a nova indumentária e, assim, deixar claro que tinha dono. Boiô gostou de posar de manteúdo e beijou o amante na boca cada vez que alguém tentou contato ocular. Tinha a impressão de que a roupa vistosa o valorizava tanto que o livrava do exotismo.

A boa acolhida ao investimento animou Laurent, que decidiu fazer do companheiro um sucesso completo e, nesse sentido, passou a gerenciar os shows, organizar as turnês e combinar o valor dos cachês. Ficasse por aí, tudo bem. Só que, pensando em perenidade, bolou todo um programa de aculturação, que incluía o engajamento de professores para suprir as deficiências escolares e ensinar desde a língua francesa até noções de civilidade. O máximo que Boiô aceitou foi estudar o idioma local, mesmo assim sozinho e sem custos.

O posterior abandono do curso fez Laurent perder o controle e puxar uma conversa dura, paulatinamente reveladora de que pertenciam a universos inconciliáveis. Boiô disse que se negava a acatar os planos por necessidade de preservar a própria identidade. Tinha consciência das lacunas de conhecimento, mas queria preenchê-las como melhor lhe aprouvesse e por necessidade pessoal, não do outro. Se o amante não suportava conviver com a diferença, que procurasse um europeu, um igual: sem cintura, porém com cultura.

Laurent reconheceu que era dominador, porém nesse caso objetivava evitar que o namorado continuasse passando por idiota completo, ao soltar asneiras tamanhas que despertavam olhares irônicos imediatos e, depois, possivelmente gargalhadas cáusticas. O pior é que Boiô sequer percebia as gafes. Aliás, sua resistência era mais uma parvoíce a explicar por que países como o Brasil permaneciam no Terceiro Mundo.

— Tem razão! — Boiô perdeu a paciência. — Sou um terceiro-mundista incorrigível! Tanto que só penso em voltar pros Prazeres!

Perceberam que algo essencial se rompia. Continuaram juntos, mas não por acreditarem na possibilidade de colar os estilhaços a que a relação se reduzira repentinamente, e sim por precisarem de tempo para se acostumar com a ideia do fim. Agora mesmo, Boiô ouve ao telefone as lamúrias de um Laurent bêbado, a quem repisa, enervado e choroso, que não está com compatrício que o tenha sequestrado do Divan, e sim sozinho, sem saber o que fazer com a informação de que os dois melhores amigos de infância estão sob tiroteio cerrado.

Flâneur fantasma

Boiô cruza a Praça do Tertre, passa em frente à Basílica do Sacré-Coeur, posiciona-se no ponto mais alto da escadaria e lança olhos sobre a cidade. Ocorre-lhe a semelhança com o ponto de vista sobranceiro de Camarão, para quem liga na expectativa de receber boas-novas, contudo ninguém atende, o que piora o pressentimento. Por pouco não telefona para Juca.

À noite e a distância, as cidades se assemelham de tal forma que Boiô imagina as luzes do Rio subjacentes às de Paris. Todavia, como a fusão é mero efeito ótico, parece provar que o observador se encontra em total desgarre, a flutuar em pleno deserto.

Talvez cair no mundo tenha sido um grande erro, pois a abertura de horizonte se deu paralelamente a uma perda de referenciais que o afastou dos brasileiros, sem a compensação de ser assimilado pelos estrangeiros. Nos Prazeres passa por chique, afetado, distante; em Paris é visto como espécie de garoto de programa, de quem se espera deleite, não formação, conhecimento ou inteligência.

Avista um grupo de clochards degraus abaixo, a se refestelarem com as garrafas de vinho compradas com os francos mendigados dos turistas. Sujos, andrajosos e apelando para o álcool como antídoto para o frio, os pedintes têm bons motivos para se sentir péssimos. Entretanto, gargalham e brincam com a própria miséria, que para alguns é uma opção de vida partilhada com semelhantes, na terra onde nasceram.

— Meu problema é falta de raiz! — Boiô profere baixinho, para não ser ouvido.

Volta a atentar para os diferentes bairros ao longe, que identifica com facilidade, pois antes da crise vivia flanando, a se extasiar diante da riqueza arquitetônica das construções e o charme dos recantos mais simples. Também aceitava todos os convites para jantar na casa alheia, aonde chegava sem levar sequer a costumeira garrafa de vinho, substituída por instrumentos e disposição para animar. Invariavelmente era eleito chuchu e rogado a repetir a sessão nas residências dos demais convivas, se possível na mesma semana.

Ultimamente, porém, não frequenta ninguém. Deambula pela cidade muito mais para matar o tédio e refletir sobre o movimento pendular que as emoções perfazem, na busca baldada de aderência. Os mesmos lugares outrora cheios de significado semelham agora verdadeiros cemitérios, nos quais os humanos lhe parecem fantasmas sem interesse.

Boiô se entregou de tal modo à capitulação que se manteve em território francês desde que retornou do Brasil, portanto excedeu o prazo de três meses. Também desconversou quando Laurent propôs que pagassem a uma francesa que se dispusesse a passar por sua esposa e, assim, possibilitasse a conquista do visto permanente.

Agora, avista uma dupla de policiais e pensa em se apresentar como clandestino, para ser repatriado. Acaba achando a ideia muito estúpida, abstrai dos uniformizados e volta a fitar a distância, pensando que o poderoso sentido da visão bem poderia possibilitar ao espírito enxergar o além-mar. O seu focaria em Juca, para cuja morte se preparou muito menos do que para a de Camarão. Então pensa que, se é muito arriscado telefonar para o porteiro, pode saber notícias pela síndica, que, como classe média, deve estar bem protegida.

— Clara, querida! — Exulta de ela atender. — Tou sabendo que o pau tá comendo...

— É, um horror!

— E você? E o Juca?

— Por enquanto, tudo bem.

— Será que os Prazeres vão ganhar?

— Acho difícil.

— Bom... — O choro de Boiô se faz copioso. — Tou em frente ao Sacré-Coeur... Vou rezar por vocês...

— Faça isso com muito fervor, que a coisa tá brabíssima.

Boiô ouve estampidos mais fortes ao fundo, pede que ela diga a Juca que está pensando amorosamente nele, despede-se e desliga. Em vez de orar, porém, arrosta a imensidão e impreca contra o infinito, que, por motivos desconhecidos, se entrega continuamente ao sadismo de impor flagelos e humilhações a tudo que é limitado e vulnerável.

Capítulo 8

Gabriel e Reimoso: afins e incompatíveis

Clara pasma diante da facilidade com que o interior humano se mostra, a um só tempo, imenso e mínimo. Não compreende que o espírito se descole das terríveis circunstâncias presentes e voe até o passado ou, o que é ainda mais absurdo, atenha-se à relação entre Manuela e Rodapé.

Sim, porque a síndica acha que a moça foi surpreendida pelo ataque, mas se esgueirou até o apartamento do preparador menos por temer do que por desejar. Ao pensar assim, sente-se igual aos condôminos que atravessam a noite incomodados com os gemidos amorosos dos vizinhos e madrugam à porta do escritório, onde usam termos hiperbólicos para registrar queixa.

Não é de hoje que Clara se deixa levar pelo ciúme e a peçonha em relação à ex-quase enteada. Vezes sem conta rogou praga, por exemplo, para que a paixão de Manuela por refrigerante resultasse em celulite antes de deitar com

Rodapé — o que, apesar do retraimento do preparador e do barulho atordoante dos tiros, tem certeza de que acontecerá hoje.

Justifica a convicção com o conhecimento da fome de variedade de quem monopoliza com viço: nos tempos em que roliçava ao sol, ela própria escolhia vez por outra um coroa, em relação a quem agia como déspota. Dos de sua faixa etária, exigia disputas de tapa e mesmo murro. Ao final de certas pancadarias, alguns sequer usufruíam, de tão quebrados. Muitos, porém, acompanhavam-na aos pilotis ou a pegavam de tranco contra tronco, na floresta.

Entre os mais afoitos encontravam-se Gabriel e Rodapé, que, opostos em tudo, têm a mesma idade e cresceram porta com porta. Quantas vezes não se atracaram pela bela? O grandalhão começava sempre com vantagem, mas, como em fábula, podia esbarrar na astúcia do baixinho. Largavam-se com hematomas, o perdedor jurando revanche, o vitorioso apressando-se.

Com o tempo as disparidades entre os dois até se ampliaram, mas atividades como pelada na quadra ensinaram como administrar a tensão. O próprio instinto de sobrevivência forçou-os a estabelecer negociações tácitas, como tréguas oportunas e busca de equilíbrio no placar, de modo a evitar exagero funesto.

Chegaram a tal sintonia que encestaram um terceiro concorrente que alardeara performance. Clara ficou orgulhosa de ver o estrago, porém alegou temor de tragédia para tratar os dois como exclusivos, ao menos no Equitativa. Na verdade, Gabriel e Rodapé começavam a completá-la.

Se Gabriel transmitia força selvagem, Rodapé despertava carinho quase maternal. Um era arrebatado, presente toda hora, pronto a repetir; o outro se entregava homeopaticamente, para interromper por qualquer motivo e, ao final, gozar como se bocejasse.

Rodapé achou o arranjo melhor que enfrentamento; Gabriel lastimou a trégua. Ambos concordaram em deixar o controle da agenda por conta de Clara, que passou a geri-la de maneira cada vez mais eficaz. Ao receber a herança, por exemplo, trocou um dos apartamentos pelo imóvel localizado acima do dos amantes e adquiriu uma escada leve, de alumínio, que esticava pelos fundos, posicionando-a de modo a indicar o convidado da vez e recolhendo-a para se mostrar ocupada.

Rodapé aparecia em momentos distintos e irregulares. Às vezes subia nas proximidades do almoço e esticava até a sesta; frequentemente brincava de brecar a labuta no meio da tarde; também podia visitar noite alta.

Gabriel gostava de escalar durante o crepúsculo vespertino, principalmente nos dias em que fora à repartição, de onde invariavelmente voltava carregado. Galgava os degraus já soltando a gravata, abrindo os botões, mirando as pálidas estrelas e se dizendo no céu. Se recebia permissão, pernoitava.

— Por que a gente não casa? — vivia repetindo.

Tentativa de reedição

Nos regados namoros noturnos, Clara alteava. Acontecia de se acalmar com carinho e conversa, mas vez por outra continuava insatisfeita. Como na madrugada em que, entregue ao desalinho, apoiou as pernas sobre duas cadeiras, passou a mão direita pelo pescoço como se o responsável fosse o calor e fixou os olhos enevoados de vinho em Gabriel, a quem disse que cansara da cordialidade.

O alterado concordou que o triângulo andava paradão, mas que ela não se preocupasse, pois ele o reacenderia: promoveria duelo em plena pracinha, com galera torcendo e apostando.

— Vou botar desafio — prometeu.

Usou papel de embrulho para rabiscar tenebrosidades, concluídas pela assertiva de que a repartida exigia prova pública de que lhe atribuíam importância e via luta como condição para continuar dando. Correu escadaria abaixo e se dirigiu ao endereço do rival, sob cuja porta enfiou o comunicado. Voltou excitadíssimo com a possibilidade de retorno no tempo e varou o resto da noite dentro de Clara.

Pretexto para partir

Rodapé acordou sorrindo por lembrar que, na véspera, concluíra o copidesque de quase trezentas laudas dedicadas à saga de um clã político da Baixada Fluminense, arremessadas no papel pelo ultrarretórico advogado da família: manuscrito baboso como cão com raiva, que requereu refeitura de frases, eliminação de erros e polimento vigoroso; o mais difícil, porém, foi tornar legível a bajulação.

Durante o trabalho, o preparador se sentiu muito vendido, entrou em crise e pediu a Esther para poupá-lo de tamanho constrangimento. No entanto, ela lembrou que, para salvar da falência a pequena editora, poderia ter feito pior: apelado para textos de autoajuda. Então que fosse até o fim, pois de seu desempenho dependia um convênio para publicar material paradidático da instituição onde o autor dava aula.

— Faço por você. — Rodapé aproveitou para demonstrar reconhecimento.

Ah, mas continuou surtando: gritava com frequência contra o que lia e chegou a escarrar na cópia impressa, em seguida a usou como base de dança primitiva. Daí a expectativa de que chegasse logo essa manhã, quando colocou um vinil positivado e se duchou bradando, em concordância com o cantor, que não tinha culpa de o mundo lhe impor felicidade.

Naturebou no desjejum, coroado por um fino que ampliou a harmonia entre verde-vegetal, amarelo-rei e promessa de vermelho-praieiro. Logo pôs nas costas a mochila na qual mantinha garrafa d'água e utensílios de frescobol. Rumou para a saída ainda cantarolando — todavia, avistou o tal bilhete.

No estado zen em que se encontrava, pensou que Clara e Gabriel eram de outra galáxia; quem sabe devesse aproveitar a deixa para encerrar de vez a relação? Completamente livre, poderia se concentrar na busca de uma mulher com quem mantivesse uma interlocução à altura da cama.

Usou o verso do amarfanhado papel para oferecer ao adversário direito a exclusividade. Alegou que briga imberbe é brincadeira, mas na maioridade dá em cova e cadeia. *Fique com ela você, felizes sejam, posso até apadrinhar.* Deixou a mensagem na portaria e partiu rumo a Ipanema.

Titânico

Gabriel leu a capitulação a rir, já prevendo folga plena: doravante faria ponto em Clara. Saltitou o andar que os separava e chegou enaltecendo a fidelidade que os aguardava. Segurou-a pela mão, rodopiou-a como se dançasse e, ao tê-la pelo cangote, bafeou indecência.

Clara repugnou o hálito, detestou a frase e disse que só o mantivera para não depender totalmente de Rodapé: sim, precisara dum segundo quase nulo, que se contentasse em ser usado; e que agora, sem contraponto, perdia a razão de existir. Empurrou-o escada abaixo.

Gabriel jamais reagiria contra Clara, por quem era obcecado. Lutava para se mostrar menos entregue e, com esse objetivo, tentava até fingir fastio; mas realmente não sabia fazer de conta: o terra a terrismo e o vigor transformavam afetividade em vida ou morte. Desnorteado, pegou a Variant que então possuía e seguiu para as Paineiras, aproveitando o isolamento do mato para gritar que não aguentava mais a parvalhice de nascença.

Parou na primeira cachoeira, colocou-se sob a pancada d'água e ficou imaginando o líquido invadindo os poros para sarar feridas e arrastar senões que passavam por substrato. Expôs ao jato cada parte do corpo, em limpeza, oxigenação e massagem.

Caminhou até o mirante e, diante do conjunto formado por floresta e mar, perguntou-se como podia viver em contexto tão bonito e ser subjugado pela feiura da bronquice. Recuou mentalmente à infância, quando já tentava enxergar a origem do problema em seu próprio interior e não captava nada. Intuía apenas uma mágoa cega, de origem não localizada.

Sempre se achou inimigo da humanidade inteira. Entretanto, não confessava a ninguém a dimensão de sua diferença em relação ao todo, pois não queria ser chamado de tantã. Tampouco comentava os acessos que o acometiam de vez em quando, como a vontade de esganar os demais ocupantes do elevador do Ministério da Agricultura: imaginava-se metendo porrada, rompendo membros, fazendo o sangue espirrar.

No trânsito, precisava conter o desejo de atropelar. Via transeuntes mansos e sensatos, por vezes sorridentes, como se entendessem a vida. Como isso o melindrava! Repetia para si que necessitava relevar o incômodo causado pelo mundo; que não devia ver em cada fechada de automóvel motivo para xingar quem o dirigia; que podia ser gostado. Mas como, se, apesar de muito jovem, já era só desentendimento?

Ao chegar ao Equitativa, reduzia o peso enterrando-se em Clara. Quando não dormia com ela, tomava um demorado banho quente, colocava música clássica, fechava os olhos e tentava avistar as próprias entranhas. Se os escritores encontravam no interior humano húmus para nutrir os personagens, haveria de enxergar as emoções e, assim, organizá-las; mas divisava apenas a escuridão provocada pelo ressentimento.

Suspeitava que sua desarmonia em relação à quase totalidade dos seres era sinal de deficiência congênita. Contudo, a expulsão da casa de Clara o levou a se prometer reviravolta: gritou em plena mata, entre árvores, bichos e pedras, que, se fosse preciso, enfrentaria o Universo para se libertar do estereótipo. Não fazia a menor ideia sobre como proceder, mas reiterou a jura dentro do carro, enquanto seguia para a orla.

Esporte sem adversário

Gabriel estacionou o automóvel nas proximidades do Arpoador e pensou que, se era verdade que o gasto de energia reduzia a ira, a falta de Clara precisava ser compensada com muito mais exercício. Guardou a carteira na barraca de um conhecido e se lançou na água.

Nadou duzentos metros rumo ao fundo, em seguida fez ângulo reto no sentido contrário à perigosa Praia do Diabo. Ao final do Leblon, deu meia-volta e iniciou o regresso, acreditando-se com fôlego para atingir o Posto 7. A certa altura, porém, sentiu que as forças faltavam e se encaminhou para a areia. Ah, detestou perceber-se no Posto 9, que sempre evitara por achar infestado de maconheiros. Entretanto, estava muito cansado e resolveu sentar por alguns instantes.

Aos poucos recuperou a respiração, voltou a se sentir leve e disposto. No entanto, em vez de partir de imediato, entregou o coco à reflexão. Apesar da dificuldade de se desentulhar da raiva e se clarear por dentro, quem sabe a imensidão atlântica servisse de espelho revelador para o oceano turvo que o agitava? Falam tanto que as grandes descobertas estão ligadas a eurecas e cliques!

Todavia, logo descobriu que o cansaço que o levara a parar ali fora peça pregada pelo destino, que o colocava a trezentos metros do inimigo. Sentiu o rancor de retorno, transformando o organismo em vulcão e o lançando de pé. O sentimento, comumente dirigido ao conjunto dos terráqueos, concentrou-se naquele carinha de porte insignificante e prosa sem pressa, que frescobolava com uma mulher e tanto.

Ao ver Gabriel caminhando apressadamente a seu encontro, Rodapé lastimou a diferença com que seus corpos se haviam desenvolvido: se tinha algum músculo, o adversário era massa compacta; se mal chegava ao 1,68m de Marlon Brando, o rival parecia jogador de basquete.

Correu até a parceira, pediu-lhe a raquete e a arremessou na direção do possesso.

Gabriel parou para entender o que acontecia. Sentiu-se cão raivoso a que se sacode osso, porém titubeou, pois como investir contra quem se rende de antemão? Lembrou dum conto lido na escola, em que uma armação de briga entre garotos se transforma em jogo. Sempre detestou tal história, mas decidiu surrar também no esporte. Colocou-se a postos e levantou a raquete como se empunhasse tacape.

Iniciaram arremessos violentos e rebates mirabolantes, que exigiam mergulhos e contorções. Contudo, toda queda dava no fofo, que não fere; em vez de machucado, o corpo se avivava. O cenário também apelava à paz, com água transparente, céu sem nuvem e ilhas de uma solidez serena.

A pressão foi cedendo a intento: os lances continuaram sendo feitos em sentido que obrigasse o outro a manifestar destreza, no entanto, até para manter a bola em atividade, precisavam respeitar o fair play. Gabriel se rendeu ao fato de o jogo diferir dos demais por condicionar o sucesso à vitória dos dois lados e acabou esquecendo o propósito ofensivo.

Ainda teve pequenas recaídas, durante as quais obrigou Rodapé praticamente a comer areia, para alcançar; mas predominou o fascínio pela manutenção do projétil no ar. Gabriel lembrou que pouco tempo atrás partilhavam Clara, e somente o orgulho o impediu de aproveitar a lição do frescobol para pedir que o inimigo reconsiderasse o afastamento em relação a ela.

Continuaram. Se a bola caía, era lançada imediatamente de volta. Passaram a atirar justo para onde o outro tinha mais chances de chegar: Rodapé visava às alturas, onde se encontravam os longos braços de Gabriel, que devolvia em diagonal.

Acabaram alcançando uma sintonia impressionante, condizente com os elementos naturais em torno. Corpos, raquetes e bola viraram um só organismo, carinhosamente contextualizado. Gabriel e Rodapé fundiram forma e força; só pararam quando não aguentavam mais de cansaço e calor — então mergulharam.

As ondas se sucediam, perfazendo movimentos inspiradores. O mar se impunha como maravilha que, ao refrescar, tornava estúpida qualquer investida contra a vida. O preparador lançava olhos e, se fosse possível diálogo, comentaria a contradição de se atazanarem.

Gabriel foi o primeiro a sair da água e, para evitar confraternização, partiu trotando no sentido do Arpoador. Tomado pelo bem-estar resultante do exercício físico intenso, encantava-se que uma atividade de confronto se mostrasse o contrário. Entretanto, em vez de acalentar expectativa de retorno imediato ao triângulo, resolveu aproveitar o prestígio resultante do passado com Clara. Dessa vez se sentiu inteligente.

Filha da aflição

Gabriel se apressou em chegar ao Equitativa e foi diretamente ao apartamento de Hortência, vizinha curiosa de saber o que ele tinha de especial, para desfrutar da síndica. Alto e forte de uma maneira bem comum, talvez fosse fantástico na intimidade — por isso, merecedor de olhares significativos.

Gabriel nunca achara conveniente responder aos apelos silenciosos de Hortência, porém agora a via como porto.

De fato, bastou começar a frequentá-la para se fortalecer emocionalmente. Manteve o caso mesmo depois que Clara rearticulou o triângulo, ciente de que, disputado pela nova namorada, fortalecia-se junto à antiga, na qual se arriscava menos a colar.

Quem se afligia com a situação era Hortência. Última a chegar numa relação insólita mas sedimentada, sentia-se sempre estepe. Constatando a cada segundo a loucura de Gabriel por Clara, em vão tentou resignar-se; acabou apelando para expedientes radicais. Em certo período de ovulação, subiu, desceu, rodou, rasgou-se. Estimulou a virilidade de Gabriel, que brotou bruta, francamente animal, diluviana. Nove meses depois nasceu Manuela, que juntou o casal no mesmo endereço.

Todavia, nem mesmo cria reduziu a importância de Clara, visitada como sempre. Hortência acabou capitulando: passou a procurar saída para a frustração nos quiosques da praia, onde encontrou um piloto da American Airlines que a levou embora.

Gabriel sabia o motivo da partida, mas ainda assim a recebeu mal e voltou a se sentir asno. Lamentou não ter autoestima — marca dos homens superiores — suficiente para esnobar o ocorrido: incluiu os empregados da aviação na lista daqueles que o ameaçavam.

O pipocar da vontade

Para sorte de Gabriel, Clara viu o pesar pelo sumiço de Hortência como estimulante: o desafio era fazer o abandonado esquecer a ex-mulher. Assim vieram agrados inesperados, como deitá-lo feito paxá, percorrer-lhe o busto com a língua e ater-se longamente à genitália.

Gabriel semicerrava indolentemente os olhos e concluía que, na verdade, não tinha do que reclamar. A natureza é que jamais se mostrava totalmente generosa: se não lhe propiciara uma exorbitância de tutano, agraciara-o com estampa. Quanto a Rodapé, no fundo devia ter um baita complexo de enxergar os demais valetes de baixo para cima.

Em momentos mais relaxados, Gabriel chegava a comemorar a partida de Hortência, que possibilitava retorno à normalidade. Até refazia mentalmente as trajetórias: virara funcionário público para coçar com conforto, enquanto o traça Rodapé se profissionalizava como pé de boi de editora e a boneca Clara vivia de rendas. Em tudo, tinham evoluído com a mesma naturalidade com que sementes viram vegetais. Desse determinismo passava à conclusão de que o triângulo só se desfaria quando um dos três morresse.

Até lá disporia de uma Clara convencida de que o mundo é pródigo em repetição, mas igualmente capaz de oferecer reprise como possibilidade de aprofundamento. Viciada na alternância entre os amantes, faria tudo para vê-la durar.

Gabriel tomou como prova disso o fato de ter o ego tão incensado que semanas depois da partida de Hortência já havia trocado completamente a dor pelo desvelo. Além de não ter deixado Manuela com os familiares, ligava várias vezes ao dia para a creche do CEAT, cujas reuniões orgulhava-se de ser um dos únicos homens a frequentar.

O cuidado e o carinho se refletiram em saúde, graça e beleza. Manuela só não escapou à associação da imagem materna a Clara, que, entretanto, temeu pelo equilíbrio emocional da menina e conteve o ímpeto de adotá-la. Não segurou foi o crescimento paulatino da vontade de conceber. Mas com quem? Gabriel já era pai e Rodapé deixava a vida escapar. Então: quem sabe procriar desse prumo ao preparador?

O amante amarelou

Transcorreram muitos anos até o dia em que, aproveitando que Rodapé agilizava, Clara chofrou o alentado sonho. O pretendido tossiu e brochou. Na conversa que então se seguiu, falou que não se via pai e, se tivesse condições financeiras, não investiria na reprodução, e sim na produção de romances.

Só não disse da certeza de que o parto imporia tal baqueamento físico à amante que ele não conseguiria mais desejá-la. Na diluição afetiva em que se vivia, farta era a oferta de jovens justas. Como ainda não haviam chegado à idade em que as fêmeas começam a apresentar as grandes faturas, as mocinhas formavam pasto de primeira para duros perdidos como ele.

Havia muito que o preparador percebia Clara passando de mulher a mãe. Começara a temer de tal forma que ela relaxasse com a pílula que praticamente perdera o tesão, compensado pelo recurso de promover mentalmente um desfile de desejadas ou comidas. Como instantes antes, quando o pensamento fora tão longe que o deixara arrebatado.

Pensou na maldição de o ser humano ser uma unidade isolada que mal conhece seu próprio interior. Tenta escapar à solidão interagindo com os semelhantes, cuja subjetividade jamais alcança. Ah, quantos mal-entendidos! Clara o conhecia desde criança, no entanto enxergara exatamente o contrário do que ele estava sentindo.

Rodapé foi delicado, beijou e prometeu retorno, mas sequer mandou notícia. Sempre que sentia falta das transas com a vizinha, pensava que homem é mero marionete de plano feminino: mulher concebe quando assim o deseja, e parceiro algum consegue impedi-la.

Também relembrava o pavor em que vivia enquanto estava com Clara: sabia-se incapaz de forçá-la a abortar, ao mesmo tempo que viraria o sujeito mais infeliz do mundo se tivesse de aumentar a ralação para sustentar nova boca. Já bastava não conseguir conciliar trabalho de aluguel, vida amorosa e escrita ficcional.

— Assim que sobrar uma grana, faço vasectomia — confessou a Juca. — Se sou estéril no amor e na literatura, que seja também no corpo. Não parece coerente?

— Pra você, sim, que é só um Rodapé — o porteiro brincou. — Já eu, que sou homem inteiro, quero ter uns dez filhos... Com mães diferentes e de classe média, claro, pra sustentá-los... Não dá pra ser reprodutor e provedor ao mesmo tempo...

Insônia de flashbacks

Clara ainda deixou carta no escaninho de Rodapé, convidando-o para conversa amena e retorno à leveza. Contudo, não obteve resposta. Sentiu-se tonta, aturdida, desnorteada. Como explicar que tivesse criado tanta expectativa em torno de alguém decidido a esticar a sacanagem até a velhice safada? O pior era não poder acusá-lo de logro, pois ele jamais prometera nada.

Entendeu que só restava desistir, esquecer, tocar a vida. Todavia, as ordens cerebrais raramente são compreendidas pelo ensimesmado coração, que as devolve na forma de perguntas sobre possibilidades de mudança do quadro e, quiçá, reviramento da situação. Então as noites se fizeram de repisas do vivido, como se o esquadrinhamento exaustivo e por diferentes ângulos facultasse a iluminação da causa do rompimento, com a consequente descoberta de maneiras de repará-lo.

Por vezes, enxergava nitidamente um dos motivos da ruína e até imaginava formas de tê-lo contornado. No entanto, além de ser muito tarde para emendas e correções, os movimentos do amor parecem ditados por forças cujo controle só é possível se decidido de antemão, frequentemente por motivos que nada têm a ver com o coração — como projeto de vida em comum, conveniência e patrimônio.

As insônias se sucederam sem sucesso e cada vez mais extenuantes. As horas se gastavam em análises detalhadas de cenas e ditos, que ganhavam sempre sentidos novos, mas nunca pacificadores. Entre as lembranças, destacava-se a sensação, experimentada com frequência à época do triângulo, de o preparador deixá-la tombar, contínua e irresponsavelmente, em monstruoso despenhadeiro.

A recordação levava à mágoa, pela qual Clara passava à vontade de descobrir uma forma de seduzi-lo, enredá-lo e, quando o tivesse bem dependente, chutá-lo da maneira mais perversa possível. Ao se entregar a tais tramas, a preterida se horrorizava de perceber que o amor que não visa à permanência pode se revelar a mais cruel e violenta das práticas humanas.

Decidida a não se rebaixar ao consumo de tranquilizantes, Clara ouvia tiros, algazarra de jovens voltando da rua, cantos de galo e outros barulhos como se fossem testemunhas incômodas de sua humilhação. O mais doloroso, porém, era escutar os sons do despertar do condomínio, entre os quais se realçavam excitados gritos infantis.

Já que a vida realmente virara nó, Clara resolveu se fechar com afinco de freira e permanecer assim até recuperar o próprio centro. Manteve o represamento por quase um ano, durante o qual várias vezes teve a ilusão de melhorar ou mesmo se curar, para logo recair na amargura do abandono e se perceber inteiramente chaga.

Por sorte, há um momento em que o próprio corpo se rebela: o desejo de algo mais vivo do que vibrador forçou-a a voltar à tona e atentar novamente para o gênero masculino. Dessa feita, privilegiou o interesse do pretendente em ser pai.

Foi assim que se dispôs a consolar o coronel, que a decepcionou ao se revelar pusilânime e choramingas. *Imagina o filho que o esperma do bolha geraria*, pensava de vez em quando, sentindo-se aliviada de tê-lo descartado e, ao mesmo tempo, preocupada de se descobrir capaz de cegar.

Só não corria tal risco em relação a Gabriel, por quem jamais se deixaria fecundar e para quem não voltou a se abrir nem mesmo quando fértil.

O sádico e a serva

O chutado bem que insistia: enviava buquês e caixas de chocolate, bilhetes lacrimosos e poemas copiados. Chegou a contratar músicos, que desembarcaram na pracinha carregando violões, cavaquinhos e bandolins, esperaram a lua e abriram o gogó.

A vizinhança achou a cena um tanto estapafúrdia, mas acabou aplaudindo a seresta. Nem assim o romântico avançou milímetro: os menestréis não conseguiram atrair até a janela a festejada, que se manteve escondida, rubra de vergonha segundo os religiosos; tomada pelo descaso na opinião da maioria.

Gabriel tocou o fundo do abatimento, pediu licença prêmio e tomou uma atitude corriqueira entre pessoas em crise: exilou-se no quarto, onde ficou feito fio descascado. Logo transformou a raiva pelos grandes comedores em ira contra o conjunto dos homens. Seu local de dormida se entulhou de peças de roupa, cascas de fruta, restos.

Manuela o convenceu a ampliar o contrato de Zilda, que passou de faxineira a empregada. Entre estímulos a banho e comidinhas caprichosas, a mulher dispensou um tratamento de bebê ao patrão. Esmerava-se na ternura sobretudo ao vê-lo aos prantos. Não se regozijava com a dor, mas a recebia como prova de que o padecimento é a mais democrática das experiências — e isso a fortalecia.

Gabriel jamais saía. Caído na cama, voltado para a tevê, encontrava estímulo tão só para mexer no controle remoto, com o qual se deslocava pelo mundo, em facilidade que apenas reforçava o paradoxo da prostração.

Sua energia se ressentia da falta de fluxo. De tanto forçar passagem, acabou metalizando a virilha. O emparedado tentou reduzir a rigidez assistindo a filmes pornôs e fazendo varreduras mentais pelas fêmeas com que estivera. Nem assim. Até que atentou para o lombo carnoso de Zilda e, desde então, dedicou-se à admiração disfarçada. Ao vê-la debruçar-se para aspirar ou arrumar, erigia-se. Acabou tomado pela vontade, aproximou-se e colou.

Ao sentir o patrão por trás, a mulher se portou com naturalidade: monitorava o interesse e sabia que algo acabaria acontecendo. Não romantizou com busca de beijo e tentativa de colar face, mas afastou as pernas e inclinou um pouco mais o tronco.

Gabriel acobertou o caso, que viveu como desvio de classe. Estalava os dedos e tinha Zilda de boca. Apontava para a cama e logo a comia de quatro. Fez-se plenamente senhor sobre serva, a superpor poder e posse. Esporrava como se exercesse mando.

À medida que os piços se arrotinaram, porém, foi invadido pelo desprazer de se perceber faturando igual na desvalia. Passou a se irritar com a disposição da empregada em lhe fazer vontades, pedia-lhe que saísse do quarto tão logo terminasse.

Aos poucos começou a martirizá-la com refrões ofensivos, que sofisticou paralelamente à perda de interesse. Zilda manteve a tolerância, solidária e sedenta. Mas correu aterrorizada ao ouvir a acusação de ter cometido o delito mais óbvio para quem vive na miséria.

A essa altura, Gabriel estava tão embalado pela vontade de banir de seu campo visual a prova viva de que se achava na lama que partiu para o escritório do condomínio, onde lavrou queixa. Também fez um relato verbal ao síndico de então.

Manuela achou insana a atitude. Não ousou pronunciar *loucura*, mas lhe lembrou o corpo grande, no topo do qual um olhar baço denotava pouca atividade cerebral. Que isso o impedisse de perceber a inteligência do altruísmo, tudo bem; mas não lhe dava direito de resvalar para a estupidez.

Como sempre, Gabriel atribuiu a acrimônia da filha ao dogmatismo da juventude. Pensou em dizer que a contundência se reduziria com o tempo: Manuela acabaria se flexibilizando. Mas sabia que, mesmo se um dia se aproximassem ideologicamente, restariam diferenças básicas quanto à visão de mundo. Limitou-se a jurar que fora roubado.

Obteve como resposta um balanço negativo de cabeça, acompanhado da afirmação de que a base do respeito não precisava ser a bondade; um mínimo de bom-senso já bastava. Se ele não mudasse o comportamento, ela também voaria.

Gabriel via a imunização contra a culpa como uma das poucas vantagens do predomínio do ressentimento, todavia não suportava a ideia de perder a companhia da filha. Chegava a imaginar o apartamento reduzido a cemitério, caso ela partisse.

Manejasse bem as palavras, diria que nada podia fazer contra o vazio ético, pois não se sentia dotado de precipício a ser preenchido, e sim de charco confuso, fonte de seu afã de ferir. Como explicar o regozijo por ter feito o mal e a esperança de a ignomínia recém-praticada equivaler a ensaio para iniquidades ainda piores?

Somente por amar muito Manuela é que resolveu lutar contra tal pensamento e insistir em enxergar via de harmonização. Com esse fim, caminhou até o Mirante Dona Marta, a partir de cuja pista de pouso pode se ver a metrópole por todos os lados e com todos os seus elementos, do concreto com bom acabamento à alvenaria exposta, da Zona Norte ao Centro e à Zona Sul, da floresta ao mar e às ilhas.

Meditou, refletiu, queimou mufa. No entanto, constatou novamente que tinha um interior tão caótico quanto o verde cerrado. Como explicar a azáfama com que levantara falso, registrado com mais logicidade do que os memorandos da repartição? Concluiu, mais uma vez, que entre os sentimentos só discernia a mágoa, que sequer saberia transformar em base de propulsão até a grandeza que eleva alguns homens a aristocratas.

Ao menos voltou à objetividade com plano de positivação: melhorar o ambiente que partilhava com a guria.

Estopim

Entre os funcionários do condomínio, Gabriel escolheu Reimoso, que era distinto e multifacetado, cobrava pouco e garantia acabamento. Tantas qualidades compensavam a fama de mulherengo, aliás, prerrogativa de solteiro.

Entretanto, rapidamente destacou-se uma característica pouco divulgada do biscateiro: a morosidade, que o fazia lento até quando rejuntava. Oriundo de Alagoas, onde trabalhava no campo, compreendia-se que não tivesse noção de cronograma.

Gabriel achou a conclusão um grande saque. Só não a comentou com Manuela por ela continuar de mal. Mas resolveu aproveitar a situação para criar uma boa imagem de si mesmo:

— Faça no seu tempo — sugeria a Reimoso, sentindo o gosto de se mostrar legal aos olhos da filha.

Por esse tempo, andava lendo um livro sobre famosos que conseguiram ser vistos pelo público da maneira que lhes convinha, e não como realmente eram. Tratar o contratado com gentileza era demonstrar respeito pelas pessoas mais simples — exatamente o contrário do que fizera com Zilda.

Todavia, certa vez entrou no banheiro de supetão e notou que o trabalhador não fitava as fendas do revestimento. Manuela deixara aberta a porta do quarto, onde estava deitada, lendo letras no encarte de um CD. Ao se mexer para acompanhar a música, mostrava diferentes partes das coxas.

Gabriel cogitou de a filha se fazer desejar propositalmente, pois cantava que, no cio, era capaz de roçar poste. Conhecedor das circunstâncias sob as quais Manuela perdera a virgindade, temeu vê-la sendo citada novamente na pracinha como dada a serviçal.

Bateu a porta do quarto com força e dirigiu o furor para Reimoso, a quem atribuiu tremenda desdita. Tiraria por menos se estivessem em local aberto; mas ali era sua casa, onde jamais imaginara tamanha ousadia. Gritou que o outro caísse fora.

Reimoso ainda tentou balbuciar, mas Gabriel berrava. Disse saber que a demora se devia ao intuito de passar o máximo possível de tempo no domicílio, para transformar convivência em atração. E o correu antes de Manuela entender exatamente o que acontecia.

Por causa de Reimoso, o pai bateu boca com a filha até partir na direção da mata, eterna esperança de insight. Foi pensando que detestava sua própria inabilidade, quando muitos aperfeiçoam continuamente a lereia, com a qual distribuem amostras grátis de prazer.

Rodapé, por exemplo, passava horas conversando com as paqueras, que cegavam para sua baixa estatura e o erigiam galã. Juca era capaz de fazer rir a mais amuada das moças. Já Reimoso superava a rudeza de origem com a maciez da seda.

O pior para Gabriel era pensar que dois deles já haviam abocanhado as mulheres importantes de sua vida. Precisava, de todo jeito, conter o terceiro. Resolveu aproveitar a vantagem social para expulsar do condomínio o audacioso.

Esbarrou na resistência dos vizinhos com conhecimento gerencial, que apontavam o ônus da demissão; mas contou com o apoio daqueles cuja lista de alvos tinha *despudor de funcionário* como primeiro item. Logo se iniciou campanha.

Teleguiado

Reimoso pressentiu que o movimento lhe seria fatal. Mesmo quem não dava bola para os bons costumes dificilmente o defenderia, pois, na corneação generalizada em que se vivia, cada um temia que ele acabasse se engraçando para os lados de cá. O próprio Juca lhe era solidário, mas o considerava exibicionista.

— Como se eu quisesse manchete — Reimoso lamentava ao ouvido dos demais funcionários. — Quero é cafuné.

O debate quanto à sua sorte foi acalorado. Dava-se na pracinha, por meio de um palavreado que exorbitava da realidade local e frequentemente se estendia à nação ou mesmo ao planeta. Também aludia ao passado de décadas atravessadas no mesmo condomínio.

Reimoso ainda tentou acompanhar de longe a conversa, mas desistiu ao constatar que, mesmo quando compreendia os vocábulos, deixava escapar o sentido mais profundo do que diziam. Acabou se resignando à ideia de estar diante de mais uma prova de que nascera para ser joguete de sina.

Sentia-se no melhor lugar do mundo, de onde, contudo, sempre receara ser varrido. Na tentativa de se preparar para o golpe, trocou a rotina donjuânica pela entrega a horas diárias de reclusão no ponto mais afastado e mais alto dos Prazeres, onde tinha impressão de se encontrar diante de uma bola de cristal que, se não oferecia futuro, devolvia o passado no município de Boca da Mata.

Lá Reimoso vivia passando necessidade. Sofria os reflexos da grande crise do final dos anos oitenta, quando a hiperinflação, a desmoralização do governo Sarney, a queda do preço internacional do petróleo e o fim do Proálcool resultaram na demissão em massa dos cortadores de cana, desde então amontoados em favelas nos arredores das cidades.

Longos meses sem ocupação se alternavam com períodos de limpa e corte, durante os quais Reimoso podia ao menos comemorar o fato de ser jovem e disposto, portanto contratado como boia-fria para atuar num dos piores locais de trabalho que existem: canavial. Passava o dia coberto de pano de saco para escapar aos pelos, vendo foices levando nacos e sendo humilhado pelos capatazes.

Entretanto, ganhara o apelido por se ofender com facilidade. Era um pacífico que, bem tratado, mantinha-se amigo e fiel para sempre; agora, se lhe pisassem o calo, arriscava a própria vida para desforrar.

Assim se explica que, num dia especialmente castigado pelo sol, estava com a cabeça tão quente que não suportou um agravo descabido do agrônomo que administrava o campo: fincou-lhe a foice no pescoço, levando-o a estrebuchar feito bode sangrado, até interromper completamente os movimentos.

— Pega minha bicicleta e corre lá pra casa! — sugeriu um compadre.

Reimoso se escondeu, à noite foi levado em segredo até a vizinha cidade de Anadia e na manhã seguinte partiu para Maceió, onde usou o dinheiro de uma vaquinha organizada pelos colegas para tomar um ônibus até o Rio — metrópole com que a televisão sempre fizera sonhar.

Desembarcou sem qualquer endereço, livre para pensar que nordestino tem mais que procurar a proximidade da água. Informou-se sobre ônibus que levavam à praia, entre os quais se animou com o 127, com seu letreiro anunciando Copacabana como destino.

Uma hora depois chegou ao Posto 6 e começou a perambular pelo calçadão, imaginando-se personagem de novela. Na altura do Hotel Copacabana Palace, avistou um bando de esmoleiros deitados indolentemente sob os coqueiros e resolveu se achegar. Os mendigos lhe tiraram o couro com piadas sobre sotaque, esculacharam seu jeito jegue, mas o acolheram como parte do grupo.

Nos dias seguintes, Reimoso se entregou inteiramente ao banho, disposto a compensar a precocidade no eito e refrescar-se por toda a vida. Se lhe cabia providenciar comida, usava a mixaria de retirante para financiar frangos de padaria que faziam a festa.

À noite, os esmoleres se reuniam em volta do fogo e bebiam como se fossem as pessoas mais felizes do mundo. No entanto, afligiam-se vivamente ao perceberem sumiço de companheiro, que atribuíam a grupos de extermínio.

Devidamente batizado na violência, Reimoso se sentiu impelido a organizar resistência e, nesse sentido, usou tábuas para improvisar porretes. Contudo, apenas despertou riso, pois madeira definitivamente não valia revólver.

Passou algum tempo emburrado, mas concluiu que os outros tinham razão: bom mesmo era comida e calma. Abriu conversa com o coletivo sobre a possibilidade de integração à sociedade; chegou a despertar adesões entusiásticas que, todavia, se revelaram ocas.

Começou a fazer incursões solitárias pela Avenida Copacabana e a Rua Visconde de Pirajá, com sua gente lavada e luzidia. Ah, como se achava pato! Parava diante das vitrines, passava a ponta dos dedos no rosto e tomava os lanhos como marcas definitivas de exclusão. Esticava o olhar até o velho par de tênis conga, cujos furos pareciam sugerir que o problema era de base.

Não conseguia vislumbrar lugar para si em meio aos transeuntes, mas insistiu em recorrer a balcões e portarias, oferecendo-se. Ouviu de tudo: negativas lacônicas, nãos reticentes e conselhos, de conterrâneos orgulhosos de estarem uniformizados de porteiro, de que fosse para São Paulo ou retornasse às raízes.

Percebeu a dificuldade de inserção, porém jamais retornaria ao campo. Constrangia-se de pedir esmola por conta dos músculos ganhos na labuta pesada, então resolveu estender a procura de trabalho ao Centro, onde sabia que os frequentadores eram mais simples. Colocou a mochila nas costas e saiu caminhando pela beira-mar.

Passou por Botafogo e Flamengo, a paralelizar o que via e as imagens que trazia na cabeça. Finalmente avistou a famosa Cinelândia, para onde se dirigiu apressadamente. Imaginou o que os habitantes de Boca da Mata diriam se o vissem diante do célebre conjunto formado pela Câmara Municipal, o Teatro Municipal e a Biblioteca Nacional.

Circulou demoradamente pelas ruas e, pautando-se sempre pelos flashes televisivos que lhe habitavam o cérebro, encontrou os Arcos da Lapa. Escalou a Rua Joaquim Murtinho e seguiu os trilhos do bonde, em travessia de um bairro que sempre tivera curiosidade de conhecer. Quando se deu conta, estava em plena floresta.

Como já era noitinha, acomodou-se atrás de uma jaqueira de porte, onde não podia ser visto. Horas depois foi acordado pelo som de vozes autoritárias, a ordenarem disparo. Manteve-se imóvel, com a respiração presa, rezando para não ser descoberto. Pela manhã aproximou-se sorrateiramente do local de onde proviera o barulho e, ao encontrar corpo, escavou o chão com as unhas e cumpriu o dever humano de enterrar.

Emprego no paraíso

Reimoso voltou à estrada e seguiu por onde tinha vindo na véspera. A temperatura amena já lhe pareceu um sonho. Agora, impressionava de verdade a diferença de tonalidade do verde local em relação à vegetação nordestina.

Na altura do Corpo de Bombeiros, viu pessoas humildes descendo do ônibus e pegando a escadaria que dá na servidão do Equitativa. Seguiu-as a uma certa distância. Vez por outra voltava-se e admirava o horizonte, que se ampliava com a altitude. Era o contrário de canavial, que se cultiva no plano e, ao formar massa fechada pouco acima da estatura humana, impede a visão de um palmo à frente.

Reimoso lembrou de uma reportagem televisiva em que especialistas em autoajuda apontaram a antevisão de conquistas como meio caminho para concretizá-las. Imaginou-se morando no alto, onde a existência se justifica pela simples admiração.

Não ousou passear pelo Equitativa, mas lançou um olhar sobre os edifícios, que pareciam formar biombo protetor em torno da pracinha arborizada, onde crianças brincavam. Teve impressão de assistir a cena de cinema.

O verdadeiro milagre se realizou nos Prazeres, cujos olheiros o receberam com perguntas sobre o objetivo da escalada e, ao perceberem que se tratava de mais um paraíba banido pela dureza, soltaram as chacotas de sempre, em seguida indicaram a área do morro onde os nordestinos se concentram.

— Lá tem uma viúva que aluga vaga — um deles deu a dica.

Reimoso combinou o aluguel, arrumou os poucos cacarecos como quem organiza pouso definitivo e passou o dia abobalhado com a vista. À noite, falou da necessidade de ocupação aos companheiros de quarto e ficou sabendo que o Equitativa precisava de faxineiro.

Na manhã seguinte, já se deliciava com o fato de o trabalho ficar pertíssimo de casa e ser executado quase sem pre ao ar livre, frequentemente com água, em conjunto cercado pela natureza. Achava que a camisa e a bermuda do uniforme combinavam perfeitamente com as arejadas sandálias. Sentiu-se respeitado em sua camponesidade.

Passou a se deslocar besta sobre o chão de cimento, onde jamais esbarraria em toco. Sorria a cada *Oi* da gente e adorou ser obrigado a superar a timidez: o condomínio concentrava infinitamente mais pessoas do que no campo. Entre elas destacava-se o mulherio, beneficiário da exuberância.

Autoconstrução

No início, Reimoso acreditou que o novo mando se esfacelava devido ao grande número de condôminos. Contudo, logo sentiu o peso esmagador das decisões tomadas em assembleia, que não deixam margem a hesitação por parte dos responsáveis por executá-las.

Para garantir a própria permanência, seguiu a sugestão de Juca: dedicou as horas vagas ao aprendizado da função de servente, logo se familiarizou com colher de pedreiro, ganhou domínio sobre eletricidade, aumentou o número de ofícios até se tornar faz-tudo e parecer imprescindível.

O prestígio levou-o a crer na possibilidade de se recriar completamente. Receoso de o apelido se associar a uma certa escabrosidade, por exemplo, apresentava-se pronunciando-o lentamente, para provocar som simpático, prenunciador de bonomia. Também resolveu investir em roupa: passou a usar apenas camisas de seda durante as folgas.

Ao ficar sozinho, ria do sentimento de que continuava como nascera e, ao mesmo tempo, tornara-se outro. A constatação lhe dava certeza de que a felicidade podia ser construída.

Um dos passos mais importantes nesse sentido foi aprimorar programaticamente a brandura, que facilitou o trato com a administração do condomínio e alavancou o campo afetivo. Muitas faveladas e umas poucas condôminas se sentiram ouvindo canto de cisne e passaram a brincar com a entonação com que proferiam o apelido, transformando-o em senha de convívio diferenciado.

Reimoso cultivou a discrição por sabê-la essencial à manutenção do emprego. No entanto, intimidade só se realiza plenamente pelo verbo: as saciadas deixavam escapar dados. Sem falar nas situações públicas em que o próprio esforço para dissimular acabava despertando suspeita.

Ressabiados pela garanhice de Juca, muitos condôminos viram o sucesso do branco campônio como prova de que a potência não provém da pigmentação, e sim do vigor resultante do trabalho braçal. Alguns recorreram a academias de ginástica, enquanto a maioria preferiu usar o cérebro para conceber enxotamento — que passou a se concretizar no instante em que Gabriel o transformou em objetivo maior.

Vitória parcial

A assembleia na qual Reimoso constou como item foi das mais negociadas. Para atingir maioria, os defensores de sua demissão trocaram votos por concessões variadas, como pequenas obras que beneficiavam diretamente os cooptados. Mesmo os ditos socialistas participaram do acordo, afinal não se consideravam obrigados a defender devasso e, no imo do pensamento, cultivavam interesses particulares.

Gabriel se sentiu vitorioso, mas nem de longe tranquilo. Constatava que o escândalo reforçara a fama de fêmea fácil de Manuela, comentada aos risos pela comunidade, sobretudo por meninos, jovens e homens, que repetiam o olhar de Reimoso e teciam impudências.

Gabriel imaginava que a filha seria definitivamente perseguida pelo gênero masculino, com seus bagos sempre necessitados de vazão. Lera que o condicionamento biológico se amplifica no calor, onde macho pensa ainda menos quando se trata de coito, durante o qual se expõe e contrai doenças, que repassa às parceiras. O pior era pensar que Manuela diria sim muitas vezes, pois também vivia sob sol.

O atormentado fez mais um esforço de usar o farol do entendimento, recorreu ao cérebro em busca de candeeiro. Entretanto, avistou o velho pântano interior, réplica da própria existência. Só teve impressão de reduzir um pouco o desatino ao resolver dedicar algumas horas diárias à vigilância: faria plantão na pracinha, onde teria um excelente termômetro do que estivesse acontecendo.

Açulado

Em determinada manhã de crocodilo, Gabriel avistou Rodapé saindo de casa e, como sempre, levantou o rosto para afrontar. Como agir de outra maneira se, mais uma vez, o preparador era o grande responsável por sua tristeza? Voltasse para Clara e o triângulo se refaria; em vez disso, manifestava felicidade de forro.

Mas dessa vez Rodapé não esboçou vinco de desdém, pois sequer percebera Gabriel: tinha a atenção voltada inteiramente para Manuela, sentada no mirante. Era outro despertado para a garota, que o mobilizava a ponto de abrasar.

Gabriel pigarreou, deu passos, tentando atrair a atenção do preparador, a quem diria da ânsia de vômito. Como podia esquecer a prata dos raros cabelos e se arvorar em amante da menina? Como ousava sonhar com broto se atingira a idade das dedadas regulares para verificar o nível de decadência pelo estado da próstata?

Rodapé estava com headphone ao ouvido, portanto fechado também em audição. Todavia, acabou notando a ameaça. Entrou no Chevette e seguiu para a praia; porém, se o horizonte marítimo suscitou rememoração de Manuela, as imagens não surgiram azuis, e sim encarnadas.

À noite Gabriel iniciou trabalho de sapa junto à filha, a quem se disse surpreso de perceber que o preparador envelhecera muito nos últimos tempos, talvez devido à atividade profissional, que lhe quebrava a espinha, reforçando a aparência senil.

Manuela recebeu o comentário como mostra de despeito igual às milhares a que assistira desde criança. Na infância tomara as dores do pai, cujo rival odiou; mas, ao começar a se sentir cerceada em casa, passou a questionar as críticas a Rodapé. Posteriormente voltou a ter raiva do vizinho, porém por solidariedade a Clara, que pretendia vingar deixando-o apaixonado. Nesse sentido lançara olhares que já frutificavam.

— Dizem que continua imbatível como preparador... — comentou, ambígua, para agastar.

Dias depois, encontrou o comentado descendo a ladeira, pediu carona e, mal entrou no velho automóvel, começou a viajar nas muitas metáforas do papo, que parecia feito apenas de palavras escolhidas. À noite, falou da boa surpresa a Gabriel, que gritou advertências e quebrou eletrodomésticos.

Limites

O ciúme de Gabriel era reforçado pela presença de Reimoso na pracinha todo final de tarde, aonde chegava risonho, tomava assento e engatava conversa com a primeira que aparecesse. Cortejara muito durante aqueles três anos, tinha um caso a contar sobre cada canto ou esquina, acreditava-se exercendo direito adquirido.

Condôminos e favelados se divertiam com o que, feito por outra pessoa, considerariam provocação. Mas desemprego é flagelo máximo; que o banido pudesse, ao menos, paquerar. Muitos passaram a pedir notícias das aventuras, que acompanhavam feito telenovela.

Gabriel e correligionários continuaram pressionando o síndico. Data dessa época o estabelecimento de regras para o namoro, como terminar às dez e se restringir aos pilotis distantes. Só que a decisão não minimizou a afronta, já que deserto estimula.

Foi o que provou Gabriel em assembleia extraordinária, durante a qual distribuiu cópias ampliadas de fotos picantes. O conselho consultivo escalou um trio para tomar providências.

Os três convidaram Reimoso para conversa, durante a qual mostraram o rico material iconográfico e aconselharam sumiço. Porém, o gavião ficou prosa de se ver em atividade e, certo de não haver chance de voltar a trabalhar para o condomínio, respondeu mansamente que demissão corta ganho e desmantela afeto: perdoassem-no, mas continuaria frequentando.

Então a trinca procurou Arlindo, que se envaideceu com a visita, não queria confusão com a classe média das imediações e achou absurdo forâneo folgar de uma maneira que não lhe era facultada: proibiu-o de ir à pracinha.

— Chefe, pelamordedeus! — Reimoso implorou. — Sem fêmea, me mato!

— Bique à vontade — condescendeu Arlindo, que desprezava mulheres, mas era dado ao amor. — Só não quero saber de história com o Equitativa.

Reimoso se resignou à licença, que usou à larga nos Prazeres: dava pega aqui, ficava com duas ou três no mesmo dia, metia na quarta. Com as habilidades aprendidas no condomínio, passou a atuar em toda Santa Teresa, onde encontrou clientes que, certas de serem chifradas por seus respectivos, abriam-se a quem lhes prestava serviço no recato, onde o galanteador sabia ser príncipe.

Carreira

Reimoso desenvolveu uma gratidão tal pelas mulheres que adquiriu o hábito de simular interesse por feias ou maltratadas. Ao ver mostra de desprezo ou indiferença da parte de homem, acercava-se, esguelhava, estabelecia contato com a vítima e se colocava às ordens.

Nesses casos, o gozo decorria da generosidade: a mulher não era objeto, e sim imagem merecedora de oferenda. Reimoso foi colecionando histórias de sexo solidário, que encarava como parcela reservada ao santo. Achando-se em luta sagrada que na pior das hipóteses o transformaria em mártir, pouco se importava com as ameaças de morte: mantinha a disposição de engambelar quem desprezasse a companheira.

Juca aplaudia tais peripécias e ria ao perceber mudança no comportamento de muitos namorados, noivos e maridos, que passaram a dispensar tratamento bem mais respeitoso às suas. Afinal, os Prazeres elegeram como maiores objetos de troça os atingidos pelo senso de justiça sexual de Reimoso, que, ao menos quanto a esse tipo de investida, contava com a aprovação de boa parte da comunidade.

Sua reputação cresceu a ponto de atrair o amante de Arlindo: o moço criou raiva por motivo miúdo e decidiu trair o mandão. Ao ver cair a noite, correu ao barraco de Reimoso, a quem se ofertou já de roupa na cabeça, em forçação de corromper monge.

Reimoso percebeu que mesmo justiceiro tem limite: para conseguir conter-se, escorregou até a venda e se danou a cachaçar. Macambuziado pelo temor, não reagiu às insinuações das oferecidas, tampouco trelou com os caras. Emborcou até deixar a cabeça cair sobre a mesa, quando uma alma boa o rebocou.

Apesar da bebedeira, Reimoso teve o cuidado de despedir-se do acompanhante antes de entrar em casa. Empurrou a porta, agarrou-se ao portal para não oscilar, passou alguns instantes assuntando no escuro e, ao constatar silêncio absoluto, suspirou aliviado.

Sentiu uma pontada na barriga e se achou idiota de não cumprir a promessa de nunca mais tocar no oleoso caldo de mocotó da birosca. Deu alguns passos pensando em ir direto ao banheiro, mas tropeçou em corpo, que julgou ser do oferecido ainda na espreita. Inopinadamente, previu o imenso prazer de desfrutar carne dura, que conhecia do canavial, onde se iniciara em burra: daria umazinha antes de defecar.

Puxou o traveco para si e o sentiu indolente, em corpo mole estimulante. Sim, mas também molhado, o que era estranho: com dezessete anos, o macho-fêmea não estava mais em idade de fazer xixi na cama. Reimoso se animava ainda mais ao pensar na juventude do outro — que, iluminado por luz de fósforo, mostrou-se esfaqueado.

Ao descobrir o ocorrido, Reimoso engoliu o berro e correu barraco afora, certo de que destino igual o aguardava. O bamba logo o encontraria, para vingança longe de olhares, portanto capaz de despertar várias versões, todas mais impressionantes do que punição em via pública, que impõe um mínimo de convergência ao relato.

O rastro de Reimoso ficou evidente, mas não em pegadas, e sim em linha descontínua de bolotas e gotas diarreicas, identificadas na manhã seguinte e comentadas às escâncaras. Arlindo as tomou como desforra suficiente.

Fora da lei

Reimoso acordou no meio do mato, acossado por uma sede monstruosa. Apressou-se em chegar à queda-d'água do Rio Carioca, embaixo da qual se posicionou. Esticou as diferentes partes do corpo, que receberam pancadas tonificantes. Sentou sobre uma pedra, repassou os últimos acontecimentos e concluiu que, surpreendentemente, o pau se tornara maldição. Exposto ao perigo pelo sex appeal, temera que Arlindo o castrasse. Riu com sua própria afirmação como símbolo.

No entanto, ao analisar direitinho o significado de cagar-se onde era conhecido, sentiu-se em vexame insuportável. O sujeito que foge de inimigo numeroso não é frouxo, e sim bom estrategista, de quem inclusive pode se esperar retorno em melhores condições. Agora, associar-se a uso da ruela, não! Ânus, ás de copas, boga, centro do oiti, diferencial, fiofó, furico, oritimbó, roscofe, seja qual for o nome, não pode dar passagem ao medo, sob pena de ser tratado como caminho de mão dupla.

Acreditasse na existência de cidade tão fascinante quanto o Rio, Reimoso partiria para recomeçar alhures. Cresse em morro carioca mais propício à moradia que os Prazeres, seguiria imediatamente para lá. Entretanto, sentia-se enfeitiçado pela área e obrigado, em nome da hombridade, a desfazer a imagem de rabo-entre-as-pernas. Sim, precisava voltar a impor-se como donairoso diante da comunidade e a seus próprios olhos.

Ainda matutava quando viu surgir do nada um indivíduo magérrimo, barba por fazer, cigarro no bico e fuzil a tiracolo. Intuiu-se diante de representação debilitada de Satã, em visita tentadora descrita nas melhores histórias de abandidamento.

— Topo! — afirmou sem titubear, como se o recém-chegado tivesse perguntado se queria se danar de vez.

De fato, tratava-se do chefe do Cerro, que viu na atitude inusitada e destemida traço de alguém com peito aberto o bastante para merecer confiança. Disse estar com câncer e, por motivos que desconhecia, caminhara até ali como se magnetizado. Poderia ter enviado alguém, mas algo lhe dizia para vir pessoalmente verificar quem era o estranho.

O aspecto incomum do encontro e a intuição de se compreenderem em outra dimensão mantiveram-nos na trilha da sinceridade: confessaram-se profundamente humilhados. Se um não sabia o que fazer com a lembrança de que se borrara, o outro não conseguia mais se impor junto aos comandados, que o consideravam muito débil para continuar no poder.

— Já tou perdido mesmo... — Reimoso ponderou em voz alta. — Me arrume uma arma que viro anjo da guarda, escudo, fiel. O primeiro peste que tirar sarro da sua cara, pou e queda! E não se preocupe, que só matei uma vez, mas gostei que foi uma beleza!

Precisou abater apenas um desrespeitoso. Os demais logo se acostumaram à sua presença ao lado do chefe, a quem serviu feito melhor amigo do homem: protegeu-o, repassou ordens e verificou se eram cumpridas, zelou por sua comida e sua roupa, encomendou remédios, negociou a vinda de médicos do Hospital Silvestre, velou ao pé da cama e providenciou o enterro mais pomposo de que a comunidade tivera notícia.

A intrepidez, o ecletismo e o senso de missão fizeram-no herdeiro natural do posto máximo.

Diferencial alagoano

Reimoso assumiu o mando como se tivesse sido talhado para ele. Desde pequeno ouvira que, além de mínimo, Alagoas sempre estaria entre as duas ou três unidades mais pobres da federação. Insignificante em tamanho e arrasado em economia, não pode concorrer em quase nada. Agora, que se procure lugar com maior concentração de macho por metro quadrado!

E não se fala de desempenho frente às fêmeas ou disposição para coagi-las, e sim de brio, desassombro e valentia! Se o menino chega em casa apanhado, que receba mais cascudo, tabefe e pisa, para aprender que o pior que pode acontecer a homem é ser diminuído pelo mesmo sexo.

Essa certeza se internaliza logo cedo, fazendo de cada varão um ser disposto a ir até as últimas consequências para preservar o espaço vital e defender a honra. Evidentemente se ensina também a arte de contemporizar com os poderosos, mas não por medo, e sim pelos efeitos incontroláveis da influência, mediante a qual os grandolas não têm o menor escrúpulo de fazer inocente pagar o pato.

No mais, a diferença entre os alagoanos se restringe à forma como a combatividade se manifesta, pois há desde geniosos ostensivos até dissimulados de um veneno sempre letal. Daí a importância que as conversas mais corriqueiras conferem às histórias protagonizadas por beligerantes.

Coletivamente, esse espírito se reflete numa disposição para o enfrentamento que estados com outros motivos de orgulho desenvolvem apenas quando obrigados. O Rio, por exemplo, só se entregou à ferocidade devido à disseminação do tráfico de drogas.

Era a conclusão a que Reimoso chegava ao preparar jovens para assumir armas: diferentemente de Sequela, os moleques cariocas se desdobravam em esgares e trejeitos medonhos, porém não traziam a coragem na veia, portanto dependiam de meticuloso treinamento para desenvolvê-la.

Ainda assim, Reimoso temia que a valentia faltasse na hora decisiva e, para se prevenir contra frouxidões inoportunas, estendeu o recrutamento à terrinha. Contatou um ex-colega do canavial e pediu que arregimentasse uma dúzia de cabras da pega, com mais de uma morte nas costas, entre os moradores dos aguerridos municípios de Anadia, Boca da Mata e Maribondo. Com eles, fez sua guarda pessoal.

Cidadão carioca

Mesmo se achando guerreiro de cepa, Reimoso sabia da importância de cultivar a modéstia. Se a posição já o deixava muito visado, qualquer mostra de arrogância despertaria ainda mais hostilidade. Preocupado em se dissimular ao máximo, aproveitou a declividade do terreno para conectar subterraneamente cinco barracos reservados ao uso pessoal, nos quais instalou igual número de mulheres e, assim, passou a dispor de círculo domado.

A medida lhe trouxe alguma tranquilidade, pois pensava a Aids como causa da transformação do corpo humano em carne reimosa, passível de provocar doença ou mesmo morte. Só não usava camisinha por acreditar que uma das experiências fundamentais do ser humano é contatar semelhante no mais profundo do ser. Ao fazer de duas pessoas uma só, a cópula ensaiaria a ligação que realmente importa: com o ilimitado, por toda a eternidade. Tal objetivo justificaria a exposição ao risco, principalmente por quem se sabe destinado a partir cedo. Agora, enquanto estiver vivo, o assinalado tem o dever, por ser criatura e não criador, de buscar qualquer tipo de preservação que não atrapalhe o mergulho. Era o caso dos túneis, que serviam de anteparo ao mesmo tempo que ampliavam a intimidade, portanto aumentavam as chances de entranhamento.

Mesmo tendo circunscrito e camuflado a incontrolável poligamia, Reimoso era objeto de muita inveja e conjectura. Seu movimento ascensional fora notado desde o ingresso no bando, como assessor dileto e destemido do ex-chefe. No início, ninguém compreendeu que um frouxo a ponto de se melar de medo virasse repentinamente um traficante feroz. Mas justamente, a dificuldade de entender acabou lhe ampliando a reputação de implacável, ao propiciar a difusão da ideia de que a passagem da vergonha à valentia era o percurso dos verdadeiros violentos — que associavam a aptidão para a perversidade de todo ser humano ao formidável ressentimento dos espezinhados.

O subterrâneo foi o dado de que os moradores de Santa Teresa, Cosme Velho e bairros vizinhos precisaram para levar ao máximo sua fama de picão, agora ambientada em alcovas unidas por galeria feita com argamassa consistente para não ceder jamais, sustentar peso sem despertar desconfiança, possibilitar fuga fácil e ajudar na fixação da imagem de onipresente.

Dizia-se que Reimoso era visto aqui, reaparecia acolá, surpreendia quando menos se esperava, em toupeiramento que nada tinha de tolo e sim de traiçoeiro. Em tais circunstâncias, mesmo a maciez reforçava a celebridade, já que a delicadeza transmitida pela roupa limitava-se a mulheres, amigos e membros da comunidade, tanto quanto a fala mansa que acarinhava os tímpanos dos aliados ordenava barbaridades contra os inimigos.

Reimoso se mostrava solidário para com os vizinhos precisados, pelos quais não media esforços. Tanto assim que, ao ver partir o antigo presidente da associação do Cerro, assumiu pessoalmente a entidade. O desempenho simultâneo dos papéis de chefe e líder fazia muito bem a seu provinciano ego, que passara a concentrar mais poder do que, por exemplo, o prefeito de Boca da Mata — que, de resto, jamais faria nada pelo povo, pois era usineiro, portanto só sabia explorar.

Com o mesmo empenho com que ajudava os necessitados, Reimoso punia os desrespeitosos. E se mostrava implacável com quem desobedecesse a ordem de ampliar os casebres apenas para o alto, laje sobre laje, jamais para o lado, onde se esbarrava na floresta. A seus olhos de cortador de cana que assistira à derrubada da mata atlântica para criação de verdadeiros campos de trabalho escravo, a vegetação na qual se incrustava o Cerro precisava ser conservada a todo custo.

— Inda mais com esse verde — repetia, enlevado diante da intensidade que o solo fértil imprimia à cor.

Profundo conhecedor do processo que se inicia na semente e desemboca na plenitude, acompanhava atentamente as mudanças das árvores, em relação às quais tomava medidas providenciais, como corte de galhos podres e aumento da quantidade de terra em torno das raízes expostas pela erosão. A familiaridade para com a natureza e o empenho em mantê-la faziam-no sentir-se conectado a uma fonte poderosíssima.

Igual aderência experimentava em relação à cidade, onde não nascera, mas com a qual partilhava as duas facetas da reima. Via-se irmanado ao Rio pela busca desbragada de prazer, reveladora da avidez de infinito e, como ocorrera com todas as civilizações dadas à exorbitância, antecipadora do fim, que, na melhor das hipóteses, se mantém latente. Achava-se afinado à urbe também no tocante ao melindre, à vivência contínua da irascibilidade, à constante disposição para a guerra.

Mostra de força

A reputação de Reimoso repercutiu principalmente no Equitativa, onde se espalhou que preparava um ataque durante o qual não pouparia sequer quem lhe dirigira careta. Ora, se o condomínio não podia contar com a proteção da polícia, tampouco adiantaria apelar para os traficantes dos Prazeres, a essa altura se reorganizando em função da mudança de mando de Arlindo para Camarão.

Ao se perceber pronto para a revanche, Reimoso ordenou que as balas ganhassem o ar, inicialmente para mostrar aparelhagem e disposição. Era só cair a noite que se ouviam tecos enfáticos e frequentes, acompanhados de ameaças e desacatos amplificados pelo vale.

As crianças eram recolhidas e os adultos formavam pequenos grupos na pracinha, onde comentavam informações recentes, conjeturavam desdobramentos e tentavam acreditar que, juntos, tinham força.

Só que os estrondos maiores arruinavam qualquer certeza e, ao se repetirem cotidianamente, traumatizavam. Os mais fracos não podiam ouvir bomba junina ou mesmo traque anal, que se arrepiavam.

O condomínio como um todo se sentia vulnerável. Cada morador encontrava motivo de ser queimado. Mesmo quem não tomara parte no movimento pela demissão sabia o significado de pertencer a conjunto.

— Quem diria!... — Rodapé comentava com Manuela, sempre que se encontravam. — O Reimoso!... E continua fino, sabia?

Então narrava a última ida ao Cerro, em desvio do caminho da praia, muitas vezes para comprar unzinho consumido em companhia do chefe. Acabou confessando que o bom tratamento decorria, em grande medida, de sua conhecida rivalidade com Gabriel.

Intercessão arriscada

Manuela temia que Reimoso realmente apagasse o pai. Achava o genitor um desalmado, mas precisava intervir. Pediu a Rodapé que intermediasse uma aproximação, fosse com ela comprar mutuca.

Dias depois visitava pela primeira vez a boca do Cerro, onde o chefe já estava avisado de que ela sempre discordara da caturrice de Gabriel e, para ficar tudo na paz, pedira audiência, concedida em cômodo refrigerado, reservado aos encontros de consideração.

Vestido em camisa de manga comprida da seda mais cara do mercado, Reimoso abstraiu da presença de Rodapé e resolveu conferir se Manuela realmente merecera ser um dos principais estopins de sua grande mudança. Permitiu-se fazer o que lhe fora proibido enquanto trabalhava na casa de Gabriel: mirou-a demoradamente, deslocando os olhos com calma, parando em vários pontos e, vez por outra, partindo em pensamento de volta à existência na legalidade. Não sabia mais se sentia saudade ou se preferia o presente, quando saboreava o exercício do poder sobre as pessoas, infelizmente para punir algumas, mas sobretudo para melhorar a situação de muitas — que lhe enchiam a bola.

Imaginou-se currando Manuela: o desfrute da garota mais atraente que conhecera valia exposição a qualquer revés. Contudo, ao menos em relação às mulheres, estava decidido a morrer sem culpa de ter violado ou mesmo ofendido. Melhor deixá-la aparecer sem receio e, caso desenvolvesse atração, abrir-se quando lhe conviesse; como fizera com Juca, em iniciação bastante inspiradora.

Reimoso serviu um baseado de skank, que estimulou os dois a fumar, enquanto explicava que, em sua posição, não podia se drogar. Para não deixar que o peso do que talvez tivessem a dizer acabasse impondo silêncio constrangedor, confessou que frequentava as cachoeiras da Estrada das Paineiras e, nas madrugadas mais quentes, permitia-se atravessar a floresta até a Barra da Tijuca, onde vez por outra assistia à aurora.

Manuela e Rodapé emendaram relatos de proveito na área onde haviam nascido, logo passaram a histórias engraçadas — os três terminaram gargalhando como conhecidos com muito em comum.

Entretanto, tão logo os dois partiram, Manuela acendeu um cigarro e Rodapé disse do sonho de aproveitar que trabalhava em casa para se mudar para um sítio em Petrópolis, Sana, Mauá, qualquer lugar que lhe possibilitasse escapar à tensão e cultivar vida longa.

Em casa, Manuela falou entusiástica e demoradamente sobre os sonhos do preparador. Como resposta, escutou gritos de que o mundo se entregara a diligente orquestração. A essa altura, até mesmo palavras incompreensíveis, trocadas entre desconhecidos, pareciam suspeitas a Gabriel, que perdia horas dissecando significados.

O enfurecido perguntou o que Manuela fazia com Rodapé no Cerro e, mesmo ao ouvir que o vizinho fora fundamental ao estabelecimento de negociação com Reimoso, afirmou que cada gesto do baixote fazia parte da ceva, agora igualmente franqueada ao paraíba.

— Acha pouco ter perdido a virgindade com o negão da portaria? — Arremessou um abajur contra a parede. — Vai acabar eleita puta da plebe!

Manuela ficou chocada, desabou em pranto e se fechou no quarto. Gabriel caiu imediatamente em si, bateu na porta e pediu perdão. Acabou arriando contra a parede e soltando o berreiro também: realmente tinha na filha seu calcanhar de aquiles. De tal forma que se culpava por tudo de ruim que lhe acontecia, como o consumo de álcool e cigarro. Completamente alheio aos sofrimentos dos semelhantes, o bruto se acabava ao menor problema enfrentado pelo broto.

Os efeitos do desentendimento continuaram repercutindo no interior de Gabriel, que o viu como prova de um desencontro bem maior. Imaginou-se pedaço de terra deslocado pelas águas e ansioso por voltar ao continente. A certeza do insulamento fazia-o achar-se cobaia de trama universal — o que aumentava a sensação de abandono e o temor de que a desconfiança virara megalomania.

Voltou à ideia de estereótipo e traçou paralelo: a discrepância entre tal imagem e ser humano equivalia à diferença entre seu estado e seu ideal de existência. Necessitava, a todo custo, abrir espaço no mar da mágoa para desvendar o próprio eu.

Autoajuda

Ao perceber as lágrimas secarem, Gabriel pensou em caminhar pela floresta, onde jamais chegara a conclusão, mas ao menos experimentava o consolo oferecido pela natureza na qual crescera. Todavia, nem mesmo andar pela mata podia mais, sob pena de ser morto. Como tolerar tal limitação? Como suportar que um pé-rapado o acuasse? Acabaria enfartando de fúria.

Nesse momento viu passar o angorá, cuja fofice tomou por acintosa e resolveu punir de morte. Planejou e confiou o assassinato a garotos do morro, com os quais negociou como de praxe: metade na contratação e o restante depois do serviço. Ah, que prazer constatar que o estrago se estendera a vários outros bichanos!

Gabriel não conseguiria colocar em palavras o bem-estar experimentado, mas o sabia idêntico ao que sentira após acabar com Zilda. Intuiu que a via da maldade e da violência daria acesso a si. Quem sabe algum escrito lhe clareasse o caminho?

Foi à Livraria da Travessa do Centro e adquiriu alguns títulos dedicados a terapias que apostavam na importância do extravasamento de todas as emoções, inclusive as potencialmente perigosas.

Partiu para a Praia de Itacoatiara, em Niterói, onde passou o dia a folheá-los. Sempre que tinha sede, pedia coco. Para matar a fome, comeu peixe fresco. Ao final do dia, sentia-se corporalmente saudável e abastecido de informações.

O problema era não saber como colocar em prática o manancial de dados e dicas. Além da falta de conhecimento técnico, não tinha qualquer nitidez quanto ao próprio interior. Mas então que seguisse o conselho reiterado nas diferentes obras: procurar especialista.

Prevenção bizarra

Na primeira sessão, Gabriel ainda implorou que a psicóloga desbastasse as causas de tanto desencontro, para transformá-lo em pai supimpa e parceiro porreta. Queria se entender com as mulheres e, se possível, com o resto da humanidade.

A terapeuta se percebeu diante de alguém limitado ao tenso circuito que vai da ênfase à intransigência, portanto adotou uma postura conhecida como rogeriana: centrou-se no cliente, que estimulou a falar e jamais contradisse.

Gabriel não conhecia relação assim e, sentindo-se cada vez mais à vontade, discorreu sobre sua grande ira e contou histórias em que o rancor o levava a praticar o que passaria por maluquice aos olhos de qualquer um. Eram atos tresloucados que, por força da repetição, pareciam muito coerentes.

A psicóloga disse que raiva contida pode dar câncer e ilustrou a afirmativa com vários casos de pessoas que, de tanto represarem impulsos considerados reprováveis, desenvolveram a doença. Como conhecia terapia reichiana, recomendou alguns exercícios bioenergéticos simples, porém eficazes.

Gabriel começou a praticá-los no mesmo dia. Aproveitou a ausência da filha para ir diretamente à cozinha, onde logo esticava o braço direito, segurando um facão afiado. Apertou bem o cabo da arma, desceu-a com violência e a cravou na imóvel vítima.

Voltou a levantar a peluda pata e repetiu o rito várias vezes, sempre aos gritos vingativos. Agiu cada vez mais apressado e forçudo, ansioso por estraçalhar. Ao final, estava coberto de suor, exausto, respirando com dificuldade — mas fascinado pela experiência.

Porém, foi repreendido por Manuela, que não aguentava mais truculência e disse que lagarto redondo era carne boa, a ser preparada com delicadeza, ou perderia sabor.

— Mas, filha, tou me prevenindo contra o câncer!

Manuela balançou a cabeça, francamente desolada.

Exercício não basta

Gabriel continuou recorrendo à ajuda psi, que incrementou mediante participação em workshops no campo e ampliação do repertório de exercícios para expulsar o ódio.

Intensificou as sessões de ginástica na verdadeira academia que mantinha em casa: dilatou o tempo de bicicleta, aumentou o rol de séries de levantamento de peso e triplicou o número de assaltos ao saco de areia com que representava ora o preparador, ora o chefe do Cerro.

Todo o problema é que Rodapé se aproximava cada vez mais de Manuela e Reimoso se tornava lenda viva. Assim, despertavam tamanha aversão que medida terapêutica alguma conseguia impedir Gabriel de passar a noite em claro, imaginando-se e aos inimigos em diferentes roteiros, todos com início amoroso e fim sanguíneo.

Os outros começavam se dando bem, mas acabavam com a cara partida, o braço quebrado, o peito rompido. Se no passado Gabriel ruminava contra multidões, agora se concentrava nos dois, um deles presente por meio dos tiros noturnos, o outro aparecendo com frequência na pracinha.

Gabriel se aproximava, ciscava, clareava cada vez mais o convite para irem a deserto duelar. O preparador puxava conversa com algum vizinho, concentrava-se na paisagem, frequentemente recuava a casa — sempre encontrava meio de se esquivar.

Pai-empata

Rodapé não sabia aonde o imbróglio daria, mas, se não tinha força para se afastar de Manuela, fiava-se no que parecia estacionamento no platonismo, pelo qual não poderiam ser punidos.

Entretanto, havia situações em que o desejo se mostrava incontrolável. Como da vez em que se esbarraram no Centro Cultural Banco do Brasil e, por sugestão dela, acomodaram-se no salão de chá. Sentiram-se em ficção devido à beleza arquitetônica, mas sobretudo a tudo o que evitavam dizer um ao outro.

Em certo momento Manuela foi ao banheiro, de onde voltou em passarela. Não fazia nada de especial, porém o ambiente valorizava suas formas. Rodapé reabriu o cardápio como se checasse novamente as opções, todavia não conseguiu desviar o olhar, tomado pela sensação de ser espectador exclusivo.

Ela sentou e não fez gesto algum para estimular: não expôs coxas, manteve-se encostada à cadeira e comentou sentir-se criança toda vez que pisava ali. Contudo, o olhar se concentrou no acompanhante, a voz titubeou um tantinho, os dedos pareceram levemente trêmulos.

O preparador curtiu cada detalhe. Sentiu-se chegando pelas bordas, sem pressa, como se precisassem de tempo para depurar as imagens mútuas, cristalizadas pela proximidade de vizinhos e nevoadas pelo temor. De repente, o êxtase foi quebrado pela lembrança de Gabriel — cujos tentáculos se mostravam cada vez mais.

Apelando

A terapeuta martelava a necessidade de Gabriel fazer o luto de Clara, blindar-se para os efeitos devastadores da paixão frustrada, enxergar a rejeição como fonte de aprendizagem e possibilidade de crescimento. Mas como, se a síndica se fazia ver toda hora, circulando sem parar pelo condomínio?

Gabriel não ousava se aproximar, mas mesmo de longe rememorava nitidamente aquele corpo rebolativo entregue a movimentos que objetivavam absolutizar o encaixe e o contato. Que nível de comunicação! Mudos e alheios ao mundo, diziam-se tanto um ao outro! Como podia ela ter esquecido tal vivência? Quanto a ele, sentia-se agrilhoado à lembrança, que aflorava despoticamente a cada dia, para só ser eliminada mediante três ou quatro ejaculações. Era de enlouquecer.

O receio de pirar se mostrava ainda mais aterrador ao acordar de sonho protagonizado por ela, cuja reminiscência, ao se impor ao inconsciente dele, revelava-se incontrolável. E pouco importava o enredo construído pela mente durante o sono, já que os desfechos infelizes reforçavam a certeza de não haver possibilidade de retorno e os desenlaces venturosos contrastavam dolorosamente com a realidade.

Estimulado pela psicóloga, Gabriel tentou esquecer Clara entregando-se a outras, que começou a caçar por meio de pragmática prospecção. Voltou ao trabalho, porém menos para assumir suas verdadeiras funções do que para fazer um exaustivo levantamento das funcionárias solteiras ou adúlteras.

Passou a abordá-las escancaradamente, por meio de e-mails, telefonemas, aparições no cafezinho dos diferentes andares e acercamentos à saída. Dado ao raciocínio matemático, acreditava que o número de conquistas seria diretamente proporcional à quantidade de cantadas.

Entre as moedas de troca, destacava primeiramente o físico. Vestido em camisetas justas e calças jeans apertadas, expunha-se musculoso e brônzeo. Sempre que podia, apoiava o cotovelo ou cruzava os braços, para destacar o muque. Vez por outra, passava a mão esquerda na cabeça, de modo a oferecer à vista o rijo conjunto que ia do ombro aos dedos, ao longo do qual reluziam a pulseira, o relógio e o anel.

À primeira troca de palavras, encontrava maneira de mencionar o carrão, que descrevia em minúcias, para enaltecer o desempenho em incursões por bucólicas estradas de terra, pelas quais se afastava o máximo possível da agitação doentia da metrópole. Lembrava também que, na cidade, o Hummer combinava ligeireza e conforto, segurança e privacidade. Era, a um só tempo, transporte e majestade.

As mulheres muito carentes interessadas em passear de possante ou dadas a tipos parrudos até se animavam. Acontece que bastava a conversa sair do preâmbulo para desandar, arruinada pela pobreza temática e vocabular, assim como pela ânsia com que Gabriel conduzia a abordagem no sentido do sexo. Em pouco tempo, todas as colegas com alguma disponibilidade haviam sido sondadas, sem que nenhuma tivesse dito sim.

Gabriel se lamuriou ao ouvido da terapeuta, que sugeriu campos igualmente propícios à paquera, como bar e praia. Todavia, o mal-amado odiava vida noturna e, se evitava Ipanema, nem por isso guardava fidelidade em relação a outro ponto da orla, portanto não integrava qualquer círculo de relações amistosas.

A solução foi apelar para garotas de programa, que reduziam parte do estresse, principalmente quando se permitiam ser levemente surradas. Entretanto, Gabriel só atingia ereção suficiente para penetrá-las se pensava em Clara. Além disso, o michê atestava sua incompetência no amor, área em que tinha impressão de ver os inimigos fazerem cada vez mais sucesso.

A recorrência às prostitutas acabou se transformando em novo motivo de rancor e só perdeu importância no momento em que Nicole apareceu. Gabriel intuiu que algo forte aconteceria assim que a teve dentro do carro, pois as palavras pareceram compor uma faixa de comunicação meramente convencional, sob a qual experimentavam uma atração tão surpreendente quanto inexplicável.

O brasileiro percebeu nos olhos da francesa uma ambivalência auspiciosa. Ao fazerem foco, luziam como se tivessem achado o que sequer sabiam que procuravam. Mirados, perdiam a concentração, mas não por se sentirem invadidos, e sim transportados a outras paragens, como se indefinição sugerisse pequena morte.

A antecipação do desfrute ganhou o reforço da análise do corpo da carona, torneado de uma maneira que não dava margem a sobra. Socada numa estrutura firme, a carne fazia pensar em aperto — o que levou Gabriel a se esforçar para não agarrá-la de prima.

No motel, a impressão inicial foi superada para cima, uma vez que Nicole se fez gueixa que excitava como se preparasse o próprio estupro. Ao tê-la entre suas potentes presas e senti-la por dentro como se inaugurasse caminho, Gabriel pensou que nenhuma desilusão perdura para sempre, não há mulher insubstituível e, naquele momento, morreria apaziguado.

A sessão terapêutica seguinte foi uma festa. Mesmo o câncer, que Gabriel — hipocondríaco como todo mundo — transformara em ameaça iminente, reduzia-se a nada, já que suas supostas causas se esvairiam com os intercursos. Que abraço o feliz paciente deu na psicóloga!

Acontece que boa parte da euforia resultava do contraste entre o recém-vivido e o desamparo imediatamente anterior ao encontro com Nicole. Para manter seu efeito, somente colando na francesa, que, impregnada cada vez mais de Camarão, viu Gabriel como experiência fortuita, esquisitamente aprazível, porém sem razão para ter continuidade.

Depois de receber várias negativas, Gabriel passou a apelar: ameaçava-a de tudo para irem regularmente a motel, onde se mostrava cada vez mais rude. Na imaginação, porém, voltava a se avassalar à figura de Clara, que nunca precisara ser coagida para se dar completamente. Como explicar que não quisesse sequer vê-lo? Mas que porra!

A única vantagem que Gabriel via em dividir Nicole com Camarão era inaugurar nova fonte de tensão, o que aumentava as chances de se meter em violência. Se Rodapé era alvo no Equitativa e Reimoso era ameaça no Cerro, o chefe topetudo era o melhor adversário que podia ter nos Prazeres.

Dos três, o que mais incomodava era o preparador, que morava ao lado e se aproximava cada vez mais de Manuela. Gabriel não blefava ao espalhar que o despacharia para o além caso algo acontecesse entre ambos.

Novos fantasmas

Em seu esforço para conter Manuela, Rodapé dizia ter lido sobre uma descoberta desconcertante feita pelos estudiosos: o ser humano sentia cada vez mais prazer em assassinar. No Rio, em especial, registravam-se tantos homicídios ao dia que o encaminhamento para o cemitério se massificara a ponto de ninguém sequer parar, por exemplo, diante de cadáveres jogados nas ruas — quando o normal seria o passante aproveitar que a morte talvez ainda rondasse para tentar entender a razão de haver um fim.

O preparador desenvolvera até a ideia de que cada época e lugar produzem alguns fantasmas que ficam planando sobre as cabeças. São espécies de personagens prontos para ser interpretados. Uma vez tomada por um deles, a pessoa perde a personalidade, vira outro ser e, ao se recuperar da crise, nem recorda o que fez.

Por fim, a explosividade vivida na cidade levava muita gente a se acreditar de natureza selvagem, portanto só realizável mediante adoção de práticas violentas.

Era o caso de Gabriel, cujo cérebro talvez não fosse dos mais dados a sinapses justamente por ser encharcado de sangue.

— Ai de mim se tocar em você!... — Rodapé murmurava a Manuela, francamente amedrontado.

Alta baudelairiana

Gabriel concluiu que definitivamente não podia refrear o ímpeto de provocar dano. Estava acostumado a punir quem o atrapalhava, mas com muito menos intensidade do que ditava o primitivismo que sempre o habitara. Era justamente o empenho em se conter que cansava, esvaziava, resultava em clichê — e agora tornava palpável o risco de câncer.

Na sessão seguinte da terapia, perdeu a cabeça diante da falta de progresso e confessou que, entre os rompantes que lutava para conter nas últimas semanas, destacava-se a vontade de embolachar a psicóloga. A mulher sentiu o perigo e, para transigir com elegância, apelou para as áreas contíguas da filosofia, da ética e da estética.

Começou dizendo que séculos atrás o ser humano se percebeu dotado de subjetividade, na qual imaginou residir apenas o bem; mas logo se deu conta do veneno que também a habita. Ao menos entre os artistas, viu-se o realce da ruindade como meio de libertar a beleza das amarras da bondade. Tanto assim que o poeta francês Baudelaire escreveu *Flores do mal*, prova de que se pode criar a partir de matéria-prima negativa.

Era tudo que Gabriel precisava ouvir: se não conseguira virar gente pelo caminho positivo, assumiria de vez sua própria substância. Só que não mais em psicodramas, e sim na realidade. Ficou tão entusiasmado com a alta que beijou a terapeuta.

Proposta de parceria

A primeira medida de Gabriel foi investir contra Rodapé, na famosa perseguição, de facão em punho, nas proximidades do Carro de Boi. O que ninguém soube é que também procurou Reimoso.

Sim, pagou regiamente para que um taxista de confiança fosse ao Cerro entregar um bilhete impresso. O chefe se surpreendeu, desconfiou, mas acabou se deixando levar pela lisonja de receber proposta e telefonou para o celular indicado.

Gabriel o atendeu completamente mudado. Em lugar do desprezo que sempre demonstrara, foi todo cortesia e confidência, soltou sorrisos e até gargalhadas nervosas. Disse da disposição de adquirir cotas da boca, pelas quais estava disposto a pagar algumas dezenas de milhares de reais que vinha guardando de economia.

— Como alguém que mudou da noite pro dia, sei que entende minha reviravolta. — Gabriel se fez semelhante. — É que preciso colocar pra fora a raiva, o ressentimento, toda essa porra que trago de berço! Se não fizer isso, vou ter câncer! É! A psicóloga disse! Na violência, posso encurtar a vida, mas pelo menos passarei o resto dos dias saudável!

Um dos aspectos positivos da sociedade é que facilitaria a pacificação com o Equitativa. Os condôminos que não gostavam de Reimoso haviam silenciado ao sabê-lo no tráfico, muitos viviam apreensivos, ninguém queria enfrentamento aberto; mas todos rezavam, torciam, conspiravam. Nas conversas patoteiras da pracinha, o chefe do Cerro era objeto de praga abafada. Nos encontros com a polícia, evitava-se dizer nome, mas se conduzia a conversa de modo a indicá-lo, sem se comprometer, como necessária bola da vez.

— Como sou influente no condomínio, posso mudar sua imagem sem que ninguém perceba! — Gabriel se mostrava todo obsequioso.

Reimoso não disse nada, mas realmente sabia da possibilidade de se operarem transformações radicais. Não usara foice de cortar cana para degolar homem estudado? Depois não trocara a jeguice pela polidez e, com igual desenvoltura, virara definitivamente sanguissedento?

Convencera-se de que todo ser humano tem várias caras, todas voltadas para dentro. Basta virar para fora a que convém na ocasião, que ela logo parece única. Gabriel não precisaria fazer qualquer esforço nesse sentido, pois era evidente sua inclinação para o crime. De tal modo que a história do câncer parecia mentira ou maluquice, mas era bem provável que o atormentado adoecesse caso não ingressasse nas fileiras do mal.

Sem falar que Reimoso se deliciava de ver o pai de Manuela querendo ser seu sócio. As vindas dela à boca, qual embaixadora que encanta, já haviam reduzido bastante a animosidade contra Gabriel, que não restava como merecedor de pirraça, e sim de riso: afinal, sempre se portara como genitor enfurecido.

— Com meu dinheiro pra comprar arma, você pode invadir os Prazeres na boa! — Gabriel verbalizou o que interessava. — Juntos, sim, podemos mandar na área toda!

— Amanhã, te dou uma ligada.

— Pense no assunto com carinho...

— Chau.

Reimoso adorou ser lacônico e usar a segunda pessoa do singular para lidar com o ex-patrão. Ah, se o povo de Boca da Mata o visse naquele momento!

Cogitações de groteiro

Reimoso se isolou no cômodo mais distante do labirinto de túneis e, para entender exatamente o que significava a proposta, traçou paralelo entre o que fora à época do enxotamento e o que era agora, para constatar novamente que crescera em galhardia e ganhara fortaleza. De tal maneira que, vez por outra, ria sozinho de se ter derretido ladeira abaixo. Porém, não admitia sequer referência ao incidente: os desajeitados que deram com a língua desapareceram por encomenda expressa.

Todavia, sua própria intolerância suscitava vontade de apunhalá-lo, traí-lo, maldizê-lo: de pontos inesperados emergia o mesmo relato, cada vez mais distorcido, do desembesto bostal. Se não conseguia controlá-lo, só o reverteria matando quem o alimentava. Como ter paz se não paravam de chegar informações de que Camarão adorava chamá-lo de *merdolento*?

Acabar com a raça dos Prazeres seria o único desdobramento que, ao colar à história, faria de Reimoso o verdadeiro herói. Mesmo que o narrador quisesse denegri-lo, seria obrigado a contar que a borra inicial apenas impulsionara: da condição mais despudoradamente humana, o afugentado substituíra o amarelo pelo vermelho, escalara a mitificação atestando, a cada passo, que a merecia.

O ideal seria usar o dinheiro do futuro sócio para arrasar os Prazeres e, ao final da guerra, constituir família com seu aval. No entanto, já tivera tempo de perceber que, no submundo, parceria é estágio anterior à desavença; em algum momento, Gabriel e ele se desentenderiam. Não temia confronto, mas desconfiava que uma diferença básica o enfraquecia: marginalizara-se por não lhe terem permitido ficar na correção e, mesmo quando o pau comia, sabia ser fiel; já o outro trazia a perfídia no sangue.

Ora, Reimoso estava decidido a se amancebar com Manuela assim que tivesse condições de lhe oferecer o céu, o que aconteceria após a tomada dos Prazeres. Ela não se iniciara com o favelado Juca? Então! Prova de que não dava a mínima para diferença de classes! Claro que casaria com capiau poderoso! Só que Gabriel jamais acataria desclassificado na família e, participando dos negócios, teria mais chances de descobrir tal desígnio e reagir.

E se Reimoso o matasse assim que colocasse a mão na grana, inventasse pistas que afastassem de si qualquer suspeita e desfrutasse de Manuela como se pranteasse morte de sogro? Só não convinha dar negativa, que empurraria Gabriel no sentido dos Prazeres.

De especulação em especulação, o chefe chegou à lembrança de que a cada um é dado um tanto de façanha, cuja extrapolação pode levar ao fim: já bastava ter o chefe topetudo como inimigo. Pois bem: acolheria Gabriel e deixaria para pensar em Manuela depois da travessia.

Dividiu tal pensamento com Zilda, a quem rogou que fingisse acato a supostos pedidos de desculpa do ex-patrão. Recomendou ainda que agisse como mãe autoritária, anulando a vontade de vindita dos filhos.

— Prometo que, depois de acabar com os Prazeres, a gente finda o sogrão.

Fechado

Ao maquinar mortes Reimoso ficava mal, dado que era a pisar descalço a terra, cultivar a vegetação, admirar o mar e gostar da vida. Tanto que a metamorfose que realmente havia desejado visava ampliar sua função de propiciador de afeto, atividade que continuava mantendo, porém misturada com o exercício da violência.

Às vezes, chegava a chorar. Entretanto, acabava subtraído de tais cismas por um chamado de assessor, ora para dar ordem, ora para atender pedido da comunidade. Cobravam-lhe o desempenho do papel complementar de carrasco e provedor, sem o qual se acreditava que a engrenagem pioraria. Uma, duas, três respiradas profundas eram necessárias à recolocação da máscara — que parecia cada vez mais com rosto.

Reimoso concluía que a condição de marginal tornava pretensioso qualquer sentimento de culpa. Seus passos continuavam ditados pelo destino, que transformava assassinato em legítima defesa. O complicado fora criar a primeira casca; como já mudara de caipira para civilizado e de perobão para conquistador, sabia assumir-se plenamente como bandido, por conseguinte guiado por interesses particulares, pelos quais tramava e, se preciso, matava, sim.

— Bom dia, sócio! — anunciou por telefone a batida do martelo.

A fachada do facínora

Gabriel se trancou no quarto de ginástica, ligou a tevê a boa altura e ficou exclamando regozijos. Imaginou uma série de providências a serem tomadas, a começar pela manutenção da crença, entre os vizinhos, de que continuava fazendo terapia, muitas vezes durante workshops de final de semana inteiro; daí os sumiços que, na verdade, se deveriam à participação nos preparativos da guerra.

No início daquela mesma noite, chegou à pracinha com manifestações amplificadas: imprimiu ainda mais veemência aos impropérios contra Reimoso e disse, com todas as palavras, que o alagoano bem merecia a ira camarônica. Os ouvintes tentaram contê-lo, mas nada conseguiram, pois ele precisava se mostrar atacado o bastante para justificar outra medida importantíssima: colocar o apartamento imediatamente à venda, para sumir do condomínio. Não convinha alegar cagaço, pois todos conheciam sua disposição para briga; mas raiva e repugnância formavam boa desculpa.

A desvalorização patrimonial provocada pela fuzilaria entre os bandos lhe possibilitou soltar ainda mais esbregues contra o nordestino. No fundo, não estava dando a mínima para a perda momentânea, certo de que o tráfico lhe renderia bastante e ansioso para inaugurar vida nova.

Derramamento desastroso

Em noite tão escura quanto esta, Gabriel tomou o mesmo táxi até o Cerro e aproveitou que não havia ninguém na estrada para descer até a cascata formada pelo Rio Carioca, onde foi encapuzado por dois homens.

No início dos túneis, pôde tirar o capelo e teve a primeira visão do labirinto, pelo qual sempre experimentara fascínio e que desde então pôde explorar à vontade. Toda vez que aparecia para se reunir com o comparsa, fazia questão de circular pelo subterrâneo. Familiarizou-se com o traçado da galeria e mesmo com os detalhes de diferenciação dos corredores, embaralhados para a eventualidade de combate e conhecidos apenas dos homens mais próximos do chefe.

Em suas andanças de toupeira, Gabriel só recuava ao ver luzinha laranja, indicativa de que, por ali, chegava-se a alguma das mulheres, cujas acomodações se situavam no nível dos demais casebres, com os quais se confundiam. Surpreendia-se que a atividade sexual não enfraquecesse o sócio.

Quanto a si, tirava cada vez mais elã da abstinência, que lhe possibilitava concentrar toda a energia no ódio. Ao ver Nicole se mudar para o morro e escapar à sua pressão, decidiu só voltar à fornica depois da vitória, quando teria consumado seu processo de transformação e, quem sabe, se descobrisse até capaz de currar Clara. A realidade local não comprovava que as naturezas humanas podem mudar?

A possibilidade se mostrava ainda mais concreta em seu caso, que não tentava criar faceta que lhe permitisse sobreviver, e sim fazer emergir o próprio cerne, abafado ao longo de quarenta e quatro anos de existência. Era próximo de seu verdadeiro eu que se sentia cada vez que se entregava à tematização do ataque. Queimava ao colocar em palavras sua antevisão do desbaratamento dos Prazeres, que descrevia como sequência de cocurutos arrancados e corpos a se precipitarem brenha abaixo. Nunca participara de tiroteio, mas a falta de prática conferia ainda mais autenticidade às palavras, devidas exclusivamente à violência inata.

Quanto a Reimoso, via a nova sociedade como verdadeiro desagravo. O maior pústula que conhecera derramava-se agora em contentamento, por se enfurnar regularmente num buraco onde bem poderia ser morto sem que ninguém descobrisse. O chefe estava deslumbrado com a proximidade respeitosa daquele que, entre seus muitos patrões, mais abusara do poder. Também batia palmas para as facilidades propiciadas pela injeção de capital, que lhe possibilitara, entre outras coisas, mandar vir uma numerosa cabroeira de conterrâneos.

Gabriel queria mostrar o máximo de adesão: certa feita em que recebeu uma quantidade especial de elogios, abraçou o parceiro. Reimoso foi pego desprevenido pelo aconchego, que recebeu como prova da possibilidade de ter Manuela com a bênção do pai. Emocionado, acabou soltando:

— Parente tem que se entendê...

Gabriel o estreitou ainda mais, mas para manter o rosto voltado para o outro lado enquanto se refazia do choque da confissão: decididamente não permitiria que o sem-limite tocasse na filha. Se a entrada no negócio já incluía plano de matá-lo, convinha apressar sua execução.

Visionário

Gabriel chegou a pensar em aproveitar uma daquelas sessões noturnas para apagar Reimoso e, assim, inaugurar a nova fase da biografia com homicídio expressivo. Entretanto, além do risco de também ser assassinado, sabia da complementaridade momentânea de suas respectivas funções: se o alagoano morresse, ele também perderia.

Sem falar que a assunção do mal mudara a relação de Gabriel com o próprio interior. Em vez de tentar ver luz, fixava-se desinteressada e tranquilamente no negrume: passava longos momentos com os olhos fechados, entregue a uma treva tão espessa que acolchoava o espírito. E imensa foi a alegria de perceber que do escuro absoluto começavam a brotar artimanhas, astúcias e estratagemas — em número tal que precisava submeter a rigorosa seleção.

Em ocasião especialmente inspirada, teve a ideia de inflar ainda mais Reimoso, ao sugerir que previssem o dia seguinte à tomada dos Prazeres. Já que teriam o Rio geograficamente aos pés, por que não mandar de vez na cidade? Precisariam apenas dominar algumas autoridades. Usariam de arreglo — como já faziam com policiais e vereadores —, mas controlariam principalmente pelo temor, pois todo mandachuva se mostra vulnerável em algum instante do dia.

Gabriel fez Reimoso imaginar o pançudo prefeito descansando na casa de campo em Itaipava e, irritado com a falta de privacidade decorrente da presença dos seguranças, pedindo para fazer sozinho a caminhada pós-almoço; na vereda, encontraria mensageiro com recadinho de arrepiar. Ou o beberrão do governador emborcando madrugada adentro e, ao atingir um certo grau etílico, recebendo torpedo daqueles pelo celular.

— Vamos plantar medo e ampliar poder! Se preciso, a gente metralha a vidraça da prefeitura e bombardeia o Palácio das Laranjeiras. O Rio inteiro vai ver!

Gabriel estava convencido da possibilidade de se vingar de todos os munícipes, conhecidos ou não, que lhe enchiam o saco pelo simples fato de ocuparem espaço na urbe. Em vez de cogitar atropelamentos e outros atentados pontuais, manteria toda a população em sobressalto.

Elogiava a engenhosidade dos túneis, mas lembrava ao sócio que, a partir do morro, o horizonte se abre de tal maneira que eles só podiam pensar maior. Por que não construir nos Prazeres um campo de pouso para um jatinho que os levasse longe? Não era esse o transporte dos grandes mafiosos? O que os impediria de atingir tal meta?

Reimoso jamais imaginara que Gabriel enxergasse tanto. Começou a pensar em poupá-lo e, na aba de sua impetuosidade, conhecer os Estados Unidos e sair com atrizes da Globo. Passou a receber suas frases como consistentes, embasadas e cheias de sentido. A argumentação ganhava ainda mais amplitude por ser proferida a partir duma altura que o nordestino sempre desejara para si; como gostaria de ter aqueles quase dois metros!

— Mas nada disso se concretizará se a gente não acabar com Camarão — Gabriel lembrou, propondo-se a aproximar-se dos Prazeres para descobrir pontos fracos.

Reimoso resistiu bastante, porém, impressionado com o fato de o sócio se revelar um verdadeiro Bond, viu-se prestes a acompanhar filme de suspense e acabou cedendo.

Traíra total

Gabriel passou a tratar bem os funcionários do Equitativa que moravam nos Prazeres. Evitou Juca — que lhe parecia ladino e jamais lhe daria trela —, no entanto se propôs a agraciar os demais com carne, carvão e cerveja. Alguns empregados desconfiaram, mas acabaram acreditando que assistiam a mais uma transformação radical. Vai ver que o condômino queria compensar a velha repulsa por pobre.

Gabriel subia a ladeira fingindo-se humilde, olhando para o chão como se não quisesse enxergar mais do que lhe era permitido. Na verdade, não precisava xeretar, pois as conversas eram recheadas de comentários, frequentemente abismados, sobre as providências para defender o morro.

Ao sócio, transmitia as descobertas de modo sistematizado, muitas vezes apontando um mapa que encomendara para programarem as operações. Ouvia com fingida atenção os alertas para que abreviasse a pesquisa, pois cedo ou tarde Camarão o abordaria. Persuasivo, sempre ganhava mais tempo.

Durante esse período de frequentação dos três cenários nos quais se desenrolaria a guerra, acreditou-se mais realizado que condômino, tira ou traficante. Sentia-se desempenhando sua altíssima missão na Terra — e ficou muito excitado quando, em certa subida, o próprio Camarão o interpelou:

— Qual é a sua?...

— A minha? — Gabriel repetiu como se procurasse reforçar a certeza de que ouvira direito. — Só não tendo nada na cabeça pra não perceber!

— O quê?... — Chefe e companhia engatilharam.

— Escuta aqui, ó! — Gabriel encarou. — A gente conversa, ou prefere dar murro em ponta?

Foram para o fundo da boca, onde Gabriel pediu diálogo sem testemunhas, durante o qual enfatizou que a guerra era entre locais e forasteiro; então que os primeiros se juntassem e acabassem de vez com o adversário. Como agente duplo, poderia manter Camarão informado sobre o Cerro e ajudar a preparar um contragolpe, com o apoio inconsciente do condomínio. Em troca, queria garantias de que continuaria tendo direito a metade do faturamento lá de baixo.

Camarão não se permitia temer nada, contudo não conseguia compreender os pesadelos e pressentimentos que o assaltavam nos últimos tempos. Estava tão apreensivo quanto ao confronto que resistia à pressão dos superiores para inverter o jogo e tomar de assalto o Cerro, de modo a impor uma derrota importantíssima à outra facção, que, na verdade, usava Reimoso como bucha de canhão de um plano de monopolizar a área. Quem sabe ganhasse ânimo novo caso fizesse acordo com o trepidante que acabava de cair de paraquedas no ramo?

Orientou-se junto aos altos escalões, que, na ansiedade em que se encontravam, não hesitaram em dar carta branca. Tiveram o cuidado apenas de consultar Carmo, que, como reunia informações sobre Gabriel desde que passara a investigar a vida de Clara, comprovou a ligação do condômino com Reimoso e disse que, com tal índole e tamanho envolvimento, o pai de Manuela realmente não tinha mais como retroceder. Os conselheiros foram unânimes em dizer da necessidade de sigilo absoluto quanto ao gilete, cuja atuação poderia determinar o resultado do conflito.

Último surto

Gabriel percebeu a precipitação dos acontecimentos e, certo da importância de se mudar antes do rio de sangue, incrementou a cata de novo endereço. Contudo, só o encontrou a poucos dias da travessia, quando os arranjos consumiam todo o tempo.

Sabendo que o pau comeria hoje, propôs-se a patrocinar para a filha uma estada, desde a quinta até o domingo da Semana Santa, numa das melhores pousadas de Búzios, com diária completa. Todavia, Manuela queria partir do

Equitativa o mais rapidamente possível, para voltar sozinha o quanto antes: resolveu dedicar o período de descanso a preparo de parte da mudança, a ser concluída durante a semana, com a ajuda do pai e da faxineira.

Gabriel compreendeu que ela quisesse ficar sozinha, para se despedir da vista, da gente, do lugar onde crescera. Como era benquista no Cerro e nos Prazeres, não correria perigo. E sua permanência em casa passaria por prova de que ele não sabia de nada.

O ciumento já não se incomodava tanto com o abalado e sumido Rodapé; mas sabia que Juca era citado na pracinha como futuro comedor de Clara. Chegou a pedir que Reimoso providenciasse a morte do porteiro, porém ouviu da frequência com que sangue inocente sela sorte de malfeitor. Teve dificuldade de engolir a negativa ao pedido, mas se conteve ao pensar na grande ribombância prevista, durante a qual acertaria boa parte das contas e daria passo decisivo no sentido de erradicar o restante dos desafetos.

Esse pensamento o deixava hipersensibilizado, ansioso como nunca, tomado por arroubos incontroláveis. Ao final da tarde de hoje, por exemplo, viu-se em surto de repentina esperança. Telefonou para Clara, mas não para prevenir do perigo, e sim para dizer que, em companhia do único amor de sua vida, dispunha-se a largar tudo e correr mundo. Ao receber mais um não, sentiu uma grande dor no peito, que tomou como sinal de que não voltariam a se ver.

Impaciente para matar

Gabriel partiu queimando pneus, mas não para workshop: trocou de automóvel em Niterói, retornou ao

Rio, subiu até o Mirante Dona Marta e passou a acompanhar o conflito por meio de dois radiocomunicadores, diferenciados pelas cores verde e azul.

Com o primeiro atendia Reimoso, com quem combinara ficar fora da bulha, mas nas proximidades, para tomar medidas emergenciais que se mostrassem necessárias. Usava o segundo para repassar os informes a Camarão. Com que prazer acariciava o verdadeiro arsenal que trouxera consigo!

Capítulo 9

Sequela em ação

Juca continua no almoxarifado, acompanhando a travessia apenas pelo barulho das equipes, que correm, berram e atiram na direção dos Prazeres. O verdor dos invasores facilita a defesa de Camarão, exímio plantador de armadilhas: quantos tocaieiros terá distribuído pelos barracos? Só que a pouca idade dos pelejadores de ambos os lados resultará na morte de favelados que não têm nada a ver com o bafafá; o porteiro teme pelos conhecidos, mas sobretudo por si.

Evita se mexer e, se pudesse, sequer respiraria. Limpa e recoloca os óculos. Mantém os olhos abertos, contudo nada enxerga: trevas tão totais quanto seu interior. Passa as mãos no peito, expulsando o suor por querer banir a angústia. Solta a cabeça sobre o espaldar e, com o rosto voltado para o alto, empurra o pensamento até Marte, com seus robôs e sondas da louca humanidade, que busca vida lá, enquanto se autoaniquila aqui.

O pior é que o ato de denunciar se esvaziou. Em momentos de forte abalo coletivo, o sujeito ainda pode escalar muro, dizer duas ou três supostas verdades e mobilizar uns poucos indignados. Entretanto, o desfecho quase sempre é falho e baldo, logo esquecido. Se o incendiário fala novamente em revolta, passa por chato, interesseiro, pretensioso.

Juca conhece bem desgaste de discurso. Na própria inauguração da creche, tentou usar a conquista como ponto de partida de conversa em círculos concêntricos até política no sentido amplo; mas percebeu enfado se instalando no auditório e habilmente reduziu o assunto a detalhes práticos. Horas depois, desancava a comunidade aos ouvidos de Rodapé.

O preparador ouvia com atenção o conhecido desabafo, no entanto evitava sugerir abandono da causa, pois sabia que, sem luta, o amigo se apequenaria. Agora, a única ajuda concreta que dava era pentear textos, em sessões pontuadas por baforeio e machismo: alternava retoques com tapas profundos e comentários torpes sobre a última com quem saíra.

Juca acabava rindo e debulhando suas próprias histórias. Os dois passavam em revista as condôminas, para apontar lascívia em todas. Até Clara e Manuela eram descritas como ninfos. Nessa linha de raciocínio, o encaminhamento do quarteto para a alternância seria obra das duas, que não respeitariam sequer laços familiares.

Tendo descoberto que partilhavam a função de preparador, Juca e Rodapé enumeravam as que haviam iniciado ou aprimorado. Chegavam a relembrar as vezes em que emprestaram a cama para jovens conhecidos desvirginarem, certos de que em algum momento a nova mulher sentiria necessidade de trocar o primeiro por outro mais experiente.

Porém, havia um momento em que o riso desbragado amarelava, pois, por mais cínicos que se pretendessem nessas horas, os dois sofrem muito por não conseguirem discernir fronteira entre liberdade e solidão. Sabem que a impudicícia decididamente não satisfaz, ainda que ajude a colocar em suspenso as cobranças éticas que as pessoas passaram a se fazer ao perceberem Deus morto e, diante da falta de luz celestial, verem-se obrigadas a responder sozinhas pelo próprio comportamento. Até um certo ponto do século XX a humanidade ainda tentou realizar o paraíso na Terra, mas, cronicamente pequena, abortou as revoluções — que só sobrevivem envoltas em roupagem fanática.

Acontece que, para mentes laicas e licenciosas, mudança alguma justifica reedição de dogma ou retomada da sisudez. Mesmo sem resultar de escolha, Juca prefere o destrambelho, que ao menos possibilita ao espírito refazer o retorno desse voo até o planeta verde como se dotado de câmera que deixa cada vez mais nítida a Terra, então o Brasil, finalmente o Rio, cujos picos têm um morro tomado pelo medo que também sabe ser mato propício ao prazer.

O porteiro recria, como lhe convém, a ida com a síndica ao campinho. Imagina-a dizendo que somente ele a entende, que sem ele já não vive, que o quer, quer, quer. Começa a acariciá-lo, puxa-o, crava-lhe unhas. Abraçam-se, beijam-se, rolam sobre a relva, top, top, top.

O desequilíbrio da pequena estampa

Juca é devolvido ao Equitativa por chutes na porta e exigência, feita por voz ainda em transição, para ver a síndica. Surpreende-se que os groteiros acompanhem seus movimentos e, sobretudo, que ousem mexer com classe média. Imagina que os policiais deduraram Clara. Camarão falou de ordenanças que fazem grana com o que ouvem e, na corporação, disfarçam-se de miseráveis capachos. E Carmo, que concilia fraqueza e facinorice?

O porteiro abre a porta e leva um susto com o espetáculo feérico que tomou conta da pracinha: fachos lanternais a cruzam em diferentes sentidos, percorrendo galhos de árvores, janelas e quinas. Os groteiros perscrutam agitadamente. Não são tolos de apontar lanterna para os Prazeres, ou seriam localizados quais pirilampos; fora do quadrado constituído pelos blocos de apartamentos, mantêm-se apagados, muitos em silêncio, todos em arremetidas rápidas; na pracinha, porém, alumiam para exercer controle e tocar terror.

Juca logo recebe na cara o clarão de alguém posicionado a apenas alguns centímetros. Usa as mãos para recobrir os olhos, enquanto esbraveja *Porra!* Quando lhe é permitido voltar a ver, discerne um serzinho merecedor de desprezo adulto, puxada de orelha e brado de que se safe; mas apenas se a figurinha e cortejo não lhe apontassem armas.

— Clara faz dança de salão... — Juca alega. — Sai muito...

O raquítico rebate que o porteiro tente outra, pois há muito se sabe do plantão que, por motivos de segurança, a síndica passou a fazer à noite. Inadvertidamente muda tom e tópico para afirmar, quase em confissão, que somente combate lhe dá calor capaz de anular o frio de infeliz que matou a mãe no parto.

— Cê sabe que sou desgraçado de nascença, né?

Juca balança a cabeça afirmativamente, pois ouviu falar de Sequela, apelidado assim por ser sobra inesperada de aborto provocado pelo trabalho pesado e, no tráfico, agir como se não batesse bem. O pequeno alagoano vive repetindo a história da própria vinda à luz, muitas vezes com minúcias sobre seu resgate, do corpo agonizante da mãe, em pleno canavial.

— Quem mata pra nascer pode gostar da vida? Diga!

— Não...

Feliz por concordarem, Sequela abre abruptamente um largo sorriso. Também estica a mão. Juca acata o cumprimento, mas não o vê como amistoso, pois conhece a fama do visitante, trazido de Boca da Mata pelo tio, Reimoso, que, objeto de rumores de que abreviava infância, aventou que traficante precisa apenas ter força para apertar gatilho — em medievalismo revelador de sua transformação.

Sequela mantém a mão de Juca sob aperto, que seria nobre se não tencionasse demonstrar varonia. O porteiro contém ainda mais as próprias expressões, para não deixar escapar repulsa: entre ambos há instrumento de morte, ódio alimentado pelo pertencimento a galeras rivais e vínculo a comandos inimigos.

Camarão herdou o quiproquó com Reimoso qual felino diante de rato combalido. A ilusão de imbatível decorre de prepotência inata, do fato de ser do lugar há três gerações e do próprio posicionamento: um ponto de vista tão alto que apequena os adversários, penalizados pela força de gravidade, que exige esforço em simples escaladas, quanto mais com armas às costas. Se ousassem subir, os groteiros rolariam de volta e atravessariam o Equitativa, em devolução defunta.

Só que Reimoso e financiadores levaram a desvantagem em conta, adquiriram equipamento leve e apostaram em recrutamento. Foram intensificando pirotecnias e espalhando que contavam com destacamento capaz de destroçar rapidamente o inimigo. De fato, nesta noite impressionam: imensa é a quantidade de rapazes que já se encontram no morro e de pelotões que não param de aparecer. A julgar pela superioridade numérica, é certa a derrota dos Prazeres.

Sem alternativa

Juca segue à frente de Sequela e sequazes sem nada falar, entregue ao pensamento de que, se sobreviver, abandonará a profissão. Gosta de o trabalho ser muito mais leve que faxina e dar tempo de ler, comentar conteúdos, compreender melhor a realidade; sentado na portaria ou na pracinha, precisa apenas concentrar-se no ponto de interseção entre o Equitativa e o resto, no qual se incluem os Prazeres; pago para atentar, desloca os olhos por variados pontos, como se zelasse pelo patrimônio, mas na verdade reflete sobre possibilidades de aproximação, projetos para a comunidade, articulações amorosas; em situações como esta, entretanto, ferra-se.

Imagina os condôminos protegidos por cortina e escuridão, eletrizados pela cena. Certamente suam frio e palpitam; mas se acreditam menos correndo perigo do que assistindo a filme de suspense, afinal este tipo de violência nunca os atingiu.

Juca se pergunta se não deve aproveitar a luz apagada, todo mundo escondido e a companhia de Sequela para ir até o Cerro repetir a Reimoso que não aprovou sua demissão do Equitativa e sente muito pelo seu destino. Com a facilidade verbal que o faz líder, explicaria que ele e a associação não se envolvem, condenam ou atrapalham o tráfico, portanto merecem ser poupados.

Lembraria os antigos adjutórios no morro, para levantar alvenaria ou substituir taipa. Reimoso emprestava suas habilidades com entusiasmo e também sonhava com teto para encontros comunitários, tão propícios a paquera. Agora há espaço amplo e coberto, o que facilita a realização de iniciativas. Por que não começar por um evento de integração das duas favelas, para traçar futuro?

Porque um grito agressivo de Sequela — berro sem alvo, puramente belicoso, repetido pelos assessores — reforça a certeza de que a sorte está sendo decidida por mentes detonadas. Reimoso talvez controle a associação do Cerro justamente para manter no escuro a entidade. Afinal, passou a armar guerra com o mesmo ardor com que amava a paz.

Juca acha melhor reconsiderar a aproximação com o Reimoso atual, apartado do pacífico do passado por um rosário de mortes: o Cerro atrai menos do que os Prazeres, mas é igualmente destino de estranhos que se apresentam como trabalhadores, pedem permissão para abarracar e, ao conhecerem bem o pedaço, recebem intrusos, ensaiam tomada — acabam fuzilados.

Reimoso deve ver a antiga vida como perda de tempo, pois uma jornada de trabalho braçal rende menos que papelote ou peso. O valor da droga é dividido com os demais elos da cadeia que leva ao produtor, porém ainda assim força comparação capaz de conferir sentido ao rompimento com a laboriosa experiência comum.

Mesmo que não seja nada disso e Reimoso guarde algo de cordeiro, arrisca-se a morrer a qualquer hora, pois Camarão é vazio de humanidade por ser cheio de ardis. Pode ter plantado subordinados no meio das árvores próximas ao Cerro, com o objetivo de aproveitar a confusão para atingir o estado-maior, constituído exclusivamente de alagoanos.

A notícia da limagem de Reimoso correria rapidamente e provocaria fuga ou rendição. Camarão saudaria o sol com uivos e rajadas. Sobretudo aguardaria Juca, visto mamando o merdolento, portanto merecedor de decapitação: pior do que inimigo que vem é próximo que vai.

Juca recorda casos registrados em outros locais, de crentes terem ido ao inimigo manifestar imparcialidade e serem recebidos de volta com bala no bucho, por não perceberem que missão de paz equivale a pedido de penico aos rivais e demonstração de desconfiança no poder local.

A desencorajar Juca há também a decisão de Reimoso queimá-lo, caso fracasse. O porteiro sempre teve sua imagem associada a Camarão; se adentrar o campo inimigo, provavelmente será feito refém ou eliminado — para ampliar o medo e estimular a colaboração dos moradores dos Prazeres.

O papelão da PM

Ao se aproximarem do apartamento de Clara, Juca fala em voz alta que, diferentemente do que os groteiros imaginam, a esta hora ela se encontra em baile ou bar. Torce para que a síndica ouça, entenda que está sendo procurada e desapareça. Também se vira para Sequela, como se quisesse explicar melhor. Mas é contrariado com esporro: lábia ofende os ouvidos do pequeno.

Juca teme que Sequela tenha sido encarregado de dar troco pela tentativa, feita por Clara, de estorvar com a PM e de procurar fortalecer os vizinhos do morro promovendo mutirão de limpeza. Eliminar sequestrado em cafundó é café pequeno se comparado com entrada em condomínio para punir. Os traficantes cultivam escabrosidades, mas apenas entre eles; espancamento de síndica daria outra conotação à selvageria. Estaria Reimoso disposto a inaugurar novo patamar de violência?

O pior acontecerá se o chefe do Cerro resolver currar Clara, em realização da promessa que, antes do descalabro a que assiste agora, Juca acreditou bazófia. Presa a uma decisão que ninguém entende, a síndica passou vários meses sem demonstrar interesse por homem e, se nos últimos tempos começou a olhar de vez em quando para o porteiro, parece longe de abrir as pernas; fortíssima de personalidade, resistiria até a morte à violação.

Diante da porta do apartamento, Sequela ordena que Juca toque a campainha e anuncie groteiro prestigioso. O porteiro obedece, todavia não desperta resposta. O traficante considera o silêncio de Clara ofensivo, contrai o rosto como se o cérebro curto-circuitasse e diz que recebeu instruções de agir com paciência, mas que não considera calma uma virtude, pois a vincula à demora no momento de sair do útero da mãe, que, obrigada a fazer esforço suplementar, sucumbiu. Não perderá mais tempo: aponta a arma para a fechadura, no que é seguido pelos comandados.

— Chama a sinha síndica pela última vez! — ordena rispidamente.

— O que vocês querem dela? — Juca ousa perguntar.

— Que pare de telefonar pra polícia, porra! — Sequela explode.

O porteiro vocifera interiormente contra a PM, que não atende os telefonemas, mas bina os números e os fornece aos traficantes. Volta a tocar a campainha e gritar o nome de Clara, que não responde.

Sequela passa à delicadeza para dizer *É, parece que você tá certo*, mas completa a frase com brusquidão, afirmando que não hesitará em atirar, caso a encontre lá dentro. A fatalidade o forçará a queimar qualquer não groteiro que se ache no aposento.

Juca acha excessivo o fecho da sentença; não precisava de tanto para se sentir ameaçado. Pede um segundo, roda a maçaneta e constata que a porta realmente está fechada. Vira-se na tentativa de transmitir um último chamado à razão, mas é cego pela lanterna de Sequela; baixa a vista e percebe que precisa recolher a mão rapidamente, pois os canos já se voltam para a fechadura.

Constrangimento geral

Clara se sente arrasada de recolocar a escada pela qual recebia os amantes e que, depois do fim do triângulo, deixou durante semanas daquele lado, na esperança de Rodapé escalá-la.

O preparador avista o pé da escada e estremece. Pensa em afastar Manuela, mas conclui que é bom mesmo serem vistos juntos, para a ex-amante desencanar de vez; permanece abraçado.

A síndica começa a descer em silêncio, ainda que preferisse barulhar, pois intui flagra, cuja dor receia. Volta-se a se perguntar de onde provém tanto ciúme, que a faz abstrair do verdadeiro perigo e pensar no que está prestes a ver. De fato, a despeito da penumbra, percebe os dois na rede e, entre dentes, lança-lhes praga.

Ao distinguir o vulto de Clara, Manuela pula e se apressa em ajudar; mas não consegue banir o constrangimento. Rodapé recolhe a escada. Os três ficam parados, sem iniciativa, fixando pontos distintos do chão.

Vontade de debandar

A saraivada de balas é tal que a fechadura do apartamento da síndica despenca. Sequela pontapeia a porta, abrindo-a inteiramente. O grupo entra e, em imitação de sétima arte, passa por cozinha, sala, banheiro e primeiro quarto, então se aproxima do último cômodo.

Juca faz um derradeiro apelo, na forma de referência à sua antiga relação com Reimoso. No entanto, apenas reforça o furor de Sequela, que fala do plano do chefe de abater todas as testemunhas de sua expulsão, especialmente o inventor do top, de quem se lembra muito bem; o serviço pode começar ali mesmo.

Juca volta a se perguntar de que vale convívio sem conivência, batalha social sem bufunfa, namoro sem arapuca e trabalho sem pisoteio, se nada disso importa em momentos de exceção. Basta pensar nas ameaças camarônicas, no alerta da dupla que queria Gabriel e na atual careta de Sequela. Não é somente o emprego que largará, caso se salve; romperá a própria raiz e irá ao encontro de Boiô, para esquecer os flagelos e cuidar unicamente de si.

Paralelo doloroso

Um barulho maior no andar de cima faz Manuela puxar Clara e Rodapé até a parede, onde se encostam. A síndica deixa os olhos circularem pelo ambiente, que imagina repleto de marcas das muitas mulheres cujos gritos e gargalhadas passaram a chegar a seu apartamento após o fim definitivo do triângulo, em desregramento revelador de que o ex não sofria nada. Pelo contrário: estendia a função de preparador à cama, onde acolhia moçoilas ainda necessitadas de lapidação. O sossego sepulcral que se instalou de uns meses para cá nem de longe faz esquecer as orgias que o antecederam.

Clara constrói história a partir de cada móvel, a começar pelo mezanino, com seus lençóis sempre amarfanhados, que Rodapé não é de arrumar. Mas até superfícies duras — mesa de jantar, bancada de trabalho, taco — podem ter acolhido corpos.

A ciumenta aproveita a escuridão para analisar de soslaio Manuela, cujo look maloqueira vê como desplante de jovem. Sente raiva de Rodapé, ímpeto de acusá-lo de anão aparvalhado pelas impressões rasas do tempo, a perder os proveitos da idade — porém tenta conter tais pensamentos, que sempre encarou como decadentes.

Balança a cabeça querendo escapar, afastar-se — mas como? De seu apartamento continuam chegando pous e porras a manter receio de Juca ser espancado, além de torcida para que não reaja. O porteiro não é idiota, entretanto pode se mostrar valente por amizade, aperto ou bobeira masculina.

Clara usa as mãos para tapar os ouvidos, na tentativa de alhear-se de Sequela e coadjuvantes. Todavia, continua enquadrando Manuela, que desperta gana de esganar: a exuberância atrai e, por não brotar de frígida, muito menos de feia, estende ao infinito a morenice, em displicência ainda mais humilhante.

Rodapé é outro a ganhar força ao se mostrar alheio. A partir de certo momento do triângulo, Clara tentava retê-lo ameaçando dar-se toda a Gabriel e lembrando o assédio de que era objeto. Tais artifícios não são necessários a Manuela, toda forma, plenamente garota, a deixar de joelhos qualquer homem maduro.

Clara a nota com o ar complacente que passou a lhe manifestar ao se descobrir interessada pelo preparador. Observa-a ensaiar uma maneira de ser sem presunção, mas, ao erguer a cabeça, mostrar-se superior: efeito da idade, naturalmente tesa.

Manuela se percebe comparada e lastima não poder acender um cigarro, para criar cortina de fumaça. Tenta responder, também com os olhos, que é inevitável sentir-se com mais horizonte e merece ser compreendida por quem teve uma juventude ditosa e, venhamos e convenhamos, continua com encantos.

A jovem adoraria furtar-se a paralelos, mas como deixar de pensar que tem pela frente duas longas décadas para escapar à condição de quarentona sem metiê, reduzida ao condomínio e aflita por fecundar? Contrariamente à síndica, planeja mochilar pelo planeta e, de retorno ao Brasil, realizar-se em algum campo e parir sem pressão.

Quanto ao gosto que acabou tomando por Rodapé, não tem culpa de exceder o previsto e, de toda forma, entrou na história para fazer justiça. Além do mais, se Clara realmente é honesta em relação a sentimentos, há de reconhecer que todo mundo tem direito de ir fundo.

Só que a síndica não está em condições de admitir direito ou virtude: experimenta mais ódio pela próxima do que pelas concorrentes distantes, comprovando que é nas relações estreitas que brotam as mágoas mais dolorosas.

Adoraria pinotear, soltar urros, desferir pontapés, qualquer coisa que a livrasse do horror de se perceber sem chance na concorrência com quem um dia vira como filha e sem força diante do que acontece a Juca. Pós-balzaquiana, precisa evitar cotejo com a mocidade; procurada pelos traficantes, não pode sequer cogitar de interceder pelo porteiro.

Quentura, escuridão, medo, furor e inveja forçam atividade, nem que seja mental. Como tentar entender por que se preservou, se escondeu, evitou bonitões e interessantes, vários mais altos que Rodapé, outros com gosto pela paternidade.

Não lembra se a carapaça se formou em segundos ou se forjou aos poucos. Apenas sentiu sua função de salvaguarda, depois seu peso, finalmente sua tendência a afogar em água e sufocar ao fogo. Na presente confluência baixo-astral, torna-se tão insuportável que começa a rebentar.

Como por decreto vem a comoção, desencadeando a necessidade de perdoar o preparador, que se encontra na pior. Em seguida, surgem imagens de final de guerra e assentamento de poeira, para deixar surgir Juca como ser vulcânico, terra e chama, nobilitado pelo denodo com que viveu a invasão e, na bonança da paz restaurada, disposto a consumir senhora exigente no trato, farta no afeto, cobiçosa.

Sim, a síndica começa a vislumbrar liberdade em relação ao preparador por causa do porteiro, que demonstrou respeito e solicitude, enfrentou o diabo por ela e, como por milagre, deixa-se ouvir tecendo comentário irônico, já no corredor.

Logo Juca desponta na pracinha, aliviado por não ter sido necessário amaciar em demasia e certo de que a procurada escapou para a casa de Rodapé.

Novo alvo

Sequela diz não se conformar de não ter encontrado a síndica. Conta gentilmente que Reimoso o escalara para marcar presença, porém sem ameaça, apenas pedido de que ela parasse de procurar a polícia. De repente, vangloria abate sumário, que elastece a coragem, reforça a crosta com que se enfrenta o mundo e enriquece a relação de motivos de gabo. Teria atirado caso a encontrasse lá dentro, pois bom pretexto para matar é manifestação esnobe de quem se procura para diálogo.

Aponta lanterna e cano em diferentes direções, dizendo-se doido para avistar novamente o além, que sombreia o rosto do atingido no momento de passagem a presunto. Percebeu essa presença logo ao primeiro serviço e, desde então, tenta descobrir o ponto de ligação com a esfera a que sua mãe passou a pertencer, de onde se pode compreender a vida — mesmo quando entortada pelo infortúnio, como a sua.

Juca se pergunta se Sequela é mais vítima da maluquice que costuma acometer garotos sem perspectiva ou da loucura desencadeada pelo pó. As palavras aludem ao nascimento, mas as mudanças inesperadas de estado são assimiladas como normais pelos que o acompanham, igualmente acocainados.

Juca gostaria de odiá-los, mas não pode, pois por pouco não se tornou um deles: acha-se sortudo de haver encontrado equilíbrio para assumir o posto de porteiro, que lhe possibilita pagar as contas e lhe dá tempo, inclusive, de buscar formas de manter ocupados os meninos que tendem ao tráfico. Agora, experiente na lida com os fascinados pela margem, sabe que Sequela é muito parecido com Camarão: perdido precoce e suicida assumido, jamais encontrará eixo.

Ensaia entonação que não passe por banha e convida o pequeno perdido a tomar cafezinho. Procura criar campo comum, minado como tudo, é verdade, mas capaz de provar convivência e reduzir animosidade. Sequela se pergunta se o porteiro ficou lelé ou tenta treta; mas pensa no reforço da cafeína e aceita.

Só que, antes de chegarem à portaria, ouvem gritos na ladeira: ordens descem e pavor sobe. Armados falam em atirar e favelados juram ser trabalhadores em retorno tardio a casa, onde esposas, filhos, mães, pais e demais parentes os esperam. Poderiam simplesmente ter recuado, mas o sangue os obrigou a subir, mesmo arriscando a própria pele — pela qual imploram.

Sequela debanda para lá e impõe silêncio atirando para o alto. Ordena que enfileirem os prisioneiros na própria pracinha, contra um dos blocos, em seguida formem pelotão. É atendido imediatamente. Os atiradores escalados para a linha de fogo ficam de joelhos, para melhor mirar. Os alvos rogam que Juca interceda.

Mártir ou medroso?

Clara, Manuela e Rodapé estão deitados no mezanino e observam discretamente pelo vidro da janela que dá para a praça. Sentem-se assistindo a cena corriqueira na história do mundo: assim findaram sonhadores, fascistas, crentes e canalhas. Só que em confrontos políticos ou religiosos, enquanto aqui a tragédia não resulta de luta em prol de causa ou credo, ao contrário, é absolutamente gratuita. Como não oferece foco para onde se destinar a raiva, parece responsabilizar o próprio espectador pelo ocorrido.

Rodapé sente compressão nos miolos, formigamento pelo corpo, falta de ar. Detesta pensar que, depois de muito chafurdar na subjetividade, o ser humano apenas reforçou o próprio individualismo, ao descobrir que na vida de cada um há motivo para qualquer crueldade; até mesmo em biografia de crápula, use fraque, farda ou frangalho. Melhor morrer a viver num tempo sem bandido nem herói — sem ideal.

Desloca o olhar até o envelope, como se deslizasse sobre ponte entre dois paradoxos do conhecimento: da mesma maneira que a familiaridade com a psique reduziu a culpa mas não melhorou o homem, a ciência ganhou o poder de anunciar a morte porém não de evitá-la. Tais pensamentos brotam quais bigornas contra as quais a gelatinosa mente nada pode.

O preparador se comprime, esfrega mãos e murmura monossílabos incompreensíveis. Em outras circunstâncias, tomaria a companhia de Manuela e Clara como motivo para continuar existindo. Agora sente apenas mal-estar de perceber forte tensão entre as duas, acompanhar violência e avistar resultado decisivo sobre a mesa.

Surpreende-se de sonhar com o sumiço também de Manuela, entretanto precisa de solidão completa para abrir o envelope. Antes disso adoraria tirar soneca, pois está exaurido pelo receio da soropositividade, a ciência da guerra e a presença de Clara, que apareceu abalada e pedindo asilo, mas também com caretas inquisidoras.

Rodapé odeia ter expostas suas maiores contradições: não consegue desejar as mulheres de sua própria geração e exibe uma saúde que pode se revelar aparente. A fadiga o leva a fechar os olhos. Todavia, o escuro propiciado pelas pálpebras tem como contrapartida a iluminação do interior, onde as incoerências se superpõem e viram impulso.

— Vou lá! — Ergue-se.

Manuela e Clara estendem os braços e o seguram. Também estão estarrecidas, mas torcem muito mais pelo vizinho do que pelos conhecidos do paredão; deixassem o preparador acudir e se achariam omissas.

— O Sequela te detesta — Manuela lembra.

Rodapé recorda a cara feia que recebia do groteirinho sempre que aparecia no Cerro com Manuela. Sente as mãos das duas mulheres como prenúncio do usufruto que a vida ainda poderá lhe propiciar. Olha de novo para o envelope e pensa que realmente já se encontra em maus lençóis.

— Se você for, eles acabam descobrindo Clara — Manuela reforça.

— Talvez Juca consiga contornar... — Clara cogita, sensibilizada pela preocupação de Manuela quanto à sua pessoa.

Rodapé para, pondera e se percebe diante de uma oportunidade imperdível de romper a vida amebiana e, a despeito da generalização da mesquinhez humana, fazer algo notável, quem sabe entrar para a História.

No fundo, porém, sabe que está mobilizado não pela benevolência e sim pela inevitabilidade; menos pela preocupação em salvar a pele alheia do que pela vontade de receber tiro e escapar a enfrentamentos, sobretudo de resultado. Quer sucumbir repentinamente, em lugar de amargar sobrevida insossa.

Seja como for, jamais se perdoará caso desperdice a chance de tomar atitude: pula para o chão, abre a porta e corre pela pracinha até se colocar entre os atiradores e os alvos.

— Acertem em mim! — grita a toda altura. — Precisam de sangue? Derramem o meu, que não presta! Mas deixem esses inocentes em paz!

— De onde saiu esse? — Sequela faz um gesto de enfado. — Volta pra casa, porra!

— Não! — O preparador abre os braços. — Vão ter que me matar!

— Tá bom... — Sequela se aproxima, condescendente. — Quer que eu te apague, é isso?

— Sim! — Rodapé fecha os olhos, à espera de tiro de misericórdia.

Em vez disso, Sequela o nocauteia e pede que o arrastem para o lado. Os demais groteiros caem na gargalhada.

Aparição providencial

Sequela chama Juca e retribui o convite ao pó preto oferecendo-lhe, em voz amigável, o melhor ponto de vista: a seu lado. Dali assistirão claramente ao vulto feminino descendo sobre cada morto, para lhe recolher a alma. Todavia, o porteiro se incendeia, pois conhece os ameaçados, todos crescidos no alto, alguns frequentadores da associação, família por assim dizer:

— Não, Sequela!

— Juca viado! — um dos groteiros grita, no que é acompanhado por outros.

Sequela alimenta a balbúrdia por um tempo, então metralha o ar e puxa o espetáculo ainda mais para si. Berra que não tolera poltronice, usa a mão esquerda para arrancar os óculos de Juca e, com a direita, cola-lhe cano na testa. O porteiro perde o controle, cresce para cima do franzino, afasta a arma com um safanão e toma de volta os óculos.

Sequela oscila um pouco e, ao recuperar o equilíbrio, levanta um pouco mais a vista para dizer, em voz baixa e áspera, que o porteiro acaba de perder chance de se salvar. Mas talvez seja bom mesmo morrer, para sair do peito das moças e da comunidade. Assim, Reimoso e ele próprio não precisarão enfrentar concorrência. Aponta a arma e vai disparar.

Só que da escuridão brota novo personagem, a pedir tempo em voz feminina. Revela-se Manuela, pergunta se Sequela enlouqueceu e segue sem cerimônia ao seu encontro.

— Você, não! — Sequela reage feito vampiro a que se tenha mostrado cruz.

Partilha de perguntas

Manuela conheceu Sequela sinalizando com pipa, divertindo-se com as estrepolias do papagaio lindo, colorido e sempre novo, que não precisava fazer nem comprar: presente de Reimoso, como o boné, a roupa e o rolex.

Manuela indagava se o vento estava para astronauta e ouvia frases igualmente cifradas, a significarem limpeza ou perigo. Até o dia em que Sequela a chamou para cima da ribanceira, pediu cigarro e puxou conversa. Apontou o vale, o verde, o céu e o oceano, para dizer que a vista da imensidão havia aumentado bastante as perguntas que se fazia sobre a vida. Ah, como gostaria de entendê-la!

Escapara ao canavial, mudara para o Rio, usava tênis novo, comia bem, era respeitado, talvez não devesse reclamar; mas adoraria compreender as mensagens daquela combinação de cores, daquela harmonia de elementos, daquelas marés sem fim. Estava certo de certas substâncias existirem para transmitir mensagens, como a vegetação — tampouco clara a seus olhos.

Manuela se surpreendeu que Sequela se ligasse no descortino de signos com uma profundidade que ela própria, vários anos mais velha e admiradora desde sempre daquela paisagem, nunca tivera. Desde então, parava para uma prosa sem tempo com o garoto, que não tinha leitura para usar noções abrangentes e tranquilizadoras, mas se mostrava dotado de uma intuição que apontava naturalmente para camadas a serem escavadas, ainda que o processo resultasse em dor. Parecia grão de poeira que, justamente por falta de base, perguntava-se sobre razão e rumo.

Em certos momentos, atingia um nível tal de cogitação que ganhava autoridade e usava o olhar concentrado para adentrar Manuela qual visitante com direitos. Ela estremecia levemente e, tomada por um nervosismo próximo do incômodo, dizia que a conversa estava demasiado séria — então riam como se tudo fosse brincadeira.

Nessas ocasiões, pensava em raptá-lo para oferecer colégio e vadiação. Chegou a comentar o projeto com outros maconheiros do Equitativa, que a desencorajaram com conversa de quem teme ou se lixa. Mas restou uma certa obrigação, espécie de pendência, desejo represado de fazer algo.

Ascensão suicida

No dia em que encontrou novo pipeiro, Manuela perguntou por Sequela e ouviu que ascendera. Ficou triste a ponto de querer voltar para casa. No entanto, precisava vê-lo. Encontrou-o na porta da boca estimulado, a usar camisa de botão florida e folgada, sob a qual reluziam novidades com as quais dizia ampliar as chances de ir longe em suas buscas.

No fundo do casebre gargalhou Reimoso, arriado sobre um sofá, diante de um ventilador, apenas de calção de seda e sandálias havaianas, a mirar a freguesa sem pressa, para imaginá-la despindo-se de camiseta, calça e calcinha, franco feito pagante de show erótico — repetindo análise a que se acostumara.

Manuela sempre se via secada, mas não se incomodava, convencida de que desejar era o máximo a que ele chegaria. Só que dessa vez notou-o deslocar a vista até Sequela, como se conferisse se entre ambos havia algo mais que amizade. Os olhos do chefe foram atravessados por um flash que, apesar de muito rápido, eram de uma malignidade reveladora de que a sorte do adolescente estava selada.

Manuela se apressou em pedir mutuca a um dos garotos e, antes de partir, lançou para o pretendente uma mirada cortante, que qualquer tarado tomaria por toque. Sequela veio em seu encalço rogando explicações e, por não obtê-las, disse que sua subida de posto se dera depois de conversa durante a qual o tio falara do plano de fazê-lo sucessor. Tanto assim que, em vez de escalá-lo para fogueteiro, elevara-o de vez a falcão.

Contudo, Manuela estava convencida de que Reimoso fora atingido pela cegante doença do ciúme: ao oferecer função armada ao sobrinho, tratava-o como guimba a ser massacrada contra as cinzas. Com sua instabilidade emocional e sua fome de além, Sequela se exporia de tal forma nas situações de confronto que logo seria morto.

Das vezes em que retornou ao Cerro, Manuela tratou o chefe com cabeça erguida, busto projetado e outros detalhes com os quais estabelecia limite e manifestava protesto. Chegava e saía com cumprimentos lacônicos, o rosto invariavelmente fechado, contendo-se para não insultar.

Reimoso reagia com sorriso de mofa. Poderia considerar intolerável que a filha de Gabriel viesse encará-lo em pleno Cerro, rincão de escorraçado, por conseguinte sacrário; mas, além de decidido a jamais se mostrar violento em relação a mulher, sentia-se tão forte que estava certo de um dia vê-la apaixonada. Sabia que a libido se faz de corpo, mas também da potência que o homem agrega a si por meio de patrimônio e poder. E como progredia nesse sentido!

Antecipação do retorno

A hostilidade seguiu surda e cresceu em dramaticidade ao surgir o rumor de que Reimoso planejava bote em várias, como represália pela demissão, o apoio que o condomínio dava aos Prazeres e tantos outros motivos que ninguém conseguiria separá-los, quanto mais esclarecê-los.

Manuela acreditava que, em obediência ao código da margem, ele jamais atacaria cliente. Percebia que grande era o apreço despertado por quem aparecia para deixar o tutu com que se azeitava a estrutura e se financiavam satisfações variadas, como mulheres em penca e parabólica para conectar alcovas ao mundo.

A favor de Manuela havia também a consideração de Zilda, que diferenciava filha e pai. Tanto que sempre a recebia muito bem na mercearia que montara com ajuda de Reimoso. As duas tinham o cuidado de evitar comentários sobre os preparativos de guerra e trechos dolorosos do passado. Falavam da bruma que cobre a floresta durante a manhã, da abertura do tempo a partir de determinada hora, da vontade de tomar banho de cachoeira — frases feitas bastavam para se sentirem próximas.

Os dois filhos de Zilda também gostavam de Manuela. Ao vê-la chegando à boca, reclamavam de não serem tratados como Sequela. Diziam isso brincando e logo chamavam o privilegiado, que emergia sorrindo.

Mas certa vez Sequela revelou que vinha participando de queimas. Levavam os inimigos para os pontos mais distantes da mata, amarravam-nos em árvores, afastavam-se e faziam apostas. Enquanto a turma os iluminava com lanternas, o atirador da vez tentava acertar em pontos valorizados, como olho, nariz, boca e saco. O novo-armado ainda comemorou:

— Vivo ganhando aposta!

Manuela se chocou com a notícia, sobretudo exclamada. Lançou um olhar reprovador que levou Sequela a explicar que se mobilizava porque a alma o fascinava. De tal forma que, não contente com as eliminações, passara a amedrontar desarmados. Apontava-lhes sem intenções de matar, somente para ver aquela figura feminina se insinuando rosto abaixo, a provar existência além do barro.

Sequela encarava a vida como caminho que, em determinado momento, a pessoa teria de fazer de volta. Não se crescia até certa idade, então se começava a encarquilhar? Era o retorno. Mas para alguns a virada se iniciava logo cedo. Era seu caso, que se apressava em encontrar equilíbrio: se viera ao mundo de mãe a morte, fazia agora o trajeto de morte a mãe.

Manuela ficou perplexa com a simetria, só possível em mente a que faltasse elo fundamental. Como não ver tal construção como sinal de loucura? Fosse o que fosse, sentiu perder o amigo para força indomável. Quem sabe devesse chamá-la de realidade, em seu contínuo processo de ruína? A cada dia inaugura-se nova fase para a pessoa, que corre, tenha ou não consciência, para o fim.

Porém, muita coisa é experimentada como progresso. Ao passo profissional, Sequela queria acrescentar a primeira vez: no lado esquerdo da cintura, levava camisinhas de diferentes marcas.

— É preciso respeitar o gosto da parceira... — confidenciou, exibindo-as quais medalhas de condecoração futura, porém certa.

Manuela sumiu. Passou a comprar nos Prazeres e a acompanhar Sequela apenas pelas notícias trazidas por quem se abastecia embaixo. Diziam que a atração pela ultravida e a tensão pré-desvirginamento faziam crescer continuamente a ferocidade, candidatando-o a agente de ligação entre o Cerro e os Prazeres no momento em que Reimoso derrubasse Camarão e deslocasse a matriz para o alto.

— Mentira! — Manuela se indignava, mas não ousava acrescentar mais nada.

Prova da completude

Nesta noite, Manuela toma a liderança de Sequela como prova de suas suspeitas. Chega a imaginar Reimoso reforçando o desequilíbrio do sobrinho, ao lhe encher a bola com afirmações de que ele é corajoso, tem de ir à frente e não deixar por menos. Basta pensar no que lhe aconteceria caso eliminasse Clara. Se matar os emparedados e Juca, também será assassinado tão logo acabe a guerra, pois derrubar vagabundo em combate é bem diferente de fuzilar cidadão sem arma.

Sequela sabe que Manuela intercede por Juca de pura bondade, pois há muito os dois não têm nada. Gosta de percebê-la próxima a ponto de se alhear das armas. Em lugar de máscara guerreira, ostenta sorriso embevecido. Puxa-a até uma das extremidades da pracinha, todavia ainda não se sente à vontade, então a leva até o almoxarifado, onde quica, rói unha, mas consegue confessar que morre de saudade.

Manuela passa a mão em sua cabeça e comenta, cáustica, que Reimoso também deve sentir falta dela, para enviar mensageiros à sua casa. A dupla não a encontrou, mas a deixou apavorada, o que é uma injustiça. Alega que só parou de ir ao Cerro porque interrompeu o consumo; e, se o motivo é sexo, a violência tentada revolta ainda mais.

Sequela diz que o tio jamais pensou em molestá-la e, reproduzindo versão criada pelo próprio chefe, afirma que os encapuzados tinham como missão dar puxavantes em Gabriel. Aliás, só manterá vivo o estourado por consideração a ela.

Manuela volta a passar a mão sobre a cabeça de Sequela, que se encolhe, mas devido à atração, potencializada pelo sumiço. O desejoso chegou a pensar em vir atrás e, se não o fez, é que Reimoso o chamou para papo. Lembrou que ela estivera na origem de seu agroteiramento, o que já indicava sua importância; tanto assim que, se ela desse, ele não hesitaria em comer. Contudo, tinha consciência da impossibilidade de conseguir isso espontaneamente, tanto quanto reconhecia as chances do pequeno bravo.

Sequela não conta nada disso a Manuela, porém diz que o confronto tem oferecido indícios funestos. Em sua vontade de desvendar o desfecho e finalmente conhecer amor de mãe, acabará se colocando em posição vulnerável, para partir o mais cedo possível. Vêm daí suas oscilações de estado nesta noite estranha.

Como agora, quando perde o recato e, inspirado pela falta de espaço e luz, abraça Manuela, que sente dureza contra coxa. Pensa em empurrá-lo, mas ouve rogo de que propicie prova de completude.

— De hoje num passo... — Sequela dá tom sublime à súplica.

Capítulo 10

A maldição do niilismo

Clara aplaude a chegada de Juca, Manuela e Rodapé, fala em heroísmo, abraça com efusão. Puxa o porteiro pelo braço até um dos janelões, dizendo-se feliz de nada lhe haver acontecido, tocando-o para se assegurar de que está tudo bem e lastimando que o empenho de ambos não tenha impedido que o Equitativa virasse palco de guerra.

Juca arruma os óculos nervosamente no nariz, em luta interior para conter a vontade de dizer que a travessia não é nada se comparada à destruição dos Prazeres. Entretanto, já se resignou à ideia de que as pessoas só conseguem pensar em si mesmas, no máximo nos consanguíneos; o trio ali jamais saberá o que é sofrimento de favelado. Se bem que ele próprio se preocupou principalmente com Clara, por quem é capaz de engolir opinião e, quem sabe, negar raiz. Seja como for, o perrengue recém-vivido deixa-o à vontade para abstrair da sorte do morro. Fecha os olhos, respira fundo e curte o carinho como resposta merecida à mentalização a que submeteu a síndica nos últimos tempos.

Ao sentir quentura e estremecimento, Clara recua em pensamento à adolescência, quando os pretendentes se aproximavam inseguros, e puxa Juca ainda mais para si. Todavia, estrondos maiores a fazem retornar ao presente e, como se surpreendida fazendo algo a que não está autorizada, afasta-se do porteiro.

— O que queriam comigo? — pergunta em voz mais alta.

Manuela explica que Sequela pretendia admoestá-la a que parasse de ligar para a polícia, convenceu-se de que isso aconteceria e prometeu deixá-la em paz.

Ainda o envelope

Estacionado diante de Manuela, que fuma um cigarro conseguido com um dos groteiros, Rodapé massageia o próprio queixo como se quisesse desentortar a mente, cuja tensão leva ao encadeamento de suposições e prognósticos. Constrangido de pensar no pior, balbucia otimismos previsíveis: a noite dará lugar à aurora, que facilitará o estardalhaço da mídia, forçará a PM a encenar eficácia em voos rasantes de helicóptero, imporá recolhida aos traficantes e, às pessoas comuns, propiciará paz.

Porém, um feixe de lanterna adentra feito pássaro e adeja nervosamente pelo apartamento, para se demorar sobre a mesa: o envelope volta a incomodar bem mais que o conflito.

O preparador adoraria que a presença dos três o estimulasse a ver o resultado, mas imagina o mico de lhes abrir o destino. Certas descobertas devem ser feitas sem ninguém por perto, com a carcaça repousada e livre de necessidades, tendo ao fundo som dirigido à alma, em momento em que trópico antidotiza tristeza — o que não é o caso de noite mormacenta e selvagem.

Rodapé esperará o término dos combates e a redução do calor, para saber. Caso esteja clean, poderá gritar que as fêmeas comprem Hall's preto para lhe refrescar o pau, pois volta ao pasto e, protegido pelo sexo seguro, não desperdiçará sequer a energia outrora consumida pela paranoia.

Se o laudo for contrário, que haja tempo e condições de se alongar na rede, mergulhar em si e buscar, nalgum ponto da charneca em que a subjetividade se transforma nessas situações, brio para enfrentar os dias. Calor, cultura, costa, tudo o arremessa para o corpo; mas quem sabe a certeza da morte vindoura o obrigue a conciliar o preparo de textos alheios com a escrita de algo seu?

A vontade de realizar o velho sonho de produzir ficção impulsiona-o novamente a cogitar de abrir o envelope. Levanta os olhos até o trio e, de fato, Clara se associa a boas lembranças, Juca é velho camarada e Manuela nem se fala. Mas não, ser humano algum está preparado para se descobrir com mais tempo de vida que semelhante. Mesmo familiares têm surto de pretensão: acabam pensando que, apesar do sofrimento que a perda do parente causará, acham-se beneficiados por contraste.

Rodapé se sente tão exposto que teme a volta da luz elétrica, que possibilitará a percepção do nome do hospital. Quem quer que o leia sentirá algo entre a curiosidade e o mal-estar, que procurará banir fazendo perguntas.

O testado apanha o envelope sobre a mesa e segue para o quarto, decidido a escondê-lo no armário. O pensamento de que só o abrirá dentro de horas devolve a impressão de ter algum poder sobre o veredicto.

Entre o trauma e a aposta

Manuela se sente sobrando em companhia de Juca e Clara, então sai atrás do vizinho e, ao entrar no outro cômodo, provoca susto.

— Documento importante — Rodapé justifica e, em demonstração de confiança, coloca o envelope sobre uma cadeira.

— Posso subir? — Manuela não espera resposta para escalar o mezanino e deitar-se.

As lanternas lançam reflexos intermitentes em suas pernas, deixando-as à mostra. Contudo, a postura do corpo é de um desconsolo que desconvida. Rodapé passa algum tempo em dúvida se volta para a sala ou sobe. Imagina que Juca e Clara preferem ficar sozinhos, junta-se acanhadamente a Manuela.

Os clarões sobre o vidro da janela parecem acompanhar os tiros. Manuela fixa o teto e tenta compreender a acolhida, de quatro, sobre cadeira de balanço. Salvou várias vidas sem correr risco, protegida pelo encamisamento de Sequela; deu alegria a alguém sem perspectiva; deveria se sentir magnânima. Todavia, estivesse o grotesquinho desarmado, ela o estapearia. Afinal, foi violentada.

Percebe-se com farto material para construir trauma, a se manifestar sempre que estivesse na cama com alguém: a imaginação se encarregaria de trazer Sequela penetrando-a com força e furor, gritando saudações ao infinito e ejaculando como se finalmente ganhasse colo.

No entanto, Manuela não quer para si a trava que constata em Gabriel, Rodapé e Clara. Os três se enredaram em obsessões das quais parecem depender, quando precisariam apenas reagir: o pai teria de tomar rumo, o preparador necessitaria iniciar ficção e a síndica deveria dar de vez para Juca.

Manuela resolve se manter refratária a eventuais efeitos danosos e encara o ocorrido como propulsão para a positividade. A pertinácia com que Sequela procura se estrepar é um espetáculo a tal ponto impressionante que a faz reagir: decide apostar na vida. Já agora acorda para o absurdo de ter pensado em transar sem camisinha com o preparador, justamente por acreditá-lo infectado. Como pôde desejar isso? A mente humana realmente não merece confiança.

Pessimismo aterrador

O ensimesmamento de Manuela deixa Rodapé à vontade para também se fechar: suspira ao esticar o corpo e trata de encolher-se. Deitado, ao menos faz de conta que tomba no ansiado sono. Está cansado de recear o próprio fim e dos demais.

Porém, sabe que esse sentimento aumentará continuamente, pois as relações só pioram. A intolerância cresce no mundo, no país, no Rio e no Equitativa. Mobilizados pela guerra em curso, muitos condôminos marcharão para reforçar limites: contratarão seguranças, bajularão ainda mais a polícia, levantarão muros e guaritas.

Enquanto isso, os poucos que veem saída na integração atolam-se na lama egoica. Viciados em inconsciência relaxante e fechados a clamores reais, só conseguem se dissolver em massa cega, como torcida esportiva ou turba carnavalesca. No máximo, sentem culpa: Rodapé se pergunta sobre a situação dos favelados. Não dos traficantes, cujo medo é banido com brilho; mas das pessoas comuns, que não têm arma para se defender nem droga para se evadir.

Resta esperar que os idealistas profissionalizados pela política cheguem ao Planalto e iniciem luta contra o apequenamento secular. O preparador torce para que seus candidatos cumpram a promessa de promover mudanças amplas e profundas. Mas nesta noite funesta teme que se deixem fascinar pelo puro poder, que batam cabeça, corrompam-se, pouco ou nada façam.

A oscilante reflexão se deixa invadir por hipóteses relativas ao destino local, por meio de cenas que desfazem da cronologia. Surgem sorrisos adolescentes de Clara, gargalhada desestabilizadora de Sequela, mergulhos sem proteção em diversas mulheres. As imagens se sucedem como se legendadas, respectivamente, por sinceridade, sadismo e suor frio. Aos poucos, o passado de alguns meses se impõe.

Recordações de apavorado

Rodapé revê a noitinha em que as primeiras balas cruzaram os edifícios, para agravar o desespero que, na verdade, nunca o abandona: varia em intensidade, torna-se insuportável em picos de niilismo, porém, mesmo em fases supostamente boas, mantém-se nó.

O preparador sente a violência generalizada como prenúncio da disposição de a humanidade se colocar termo. É possível que a baixa estatura explique o temor de que algo lhe caia fatalmente sobre a cabeça. Tem certeza apenas de que nasceu sem nervos: ao avistar os pontinhos vermelhos, acamou-se sob edredom, apenas com os olhos à mostra.

Era inverno. O vento açoitava os prédios, que pareciam prestes a ser arrancados, como se sobrassem da paisagem. A umidade cobria os penedos, cujo limbo Rodapé avistava em seu próprio interior. Também se identificava com os filetes de água que nasciam no alto e, atraídos pelo coração da Terra, fendiam pedras e outros maciços, em descida chorosa.

Mas verdadeiramente desamparado se encontrava o morro. Além de mais alto, enfrentava o frio sem cobertor suficiente, em construções cheias de frinchas. Muitos moradores se amontoavam assim que o sol se punha, e, a partir do momento em que Reimoso começou a mostrar força, tiveram motivo ainda mais sério para se embolar: o receio das balas que ascendiam cegas.

No Equitativa, logo se espalhou que tinha início o planejado desforço: o enxotado queria vingar-se pela humilhação sofrida e, de quebra, pela perda da airosidade que outrora atribuía ao amor. Jamais esqueceria que, à época de funcionário, sequer partia finda a labuta; chuveirava-se no próprio condomínio e passava à paquera.

Ao receber a ordem de Arlindo para limitar o raio de ação, desceu uma última vez para convidar as suas a visitá-lo nos Prazeres. Também espalhou que Gabriel findaria com tiro em testa. A tentativa de intimidar pareceu absurda a ponto de despertar uma estrondosa gargalhada do ameaçado; todavia, bastaram as primeiras balas aéreas para ganhar todo o sentido.

O escritório passou a acolher condôminos a falar de noites em claro, descarregar preocupação, pedir notícias e exigir providências. Clara limitava o atendimento às manhãs, quando a luz reduzia os pensamentos sombrios e dava margem a esperança de interrupção milagrosa do confronto. De tudo o que sabia, comentava apenas o que poderia tranquilizar, mesmo que suas explicações não satisfizessem. Em geral, as pessoas lhe atribuíam um poder de que ela não dispunha, para reclamar medidas que escapavam à sua alçada.

A síndica tentava repor as energias ausentando-se. Vez por outra caminhava floresta afora, mas geralmente tomava um táxi até Ipanema, onde se estirava na areia e garantia a manutenção da cor canela. Ao final, acontecia de admirar vitrines ou ver algum filme. À noite, mantinha-se em casa para evitar desgaste, ainda que acompanhasse tudo pelas frestas das portinholas.

Os adolescentes também intuíam a importância de ficarem juntos para evitar exposição. Mesmo os arredios se enturmavam, certos de que sozinhos ganhavam destaque, podiam ser atingidos por balas perdidas. Em patota, teriam mais chance de escapar ilesos, caso o confronto começasse.

Ao apartamento de Rodapé iam garotos e garotas mais velhos, porém ainda bancados, sem espaço de bagunça no próprio lar. Usavam as detonações como desculpa para se reunir e transformavam medo em chilreante animação. Escarneciam do temor alheio e tomavam partido baseados na qualidade dos produtos que os bandos ofereciam.

Pareciam fãs volúveis de agremiações rivais. Um relatava ida à lua com trouxa comprada no Cerro, então era rebatido por um partidário dos Prazeres, que dizia ver extraterrestres com a maconha recém-adquirida no morro. Contudo, não se mantinham fiéis a boca, pois sabiam da irregularidade das mercadorias, cuja chegada era anunciada com fogos e, em ocasiões especiais, balões.

Alguns reclamavam dessa forma de publicidade, que podia causar incêndio na floresta. Outros não se importavam com as consequências e até acompanhavam a trajetória das formas esféricas e iluminadas, torcendo para o vento colocá-las ao alcance do comando inimigo — que as perfurava inteiramente.

Rodapé achava esses papos bobos, afetados ou calhordas. Todavia, precisava da vitalidade que, como anfitrião, se sentia no direito de sugar, para se sentir disposto e seguir em caravana.

Visitava sempre o Mineiro e o Simplesmente, onde invariavelmente encontrava conhecidos, em companhia dos quais limitava o programa ao local ou esticava até residência das proximidades. Vivia se deixando levar pela falta: se não encontrava companhia, enchia a cara para ganhar mais coragem e expansividade, então descia à Lapa, ao Baixo Gávea ou mesmo a Copacabana.

Valia-se do fato de a cidade ter 1,2 mulher para cada homem e da crença de que boa parte do gênero masculino é tosca, superficial e desprovida de lirismo. Mirava ternamente aquelas que despertavam interesse, cujos estados civil e emocional tentava decifrar, de modo a descobrir o melhor flanco de abordagem. Se era correspondido, mesmo que apenas ocularmente, adicionava ao olhar a dose certa de tesão, ora apenas insinuando, ora despindo mentalmente — então partia para o tudo ou nada da conversa.

Na orla, circulava pelas boates, onde as línguas se misturavam. Preferia brasileira, mas, se não avistava compatriota atraente, metia-se em qualquer grupo de estrangeiros em que notasse forasteira solta. Incredible Rio, gentle gente, nice night — o adjetivo sonorizava para fingir elevação, quando o objetivo primordial era passar ao agarramento.

Em locais como as pistas de forró da Feira de São Cristóvão e os salões de samba da Casa Rosa, o preparador acompanhava com o corpo, soltava-se pouco a pouco, fixava-se numa determinada mulher e, depois das ritualísticas trocas de olhar, avançava. Ao tê-la nos braços, fingia estar acima do desejo, todo cortês; mas largava os membros pelo caminho, sugerindo.

Às vezes ficava lá embaixo, em quarto de gringa ou casa de caso. Noutras, retornava acompanhado e passava a madrugada aceso. O difícil era chegar sozinho, ocasião em que os disparos lhe devolviam os temores. Acamava-se, fechava os olhos e revia as cenas de frescobol que mais apreciava, de jogadas alheias às suas próprias. Entretanto, nem esse recurso — que sempre o fizera relaxar — surtia efeito. À sua própria revelia, prestava uma atenção neurótica aos disparos, que reverberavam com crescente intensidade nos nervos.

Hedonismo a perigo

O abalo provocado pelas balas a cruzarem o ar foi contaminando outras esferas da existência e demais momentos do dia. Na rua, na praia, nos bares, em todo lugar Rodapé encontrava motivo de medo. Simples troca de xingamentos entre mendigos já o fazia antever sangue derramado; motorista que lhe buzinasse às costas levava-o a esperar tiro de dentro do carro; qualquer sinal de desacordo ou desavença despertava taquicardia.

Começou a sentir sobretudo receio de virotizar, temor tirano em torno do qual os demais sustos se articulavam como satélites. Revirava o corpo moído e prometia não mais se entregar à diluição. Contudo, sabia que não cumpriria o juramento, pois tinha um trabalho muito solitário. Mesmo nos dias em que se permitia descer no meio da tarde até Ipanema, recebia o crepúsculo como veículo de uma tristeza e um abandono que só conseguia atenuar sob amparo feminino — o que o fazia renovar a aposta na noite.

No momento em que finalmente desbloqueasse e desse início à criação ficcional, provavelmente começaria por uma tragédia contemporânea intitulada *Morro de medo, mato de prazer*, cujos protagonistas nem de longe seriam corcundas, caolhos e outras monstruosidades, pelo contrário: libertinos bem-apanhados, integrariam uma faixa que teve motivo de sobra para celebrar até os anos oitenta, quando passou ao perigo.

Rodapé vê o alarde médico da ampliação da expectativa de vida humana como esforço de esconder o escândalo de não se descobrir meio de combater seres tão insignificantes que não podem ser vistos a olho nu. Mesmo a camisinha é recomendada com ressalvas, como se a condição para esticar a existência fosse abrir mão da felicidade.

As infecções roem cada vez mais a interface entre começo e fim, entre vinda à vida e embarque definitivo. Conseguisse convencer-se da importância de investir em descendência, o preparador teria dito sim a Clara. Entretanto, antevê a angústia de gerar alguém a contrapelo das demais necessidades e o rebaixamento moral de virar pai por mera precisão de prolongamento.

Eram conjecturas assim que o mantinham acordado, vendo os riscos no céu. Com frequência, rompia a imobilidade com que tentava atrair o sono indo à cozinha e preparando mais um chá de camomila. Só apagava quando o sol surgia e o tiroteio se encerrava.

Até sob sol

Pela manhã, um despertador parecia martelar o ponto mais sensível do crânio, que não precisava de barulho adicional para doer. Rodapé levantava cheio de náusea e, arrastando-se até o banheiro, lançava um olhar de injustiçado para o mezanino: para se recuperar, precisaria dormir em dobro. Só que precisava manter uma certa disciplina, do contrário derrubaria a produtividade e não conseguiria pagar as contas.

Como nunca se organizava para trocar a resistência queimada do chuveiro, despia-se feito condenado, tocava os pés no chão e começava a tremer. Ao sentir o jato d'água, associava frio a passamento, receava sumir pelo ralo. Enxugava-se velozmente, vestia-se ainda batendo o queixo e se apressava em chegar à cozinha. Mergulhava numa caneca de café e reduzia o frio, do qual, no entanto, não se livrava totalmente. Resolvia apelar para o astro-rei e saía para a pracinha.

Gabriel parecia esperá-lo e olhava para seus pés como quem prepara rasteira, pois também não dormia direito, mas por ser duma sobriedade vigilante. Levantava arara e jornadeava alternando alvos: traficantes, policiais, porteiros, vizinhos, colegas de repartição — mas sobretudo quem ousasse desejar Clara ou Manuela.

Egotismo sem autoestima

No presente, Rodapé se surpreende de não mais temer Gabriel. Acredita que a mudança de sentimento decorra do recente acesso de coragem. É como se, ao vencer o medo e enfrentar o perigo, houvesse conhecido uma confiança que doravante fará parte de sua personalidade.

Como audácia confina com presunção, chega a deplorar Gabriel, que se fosse vilão de verdade ao menos fascinaria pela complexidade. Todavia, age de forma previsível, midiatizada, clichê — haverá maneira mais vil? O preparador lastima que os workshops terapêuticos tenham evitado o encontro dos invasores com o adversário, a seu ver merecedor de estrebucho e foto em coluna policial, pois somente morte prematura e trágica ampliaria sua imagem.

Sequer o ódio engrandece Gabriel, pois se propaga a partir do ciúme, sentimento maior que experimentou e o fez desandar. O pior é que, quanto mais Clara bota banca e enrista o dedo, mais o pegajoso adula, tomado pela vontade de reavê-la, cego para o velho dado: só valeu um dia por se prestar a contrapeso de imbatível.

Se bem que tampouco Rodapé está de bola cheia, pois, além da flacidez decorrente da inércia dos últimos meses, a murchice já vinha vincando sorrateiramente a bunda, a coluna se mostra cada vez mais decrépita e as rugas se pronunciam, impondo crescente esforço para produzir charme compensador. Colar, amasiar-se, constituir família — eis gestos recomendáveis à sua idade, mas inviabilizados pela dispersão.

A essa embaraçosa conclusão associa-se o fato de o tendencioso paralelo com o desafeto esbarrar na ciência da crescente deterioração ética do ser humano, cuja natureza decididamente não é digna de crédito. O preparador se colocou na mira de tiro para escapar à abertura do envelope, portanto por covardia — em prova cabal de pequenez.

Na verdade, não pode se orgulhar sequer de ter pensamentos mais generosos do que Gabriel. Se no passado se preocupava com os destinos do planeta, há muito se perde especulando sobre seu próprio mundo; se antigamente passeatava, hoje é só umbigo.

Corpo consola?

Rodapé sequer atendeu à convocação, feita pelo condomínio, para irem aos Prazeres limpar bodum e carma. Alegando necessidade de enfrentar paradoxo, decidiu assear o próprio apartamento.

No sábado do mutirão de limpeza, levantou tarde e, após o café, apanhou vassoura, pá e lixeira, avaliou rapidamente o todo e iniciou pelo quarto, onde copos, cinzeiros, cuecas e chinelos fediam horrores.

Depois de minutos guaribando, sentiu seca a garganta. Foi à cozinha e, enquanto bebia água, viu uma baga num cinzeiro, oferecendo-se para ajudá-lo a se concentrar na chata tarefa. Voltou ao quarto, encostou-se na grande janela e baforou, para desprezo da agenda e instalação da preguiça.

O breque proporcionou a paz necessária à contemplação das árvores e arbustos. O bagulho era forte, conteve a pressa e afunilou a atenção. Rodapé embarcou nas diferentes tonalidades das flores das buganvílias. A vida lhe pareceu deslumbrante intervalo de espia entre dois nadas apaziguadores.

A sede voltou. A caminho da cozinha, avistou sobre a mesa a circular convocatória assinada por Clara. Porém não se abalou, seguro de que a dificuldade de se aproximar da síndica justificava a decisão de não subir os Prazeres.

Encheu pela segunda vez a caneca e espiou a pracinha pelo olho mágico: mães parolavam, bebês se engalfinhavam e rapeize se organizava para ir à praia. O sol desmoralizava qualquer esforço em prol de higiene. Rodapé se shorteou, colocou camiseta, apanhou a mochila do frescobol e saiu para anunciar carona.

Contudo, teve de cruzar um banco onde se aboletavam cretinos e congêneres, a lançarem ofensas sobre os poucos que haviam atendido ao chamado de Clara.

— Masocas!

— Asnos!

— Escudos de Camarão!

Rodapé achou injustas as acusações, avistou oportunidade de fazer algo pelo morro e resolveu passar perto para fazer sermão. No entanto, sua presença ali naquele momento equivalia a negativa à convocação: foi acolhido como parceiro, com tapinhas nas costas e comentários amistosos, que o entupiram. Esboçou apenas riso de flagrado, seguido de rubor de raiva — mas isto depois, quando já não podia revidar.

Como a justificar o próprio bolor, Rodapé se acreditava vítima de metrópole costeira, fadado à tona da existência e ao poço do prazer. Foi o que pensou pouco depois na Lagoa Rodrigo de Freitas, a caminho de Ipanema, ao ver Manuela usando blusa de alcinha e saia, montada numa bicicleta. As pedaladas expunham diferentes pedaços, provando que a vida ganha sentido na graça.

O preparador teve um pensamento ao qual costuma se agarrar: que, apesar de imprestável, a humanidade se mostra cada dia mais bonita, pois cresce em soltura. Há muito o moralismo vem sendo abalado pelas denúncias contra seus próprios arautos, mas sobretudo pela popularização da importância de se assumir o físico e dar vazão ao instinto.

Clara ainda herdou bastante da tensão enfrentada pelas primeiras feministas e chegou à adolescência com alguns bloqueios; venceu-os, é verdade, mas à custa de certos tiques. Quanto a Manuela, cresceu no delicado momento de descoberta da Aids, durante o qual, porém, padres e pastores não conseguiram restabelecer a puritanice. Ao vê-la fazendo movimentos reveladores de que sua energia circulava à vontade, Rodapé pensou que nem mesmo o controle exercido por Gabriel a enfeara.

O ambiente também ajudava: à beira-mar, onde a roupa é pouca, o deleite é lei e o gozo orgulha, Manuela pôde experimentar diferentes posições e receber toques em cada milímetro de si. Em poucos anos de vida sexual certamente desenvolvera habilidades e trejeitos capazes de enlouquecer qualquer cidadão.

Rodapé admirou seios em sacolejo, fronte suada e cabelos desalinhados, além de sorriso pateta e aceno de beijo, no momento em que foi reconhecido. Posteriormente, contemplou com vagar o corpo quase nu da ciclista, que tinha como esporte favorito o futebol, jogado principalmente em intermináveis sessões de altinha à beira-mar.

A recordação da imagem repercute no interior do preparador, que, entretanto, passou tanto tempo sem apalpar ninguém que perdeu o traquejo. Ainda que alguns minutos atrás tenha recuperado um pouco da autoconfiança, consegue apenas dar as costas a Manuela, cujos braços usa como concha.

Capítulo 11

Diferença de classes

Clara quer abrir a boca para florear a turbulência, como se o mundo se aquietasse com fala. Entretanto, os disparos lhe devolvem o sentimento de parvoíce por ter caído em papo de milico e, ao perceber a inutilidade de Carmo, querido que esta noite viesse logo, para explodir maligno — mesmo que ferisse a esmo.

Tal desejo ocorreu de repente, à sua própria revelia, provocando espanto. Nunca se julgara especialmente boa e sempre se permitira almejar coisa ruim aos semelhantes; só que, desde o início do tiroteio diário, passou a torcer pelo fim concreto de seres humanos.

Recorreu aos séculos, em busca de desculpa para a vontade desconcertante. Pensou em várias guerras, ao final das quais os envolvidos se dedicaram menos à autocrítica do que à alegação de motivos para a própria intransigência. Quem sabe o incômodo que o conflito causava aos pobres fosse boa justificativa? Para encerrá-lo, uma das facções precisava ganhar.

Se o interior de cada pessoa processa os dados de realidade de maneira inevitavelmente singular, o trabalho conjunto de diferentes subjetividades leva ainda mais longe a deformação. É de se imaginar a visão que alemães e franceses tinham uns dos outros durante a Segunda Guerra Mundial, depois de várias gerações de ódio coletivo acumulado. Interesseiramente, Clara foi buscar nesse duelo planetário a figura do colaboracionista espiritual, como foi chamado o gaulês que discordava da maioria dos compatriotas, mas, em vez de ajudar concretamente os germânicos, limitou-se a simpatizar com as ideias nazistas.

A síndica perdeu de vez a culpa de torcer por Camarão, que podia não valer uma casca, porém, no caso, era o afrontado. Além do mais, cresceu nas imediações e nunca se desentendeu com condômino. Nas raríssimas vezes em que algum ladrão pé-rapado passou a mão em pertence de alguém do Equitativa, ele próprio se encarregou de aplicar corretivo e devolver o furto.

Em contrapartida, Reimoso nem sempre é mau, no entanto tem birra acumulada e acha que o condomínio apadrinha os Prazeres. Não é bem assim, que classe média não gosta de mistura ou comprometimento; mas a maioria dos funcionários provém de riba, o que já estreita os laços.

Cenário apocalíptico

Clara adoraria se concentrar em Juca, contudo tem a mente invadida pelos fatos recentes, como a disposição da dupla que procurava Gabriel e o descontrole de Sequela, que parece ter aprontado com Manuela, pois só assim para explicar a repentina calma do cabrito.

A síndica se revê no incidente desde o primeiro instante, a discar para a PM, mesmo sabendo que ninguém viria. A escuridão, o momento do calendário, o risco de se ensanduichar entre traficantes, a campanha salarial, a falta de equipamento, tudo era empecilho, entrega ao deus-dará, seguida de comentários vis: talvez os fardados não atendam ao telefone justamente por saberem o que acontece.

A baixa patente deve estar comentando a ampliação do campo de trabalho de seguranças particulares. Os oficiais certamente se contatam para fazer aposta, projetar ganhos decorrentes do desarranjo e destilar expectativa quanto ao que a mídia dirá da omissão — afinal, jornalista não é de poupar armado.

Clara ligou também para o celular de Carmo, que aventara a possibilidade de vir em seu socorro dias depois da malograda ida ao restaurante, em telefonema durante o qual pediu perdão, reiterou manifestações de impotência diante da violência urbana e, ao final, jurou que, pela *querida amiga*, faria qualquer coisa.

Como prova de preocupação, cometeu a inconfidência de dizer que, do fundo decadente em que o passado de tortura e o presente de corrupção haviam lançado a farda, poderosos estrategistas investiam pesado num cenário nigérrimo, em que afro-brasileiros vestidos de preto, tendo às mãos armas escuras, percorreriam as ruas sobre caminhonetes igualmente ebâneas, cujas portas estampariam caveira, símbolo outrora oficioso e combatido pelos legalistas, mas alçado, por conta da gravidade do quadro, a emblema da corporação, que seria autorizada a barbarizar qual braço bíblico.

O coronel confessou que muitos colegas seus eram racistas e queriam usar o pigmento que abrasileira para instalar o apocalipse now. O pior é que conseguiriam, pois recebiam estímulo estrangeiro, sobretudo dos Estados Unidos, que preparavam um futuro de planeta policiado.

— Ouça o que digo e trate de proteger-se — cacarejou. — Mas, por Deus, não comente nada com ninguém.

Clara ficou impressionada com as revelações. Mostrou-se paciente e concordou em telefonar de vez em quando para dar notícias. Carmo não tinha condições de proteger o condomínio, porém poderia ajudá-la. Aparentemente foi o que tentou fazer ao ligar mais uma vez ontem, quarta-feira, para comentar a grande incidência de invasões em final de semana prolongado, como o da Semana Santa. Até propôs que ela o acompanhasse à casa de praia, onde o relaxamento seria a norma.

A cantada e o fato de hoje seu celular estar "desligado ou fora da área de cobertura" reforçam a suspeita de que sabia de algo. Afinal, trunfo de policial resulta de fuçada em material escuso. É assim que ganha força e, em determinados momentos, pode vender serviços que nem sempre interessam à classe média, todavia são essenciais ao tráfico. Isso dissera Juca, para comentar o envolvimento do militar com quem manda nos Prazeres.

Contudo, a ocorrência do tiroteio exatamente no fim de semana mencionado pode indicar o bandeamento de Carmo para o lado do Cerro. A polícia gosta de se arvorar em fiel duma balança que sempre pende para promessa. Ali certamente Reimoso, com seu investimento pesado.

Clara não se perdoa de ter desejado o coronel. Protegido pelo posto, o oficial integra a ala do narcotráfico que encomenda mortes a partir da sombra. Os traficantes se efemerizam, camicases arrebatados pelo tuque-tuque venoso; os neutros são atropelados; os líderes comunitários vivem acuados; soldados, cabos e sargentos também levam bala — só os importantes permanecem.

A verdade do fardado

A importância não decorre de fama ou patrimônio, e sim da ocupação de cargo vitalício para o qual se é formado mediante o desenvolvimento rígido de corpo e mente. Filho de major do Exército, Carmo começou a se preparar para a carreira ainda criança e ingressou no Colégio Militar do Rio de Janeiro já na quinta série, por meio de concurso rigorosíssimo no tocante ao físico, assim como aos conhecimentos de matemática e português.

Desejosos de a escola resguardar das armadilhas e descaminhos do mundo, certos de que o melhor lugar para a prole é a sombra fresca do Estado e admiradores de homens que agregam à própria força o valimento da arma, uma quantidade impressionante de pais matriculam os filhos em cursos preparatórios, ao final dos quais torcem desesperadamente pelo êxito nas provas de admissão. A alta concorrência possibilita a escolha de uma verdadeira elite de pequenos espartanos — entre os quais, Carmo se posicionou no topo.

As cobranças de a performance permanecer impecável são especialmente grandes no primeiro estabelecimento do gênero no país, criado no século XIX, a partir de ideia de ninguém menos que Duque de Caxias, e funcionando até hoje no bairro do Maracanã. Conhecedor da austeridade das forças armadas, Carmo se sentiu em casa na instituição e se destacou pelo ânimo com que passou a desenvolver algo para o qual se sentia nascido: o mando, que, reforçado pelos estudos, ganha prefixo e vira *comando*.

O único desvio dos desígnios paternos consistiu na prestação do segundo concurso, agora de nível superior, para a Academia de Polícia Militar. Com a decisão Carmo não queria afrontar o pai, ao contrário, tentava evitar justamente o dissabor de ultrapassá-lo em sua própria força, pois estava resolvido a atingir a cumeeira da hierarquia.

O novo curso, com duração de três anos, mostrou-se muito eficaz na instrumentalização da inteligência para a plenificação da firmeza. Entre os saberes oferecidos, Carmo se sentiu especialmente interessado nos meios de coação, para se servir em caso de necessidade e, sobretudo, para mostrar conhecer a fundo sempre que precisasse exigir que os chefiados os utilizassem.

À medida que subiu de posto, ganhou um cinturão crescentemente numeroso e compacto de subalternos. Percebeu-se mais protegido e paparicado do que nunca ao virar coronel: como a corporação tem no respeito seu fundamento, é capaz de se mobilizar inteira para preservar integrantes do cimo do oficialato — sobretudo no desempenho de papéis de destaque, como cabeça do Primeiro Batalhão da capital carioca.

A localização do gabinete no ponto mais protegido do quartel e o deslocamento em carro de placa branca são duas das muitas medidas para criar blindagem, reforçada por clubes e condomínios nos quais os bravos de alta patente relaxam entre pares, a dividir a neurose e o prazer de ordenarem atrocidades mesmo quando visam manter a ordem. Alguns lastimam não atuarem em campos profissionais desarmados e comprometidos com a vida, como a medicina. Outros, a começar por Carmo, se assumem dependentes de aventura, pouco se importando que ela resulte em brabeira.

Todavia, não é em agremiação que o coronel se encontra agora, e sim em Arraial do Cabo, cidade litorânea que chama menos atenção do que Búzios, portanto lhe possibilita ter um casarão com piscina particular localizado a alguns metros de praia limpa, sem que se cogite de tal privilégio resultar de algo mais que os ganhos mensais de aproximadamente vinte salários mínimos.

Carmo se acha em companhia apenas do ordenança, em quem confia plenamente. Fechados num recinto à prova de som e cheio de equipamentos, os dois monitoram o confronto, a partir dos informes que lhes chegam do trio de X-9 que plantaram meses atrás no Cerro, no Equitativa e nos Prazeres.

Os espiões integram a equipe de informação particular do coronel. Dois são pretos, dominam poucos vocábulos e parecem marcados pela fome, por conseguinte convencem como moradores de barraco; o terceiro tem pinta de profissional liberal. Trabalhadores, casados e com filhos, os três se instalaram na área sem despertar desconfiança. Acostumados a alcaguetar, sabem colher dados com o máximo de discrição.

Neste instante, por exemplo, estão escondidos em casa como os vizinhos, no entanto ocupam imóveis escolhidos justamente por lhes facultarem boa visão dos movimentos, que descrevem regularmente pelos radiocomunicadores, em linguagem cifrada. Dão conta do avanço dos groteiros, que curiosamente não parecem encontrar resistência.

— Yes! — coronel e ordenança gritam em uníssono, enquanto se cumprimentam com pulinhos e batidas de palmas da mão, quais atletas que acabam de fazer pontos valiosos em partida disputada.

Carmo se sente tão cheio de si que sai do cômodo, sobe ao primeiro andar e caminha até uma das extremidades da varanda, onde puxa o ar do mais profundo de si e o lança na direção do oceano. Pensa euforicamente no privilégio de viver numa época e numa cidade dadas à danação.

Criado para ser violento sem sujar as mãos e contando com o aparato do governo estadual, usa de uma vasta rede de intermediários oficiais e não oficiais para tirar proveito de muitas das contendas que mantêm o Rio coberto de sangue. Na peleja em curso, chegou ao auge do maquiavelismo: firmou-se como interlocutor de ambos os lados, que vê como limitados, afinal, como geralmente acontece a traficantes, Camarão e Reimoso são quase analfabetos, portanto se pautam basicamente pela intuição.

Enquanto isso, o coronel associa a educação formal a uma extensa literatura de guerra, de biografias de generais a volumosas análises das grandes lutas da humanidade. Aficionado do trinômio formado por técnica, tática e estratégia, pode, a partir da distância em que sempre se posiciona em relação ao front, planejar ataques e retiradas como se brincasse. Foi assim que imaginou os três cenários possíveis — vitória de Camarão, êxito de Reimoso ou derrocada dos dois — e, em seguida, vislumbrou a participação que lhe permitirá dar-se bem independentemente do que acontecer.

O fato de constatar que tudo caminha no sentido que lhe é mais favorável não desperta culpa alguma, pois sabe que em seu lugar os chefes do Cerro e dos Prazeres fariam bem pior. Aliás, sente-se na obrigação de ser friamente pérfido, pois somente assim para vingar as muitas mortes de policiais perpetradas pelos bandidos, que chegaram ao suprassumo da ofensa ao batizarem os agentes da lei de *vermes*.

Como se não bastasse, abatem sumariamente qualquer pessoa descoberta como militar, quando outrora a carreira inspirava tamanho respeito que já bastava como proteção. O mais irritante é os bandidos contarem com a conivência da população, sobretudo dos estratos mais pobres, que não têm simpatia alguma por policial. Por isso Carmo não tem pena dos favelados, entre os quais até os supostos honestos e honrados conspiram.

O coronel concorda que as comunidades se livrariam da tensão caso as drogas fossem legalizadas. Contudo, aplaude interiormente a ONU, que mantém a proibição em quase todo o planeta e, nesse sentido, conta com amplo apoio das camadas favorecidas dos diferentes países, temerosas de a comercialização aberta das drogas expor ainda mais seus abastados rebentos ao consumo irrefreado.

Daí o ridículo das passeatas pela paz e das exigências de mais segurança feitas pela classe média, que vive maldizendo as polícias, mas justamente por ser muito hipócrita e medrosa para defender a descriminalização. Carmo até entende, afinal todo mundo está sempre jogando. Ele próprio se portou como imbecil diante de Clara, ao choramingar e propor jogo de bola de gude preventivo, quando apenas fazia uso das habilidades interpretativas que o mais simples dos canas desenvolve, de modo a mudar de personagem de acordo com as circunstâncias.

Ainda durante o último encontro com a síndica, realmente recordou o condicionamento adquirido na convivência com o pai — a perda do controle sobre a bexiga caso pense em desfazer de superior —, mas apenas para puxar lágrimas até os olhos e, assim, mostrar-se sensível. Na maior parte do tempo, porém, porta-se como agora, quando, entusiasmado com as últimas notícias e bafejado pela maresia, admira o próprio corpo, que, apenas de short, se mostra massa muscular que representaria bem melhor o espírito da corporação do que as pelancas e pneus do comandante-geral. *Em pouco tempo o decadente morrerá, então darei o último passo na vida*, o coronel balbucia, para concluir que, como o genitor se foi, no instante em que substituir a única autoridade ainda capaz de lhe acionar o trauma estará completamente livre para sentir e fazer o que quiser. *Então o Rio verá quem é verme!*

Volta a pensar em Clara, que praticamente se despiu à sua frente, na tentativa de conseguir os objetivos do condomínio. Mal sabia que em nenhum momento fora vista como fêmea merecedora de fertilização, e sim como pedaço de carne suculento, diferente de prostituta apenas pelo número de parceiros. Se aceitasse ir a motel ou à casa de praia, seria bem tratada; daí a virar patroa, nem pensar, pois Carmo sabe perfeitamente que pertencem a universos incompatíveis.

Mulher para casar seria uma daquelas jovens que a mudança dos tempos possibilitou que ingressassem nas Forças Armadas. Quantas não fariam qualquer coisa para desposá-lo? Cônjuges militares partilham físicos malhados, comungam a visão de mundo e têm muito a relatar um ao outro ao final de cada jornada. O coronel decide que chegou a hora de acabar com a solidão: na próxima semana, pedirá ao ordenança que lhe arrume candidatas a namoro, pronto.

Mas, enfim, o importante na relação com a síndica é que o placar pareceu empatado: ela partiu enfurecida da confeitaria e recusou todos os convites posteriores para encontro, ao mesmo tempo que ficou de mãos abanando. Na verdade, porém, quem ganhou foi Carmo, que registrou todas as visitas no livro do quartel — em prova de solicitude para com os moradores da área em conflito. Entre as entrevistas, duas chegaram a ser fotografadas pelo ordenança: quando Clara se fez acompanhar de verdadeira comitiva e, posteriormente, ao aparecer com Juca.

Todo o tempo o coronel fingiu considerá-la distinta e perspicaz, ainda que a achasse a rainha do descompasso e da besteira, sobretudo ao se inchar de certeza, arreganhar a boca e discursar inflamadamente contra as injustiças sociais. Carmo precisava conter o ímpeto de gargalhar e por pouco não perguntava de onde a honorável cidadã tirava tanta autoridade para cobrar das instituições, se a classe média não fazia nada pela favela.

Escolha feita

Ah, se o coronel sabia dos desencontros entre o condomínio e o morro! Conhecia em detalhes, por exemplo, a história da negativa oficial dada pelo Equitativa ao pedido, encaminhado por Juca, de apoio financeiro regular para a creche.

Para minar a proposta, Gabriel semeou que a solidariedade da síndica tinha fundamento privado. Clara o chamou ao escritório e agradeceu a ideia de buscar em Juca o que somente Rodapé lhe proporcionara. Cobriu o detrator de agravos, ainda que sentisse uma certa compaixão; sabia que ele não conhecia altruísmo, mas só a espicaçava por não conseguir viver sem ela.

Gabriel ficou atarantado com a descompostura, porém dias depois telefonou e, antes que a ex-amante esboçasse reação, pediu desculpas e lamentou que terapia atenuasse, mas a verdadeira mudança dependesse dela, que conhecia seu apaziguamento quando namoravam — sensação que, estranhamente, ele não conseguia experimentar com nenhuma outra.

Voltou a ligar ao final da tarde de hoje, com gaguejos e sorrisos nervosos, para convidá-la a largar tudo e partir em sua companhia. Ao receber mais rispidez, deixou claro que era a última tentativa. Estava mais carregado do que nunca, como se pressentisse que a carnificina começaria horas depois. Logo se ouviu cantar de pneus.

Clara se colocou na janela para acompanhar seu sumiço e ter certeza de que no Equitativa não restava sequer sua sombra. Olhou para a Baía de Guanabara, cuja imensidade tornava escandalosa a escravidão aos mesmos afazeres, papéis e preocupações. Andava irritadiça, precisando de descanso, merecia férias. Repetiu isso até decidir manter-se totalmente ociosa durante o feriadão.

Contudo, o excesso de trabalho e preocupação era apenas parte da contradição de andar intragável morando no meio da floresta, em cidade litorânea. Logo associou folga de expediente a luxúria, facilitada pelo afastamento de Carmo e Gabriel — incapazes de fazer jus àquilo que desejavam, e que se oferecia na forma de veludo molhado justamente nestes dias, coincidentemente férteis.

Clara se afastou da janela, saiu de casa e desceu até o térreo antecipando a leveza que lhe sobreviria ao descerrar a própria intimidade. Na passagem pela portaria, olhou para Juca como quem complementa pensamento. Porém, achou que ainda não era hora de ir além de onde tinham chegado: seguiu até o mirante e se permitiu o pôr do sol.

Aproximação lenta

Agora, dividindo a rede com o porteiro, Clara comprova que cumplicidade corrói cristalização. Como o alheamento que manteve da pobreza até o cargo lhe passar na cara a penúria, chacoalhando-a e instalando pesar. Nos tempos de simples condômina, desconhecia o nome da maioria dos funcionários; ao se tornar síndica, a realidade de todos lhe caiu feito fardo.

Cada um deles se revelou ponta dum novelo que leva até filhos mal alimentados, às vezes doentes, frequentemente com cáries. Clara ainda tentou se fechar, disse para si mesma que vivera décadas sem perceber, era só continuar cega. Mas via, na folha de pagamento, que pais de família populosa ganhavam o que ela gastava com produtos de beleza.

Angustiou-se, várias vezes pensou em jogar tudo para o alto. Sobretudo quando se reunia com os empregados para comentar faltas e erros: podia haver má vontade, no entanto a baixa escolaridade era a principal responsável pelos problemas e até pela dificuldade de entenderem certas instruções. O único a acompanhar inteiramente os raciocínios era Juca, que, como estudara, estava acostumado a traduzir demandas nos dois sentidos.

Todavia, dele inicialmente Clara não quis proximidade, pois temia ser abordada. Somente por falta de alternativa é que começou a lhe pedir dicas. E tinha preparada uma frase de recusa, caso ele tentasse seduzi-la. Só que Juca sentia orgulho do prazer que proporcionava: esperava a pretendente concluir o processo que se iniciava na curiosidade e desaguava no desejo — de modo a acolhê-la pronta.

Em troca da consultoria solicitada pela síndica, exigiu ajuda para a associação. Já nos primeiros dias de aconselhamento, sugeriu que Clara o acompanhasse até os Prazeres, para ver a creche. Argumentou que ela só faria bonito no Equitativa se conhecesse bem o entorno.

Clara precisou de semanas até criar coragem. Finalmente marcou a data da subida. Juca pediu a Camarão que mantivesse escondidos os topetudos, enquanto a convidada passasse. Mesmo assim ela permaneceu tensa, suando, ausente. Só relaxou um pouco ao ser envolvida pela gritaria da meninada.

Conheceu a sala onde as crianças passavam a maior parte do tempo e pensou que aquela penumbra fazia mal. Visitou a cozinha e constatou a carência de alimentos básicos. Ficou ainda mais impressionada ao conhecer o dormitório: corpinhos deitados apenas sobre esteiras, tendo abaixo um piso úmido, causador de gripe, bronquite, pneumonia. E tome tosse.

Desde então, Clara passou a acompanhar Juca nas idas a gabinetes de interlocutores surdos a discurso esfacelado, mas sensíveis a frases de condão. Ainda mais quando proferidas com elegância de vestimenta e porte. Aos olhos de quem podia, a chancela da síndica afidalgava o líder. Por conta de burocracia ou desprestígio da classe média, nem tudo se alcançou. Contudo, o empenho resultou em víveres, colchonetes, brinquedos e até dinheiro para ajudar a pagar o pessoal da creche.

O porteiro se alegrava com as conquistas e se saboreava paladino. Apreciava a afeição coletiva e ria da ira dos invejosos, que, ao vê-lo mobilizando mais e mais a síndica, ampliavam as acusações, chamavam-no de gatuno; mas não conseguiam apontar deslize.

Clara se surpreendia principalmente com o humor de Juca. Nas conversas mais sérias, por vezes sobre ronco estomacal de deficiente, ele encontrava jeito de romper a lástima com dito — feliz por tê-la à frente.

Na mocidade, Clara jamais se aproximara de rapazes dos Prazeres. Nem mesmo dos destaques em corpo ou conversa. Até entre os socialmente iguais, só interessavam aqueles que pouco ou nada tremiam em sua presença — como Juca, no sentido de quem estica o braço.

Mas se contém, pois ainda não consegue romper a concha em que se acha, a despeito de ovulação, reviravolta da noite e ternura desenvolvida por quem merece muito — inclusive mudar de ideia e torcer por Reimoso, que só deixará Juca em paz se ganhar.

Agora, que conhece o verdadeiro poder de fogo do Cerro, Clara nota a quixotice da vassourada simbólica nos Prazeres. À época, acreditou que o condomínio aderiria em massa, o que inviabilizaria a guerra. Para conseguir repercussão, foi pessoalmente aos meios de comunicação. Todavia, as fotos publicadas no único jornal que cobriu o evento não mostraram adultos, e sim meninada do morro mobilizada pelas prendas. O fiasco da iniciativa levou a síndica a pensar em pedir demissão.

Nesta noite escura, adere sem mais hesitações à opinião dos moradores locais, de que um dos chefes precisa morrer. Pouco importa quem assuma o controle, contanto que centralize. Quanto mais rápido a mudança acontecer, melhor. Então a área voltará ao dia a dia de futricas, frissons e até fatalidades, mas sem sangria desatada.

Libido cega

Prestasse mais atenção, o porteiro notaria que Clara está tomada pela apetência, condimentada pelo pensamento de que Manuela e Rodapé se encontram no mezanino. Porém, Juca matuta na distância, em reflexão imposta pela morte, que cresce em presença e peso, ao reduzir a expectativa de vida dos mais envolvidos, sejam chefes cascudos ou falcões imberbes.

Basta pensar que Arlindo sequer chegou aos trinta anos. Depois de desterrar Reimoso, passou alguns dias farreando como se celebrasse, quando tentava abafar a falta do falecido. Para compensar, encomendou putos, dos quais recebeu respostas mecânicas, nada a ver com amor. Então deu de perseguir moços de família, preferencialmente virgens, para desespero e ira da parentela.

Camarão lembrou que não havia inimigo mais bravo do que pai de currado; mas fez o alerta para disfarçar, pois torcia pela desgraça do superior, que articulou pessoalmente, em anônimos telefonemas de deduração para os fornecedores e conversas confidenciais com as famílias dos arrombados. A elas, disse que discordava do desvio e nada faria para impedir ataque ao depravado, cuja loucura colocava em risco o próprio morro.

Até que o conhecido duma das vítimas enviou bilhete ao chefe, no qual se confessava discreto e diferente, capaz de receber como carinho o que o outro, frígido, tomara por agressão. Que o destinatário viesse àquela noite a certo barraco vazio, para onde o remetente rumaria tão logo os Prazeres se aquietassem, com intenções de acolher selvageria como selo.

Arlindo chamou Camarão e mostrou os garranchos como se finalmente suas preces tivessem sido atendidas. Nem de longe imaginou que alguém tentaria emboscada em seu próprio terreiro. Ao contrário: achava natural que um borreguinho, como chamava seus jovens petiscos, nutrisse por ele curiosidade sincera.

Camarão concordou e, como conhecia o candidato, foi instado a descrevê-lo. Ofereceu pormenores físicos e, mesmo evitando avaliações estéticas, falou de requebros sinalizadores de tendência a agradar. Principalmente em se tratando de paixão alimentada por notícias de defloramento e espetáculos de potência do estuprador, que só circulava com arma e séquito.

Ao encontro, porém, o garoto pedia que o mito fosse sozinho. Alegava respeito ao sofrimento dos vizinhos e também necessidade de tempo para se acostumar à mancebia, da qual faria orgulhoso alarde assim que possível. A demonstração virginal deixou o chefe ainda mais nos cascos.

Comovido, Arlindo fez sua primeira mea-culpa. Reconheceu que Camarão estava certo ao alertá-lo quanto ao perigo de comer à força. Um pai daqueles poderia perder a cabeça, encaixar cano em greta de janela e derrubá-lo com bala — uma só bastava para acabar com anos de solidificação de pulso.

Todavia, a autocrítica não nascia da lucidez, e sim da excitação. Ao ver a noite, Arlindo se duchou, escovou demoradamente os dentes, bochechou um poderosíssimo antisséptico bucal, reluziu-se, colocou terno e tênis, na cintura dependurou pistola. Já assobiava canção romântica, de partida, quando avistou Camarão com buquê de rosas vermelhas, para amaciar ainda mais o voluntário.

Diante da demonstração de zelo, o chefe não resistiu: lagrimou. Disse pressentir volta à paz doméstica, que saberia prezar. Escaldado pelo último desenlace, trataria o novo como bem supremo, do qual não desfaria nem mesmo se lhe atacasse a vontade, frequente quando em cama, de impor flagelo.

Camarão augurou sossego e o abraçou. O fingimento justificava seu apelido e se baseava na repulsa que sempre sentira de receber ordens de homo. Tinha também certeza de que era hora de deixar a gerência fiel para governar sozinho — e que a traição não lhe possibilitava tresandar.

O chefe se enxugou e partiu faceiro. Repetia para si o propósito de fazer uma gorda doação ao centro de umbanda, cujos trabalhos lhe rendiam alguém que finalmente o compreendia. A julgar pela disposição demonstrada no bilhete escrito com o próprio punho, o rapazola aceitaria substituir o retalhado, que, para fazer seus gostos, submetera-se a cirurgia, injetara-se de silicone e não deixava crescer pelo.

Camarão passou pouco mais de uma hora desempenhando funções meramente administrativas, até receber a notícia de que o viaça perdera a cabeça. Então convocou a tropa, ordenou sentido no ponto mais alto dos Prazeres e descarregou para o céu, enquanto se anunciava sucessor.

No culto seguinte, os protestantes recorreram a histórias de expiação do Antigo Testamento para celebrarem, sem exposição à mancha contagiante do sangue, o degolamento levado a cabo de peixeira na noite anterior. Os crentes vinham perdendo muitas pregas entre irmãos, pois, por força da fé, sequer podiam pensar em revide. Então eram obrigados a engolir fúria, o que abalava.

Na verdade, todo mundo festejou a morte de Arlindo, o que leva Juca agora a pensar que há momentos em que a comunidade consegue se entender sem palavras, chega a consenso e toma iniciativas de interesse geral. Porém, o porteiro logo lembra que tal unanimidade foi conseguida porque a violência virara escândalo, ao mexer com a moral. Quanto ao destino dos garotos simplesmente cooptados, somente a família lastima.

Disputa desequilibrada

Entre os menores que o ganho fácil seduziu, Juca sofre sobretudo por Belota, a esta altura provavelmente morto. A mãe chegou a oferecê-lo para ajudar de graça na associação, contanto que não pegasse em arma. O líder lhe conseguia pequenos serviços e o ocupava o máximo que podia. Também lhe acenava com futuro, como ocupação mais bem remunerada na fabriqueta de vassouras que pretendia inaugurar assim que saísse um prometido financiamento público.

Belota soltava gaitadas de contentamento e revelava desejo de ser gente; mas vivia esticando os olhos para a boca. Juca passava a mão em seu rosto, para apagar o fascínio. Evitava falar mal dos traficantes, contudo repetia que a maior satisfação do trabalhador era ir ao asfalto sem ser preso.

Camarão começou a ver Belota como objeto de disputa no jogo que mantinha com o amigo. Para fazer durar a partida, evitou corrompê-lo com cédula, fumo ou pó. Apenas passou a cumprimentá-lo com deferência. Rapidamente, o moleque começou a fugir da associação e de casa, para vir rondar. Na primeira oportunidade, prontificou-se.

Ao perceber a perda, Juca correu até a maloca camarônica e encarrilhou injúrias. O chefe se limitou a rir e gritar que era canja de galinha e que arrumasse outro time ou snifasse aquela linha. Esticou, fungou e se sentiu ainda mais vitorioso. Ofereceu e, pela primeira vez, recebeu negativa categórica.

Opa, estranhou. Tomou a certeza como sinal de uma diferença que desconhecia em relação ao camarada. Acabou berrando que era um sujeito muito bom. Poderia transformar o espaço comunitário em bocarra — como, de resto, queriam seus superiores —, mas limitava os avanços a aliciamento civilizado.

— Posso comprar todo mundo!

Juca devolveu, no mesmo tom, que a comunidade não deixaria. Entretanto, ouviu uma gargalhada de desprezo pela confiança. Ainda esticou o dedo pensando em bravata, porém concluiu que, se a verbalizasse, seria forçado a se atracar. Recolheu o braço sem palavra, deu meia-volta e partiu.

Fadada à superfície

Desde então, o porteiro procurou evitar Camarão. Pediu a Clara para ser escalado para o turno que se iniciava à tardinha e, assim, reduziu bastante as chances de encontrá-lo. Ao ver as balas cruzando o espaço, todavia, percebeu a roubada. Noite afora, sonhava com raios solares, que empurram para a penumbra os traficantes: autênticos bacuraus, corujas e morcegos que ousam na escuridão, mas consideram amadorismo atrever-se à luz do dia.

Se bem que, durante travessias, não se pode fiar sequer na paz diurna, suposta prova de que nada precisa ser feito, quando a noite seguinte pode se mostrar cruenta. De toda forma, somente o inextirpável sentimento de amizade por Camarão explica a aposta de Juca na continuação do bangue-bangue, pois tudo indica que os invasores ganham e transformam em cadáveres muitos conhecidos, alguns até queridos — como o próprio chefe dos Prazeres, que se mantém no peito da mesma forma carrapática com que traficante se entrincheira em quebrada.

O porteiro chega a imaginá-lo em alguma obra — sobre tijolo, sujo de areia, espetado em vergalhão —, sem tampo de cabeça, arrancado por tiro de armamento pesado. Tivesse aquele cérebro massa, quem sabe revelasse herói? Mas é oco. O que Camarão terá vindo fazer no mundo?

Juca rodopia os olhos pelo apartamento de Rodapé, cujas pilhas de livro indicam o sonho de compreender e embelezar. Tratados de diferentes campos com descobertas acerca daquilo que chega aos sentidos, mas nem uma palavra realmente explicadora da existência; livros de ficção e volumes de poesia repletos de alusões e loas, porém desprovidos de prova, imagem que seja, da essência. Maldição da humanidade: intuir que existe algo além do raso — no qual, entretanto, boia.

A fome faz a diferença

A falta de chão partilhada com os demais humanos aflige Juca com intensidade semelhante à dor provocada pela diferença em relação a Manuela, Rodapé e Clara. O porteiro divide muitos pontos de vista com eles, porém pertence a outro solo. Os três se compadecem do morro, todavia jamais compreenderão favelado, pois nunca sentiram fome.

Têm o interior eventualmente tomado por sofrimentos emocionais e físicos, decorrentes de fim de relação, perda de parente e doença, mas desconhecem a dor mais concreta, resultante da falta progressivamente pungente daquilo sem o que o corpo cansa, definha e morre. Por falta dessa experiência, acham que mesmo quem se encontra na penúria tem de engolir a inevitável revolta e a incontrolável ira, para se mostrar honesto e cordial. Exigem, com a maior naturalidade do mundo, um esforço sobre-humano de quem leva uma vida subumana.

É igualmente o autocentramento que faz os três limitar a vontade de contribuir para a mudança da sorte dos Prazeres aos momentos de crise, após os quais são tragados pelo cotidiano e esquecem as promessas, feitas a si mesmos, de arregaçar as mangas. Frequentemente o entusiasmo dura alguns dias, mas em declive cada vez mais acentuado, até se revelar puro fogo de palha.

Juca gostaria que Clara fosse exceção, contudo suspeita que o interesse dela não resistirá ao fim da guerra. A atração talvez se deva apenas ao frenesi provocado pelo perigo, o que significa que se dissipará tão logo o morticínio acabe. Afinal, os vínculos entre as classes são de puro uso e jamais duram.

O porteiro acha que, se der boas estocadas, conseguirá que a síndica goze bastante e adormeça exausta, no entanto a verá acordar falando em loucura e procurando esquecer tudo rapidamente, talvez com mais determinação e desfaçatez do que as muitas condôminas que o provaram e não o assumiram.

Juca adoraria se mandar, mas se sabe acorrentado pelo desejo, que o levará a fazer o que Clara pedir. Pelo menos estará se vingando de Gabriel, que bem gostaria de ocupar seu lugar. O risco de morte também obriga o porteiro a ficar escondido: o estrago feito nos Prazeres já começa a ser celebrado pelos invasores, que entoam o rap da vitória.

Capítulo 12

Mudança de trilha sonora

Os invasores podem cantar sarcasmo, pois romperam o morro até o cabeço. O ideal seria ter Camarão como pescado morto; mas importa fincar o mastro da bandeira de seda, em combinação azul-marinho e verde-natureza, para que todos saibam da imperialização do território.

Sequela é o único a manter silêncio, ainda extasiado com a lembrança dos inimigos correndo escarpa abaixo, seguidos de formas femininas a se deslocarem pelo ar e fundindo-se aos atingidos. Ninguém parece tê-las notado, mas ele as viu com mais nitidez do que aos fugitivos, que pareciam bonecos a tombarem no penhasco como se mergulhassem no regaço infinito.

O jovem guerreiro só não gostou da chegada repentina de três helicópteros, que içaram para seu interior Camarão, Nicole e os principais assessores. As máquinas voadoras causaram estupefação nos groteiros, mas Sequela logo reagiu: ordenou que as mirassem sem temor e as cravejassem inteiramente. Não conseguiram atingi-las devido à distância, porém deixaram clara a impossibilidade de retorno.

Em vista do triunfo global da investida, os vencedores ficam à vontade para se acomodar sobre lajes. Alguns retiram beises enrolados especialmente para este momento, quando se pode usar maconha contra cocaína. Acendem, baforam, passam aos demais, e todos se entregam à apreciação: depois de meses malocados no Cerro, agem como se acabassem de ser apresentados ao imensurável.

O mutismo logo substitui as pilhérias. A gargalhada desafiadora dá lugar à expressão fechada. O interior se dilata para se fazer Universo, em sua inevitável associação com o além e, nesta noite sem estrelas, adensado pelo negrume. Alguns meditam sobre as mortes recém-presenciadas e, na profundeza das perguntas sobre razão de ser, ganham dignidade.

Em conjunto, parecem revolucionários entregues ao combate de injustiças, entretanto, com exceção de um ou outro sequestro, seus alvos se situam entre os iguais na desvalia. E, em lugar de um Che, há Sequela, único a se manter de pé e sem fumar, agora alimentando o moral da tropa com promessas mercenárias, como pagamentos, prêmios e putas.

Evita apenas falar de futuro, no qual não acredita. Todavia, o sentimento de efemeridade parece encarecer o que realmente importa: Manuela. Sequela se agita ao recordar o vivido no almoxarifado e se imagina possuindo-a novamente já no dia seguinte, agora como agente de ligação, portanto livre para percorrer toda a área, com sua fartura de recônditos. Lastima tão só ter-lhe mentido: a tentativa de encontrar Gabriel foi farsa inventada pelo próprio, em combinação com Reimoso.

Sequela continua encucado com a semelhança entre o pai de Manuela e o indivíduo que, de dentro de um dos helicópteros, ajudava os foragidos a subirem. Tampouco compreende muito bem os estrondos e saraivadas cujo som escala o morro, a partir do outro lado, onde se situa a grota. Supõe que seja festejo pelo êxito da invasão, mas não consegue relaxar. Não demora muito, recebe uma ligação de Reimoso informando que Camarão pegou o Cerro de surpresa, ao sobrevoar um ponto de que não haviam cuidado por ser inacessível por terra.

Entre os atacantes, Gabriel se deixava ver ao lado do chefe topetudo, metralhando o ar e transmitindo ordens a quem quisesse ouvir, como se comandasse. Gargalhava da surpresa do sócio e gritava *Morte ao merdolento!* Comemorava cada avanço, acertando atarantados com a chegada inesperada e inaugurando-se plenamente como assassino.

Só que Zilda decodificou a perfídia, concluiu que seu perpetrador era o ex-patrão e, ao usar o conhecimento íntimo de seu andar para descobri-lo corpanzil em meio aos invasores, destruiu-lhe a fronte com disparo de espingarda calibre 12.

— Mas a gente precisa de reforço! — Reimoso brada.

Sequela solta berro para fazer eco, metralha o ar e ordena que o sigam, pois a chapa esquentou. Só que agora os demais veem a realidade através da fumaça e fazem corpo mole, alegando que já cumpriram o combinado. Somente os alagoanos começam a se levantar, mesmo assim lentamente.

Sequela perde a paciência e parte sozinho. Corre com o radiocomunicador ligado, para acompanhar o desenrolar e repetir a Reimoso que logo chegará; não leva ninguém consigo, mas valerá por mil.

Pega a servidão do Equitativa e, na altura da Escola Júlia Lopes, ouve as ofensas guerreiras do chefe darem lugar a gemidos agonizantes. Reitera que está a caminho, grita que aguente; mas logo fala sozinho, pois Reimoso se antecipou na partida, deixando o aparelho ligado, a reproduzir tiros e berros inimigos.

Sequela cai tonto sobre os paralelepípedos: se a mãe era referencial do outro lado, o tio lhe proporcionava norte neste. Contra ele não se bateria nem por Manuela. Nunca alimentou expectativa de longevidade, mas o apreço de Reimoso suavizava o presente, permitia-lhe antever-se também lenda, quem sabe até nacional. De repente, the end.

Sequela fica sentado, chorando, a ralhar contra o destino de sobejo que tem, como único combustível, a birra. Reclama de a natureza criar expectativa, mas jamais se abrir. O líquido que desce dos olhos não impõe seu brilho à escuridade, ao contrário, torna tudo ainda mais turvo. Viver para quê?

Tudo, menos nova perda

Os vencedores resolvem voltar aos Prazeres a pé. Poderiam confiscar os automóveis que passam inadvertidamente pela faixa da Almirante Alexandrino que separa o Cerro do CEAT, porém se sentem tão senhores que preferem pisar firme e respirar fundo, enquanto lançam palavrões comemorativos por entre as árvores, encosta acima e vale abaixo.

A dupla Camarão e Nicole vem à frente, de mãos dadas. A fala que se impõe com mais frequência nos intervalos da gritaria não é do chefe e sim da francesa, que se ufana do sucesso da operação. Afinal, a vitória se deve à ideia de usar estrategicamente a crença cega, denunciada pelo compatriota Rousseau, na ficção da propriedade: ninguém imaginaria que os topetudos seriam capazes de se arriscar a perder o quinhão que lhes pertence, o que lhes permitiu fingir que eram obrigados a abandoná-lo como parte dos movimentos para surpreender Reimoso.

— Mal posso esperar o assalto à mansão! — Nicole é toda autoridade.

Pensa no objetivo como capaz de coroar a vida, que desde os primeiros contatos com elementos do Novo Mundo ganhou prumo pelo abandono da fixidez e rendição à deriva. Foi assim com o amor e a guerra, que têm muito em comum. Apartadas a ponto de parecerem opostas, as duas esferas se mostram irmãs ao serem submetidas a reflexão corajosa, quando se percebe a morte em potencial contida em todo afeto e o sentido de aniquilar uns poucos em prol da melhoria de muitos.

Da mesma forma que bateu carreiras sem cheirar, a francesa participou do confronto sem dar tiro. Nem por isso se sente menos comprometida, ao contrário, atingiu o máximo de eficácia como orientadora da violência. Sempre se antecipou à necessidade de cocaína de Camarão, a quem indicou alvos e ditou ordens a serem transmitidas aos comandados. Agora é organizar um repouso reparador, mas por poucos dias, de modo que o gosto de sangue assegure o elã necessário ao grande passo.

Nicole festeja interiormente a diferença entre a serenidade atual e a agonia em que se encontrava antes de conhecer Boiô. Nas perambulações parisienses buscava o orgasmo como se seguisse programa, portanto com uma rigidez que reduzia bastante as chances de entrosamento.

Agora tem certeza de saber conciliar planejamento e improviso, propósito e flexibilidade.

Ah, mas quanto pesar pavimentou o acesso ao presente! Basta pensar na passagem do purgatório da frigidez ao paraíso encarnado por Boiô, para despencar no inferno do abandono: ganhar e perder o céu magoa infinitamente mais do que apenas intuir sua existência.

No Rio, o sonho de encontrar consolo no coletivo foi uma ilusão passageira porém necessária, pois paliou o sofrimento e abriu o espírito, que, como sempre, encontrou cura no singular. Todo viçoso, o Brasil lhe permitiu fazer o luto nos braços de alguém com uma simplicidade e uma solidez que nunca encontrou na França.

Eis Nicole novamente gamada e, desta vez, decidida a evitar a todo custo o despenhadeiro aterrorizante da perda, cuja dor martiriza pela intensidade e se potencializa devido à total incerteza quanto ao tempo de duração. Prefere morrer a ficar sem Camarão, que, por sorte, corresponde totalmente aos seus sentimentos.

Ao se conhecerem, os dois pareciam trazer a solidão acumulada pela humanidade ao longo dos milênios e a carência de todos os seres inteligentes que jamais ouviram *eu te amo*. Desde que passaram a morar juntos, dormem grudados e levantam à mesma hora, para não perderem um segundo a dois. Dias atrás dividiram equitativamente veneno, a ser usado caso um falecesse durante o conflito.

Sobreviveram, mas Nicole sabe que por pouco tempo, pois a facção derrotada é praticamente hegemônica nas favelas da região, onde domina desde os Guararapes até o Fogueteiro, passando pelo Fallet e a Coroa. Logicamente os inimigos veem o quadro atual como afrontoso e juntarão todas as forças para desferir ataques sucessivos, pelos diferentes acessos, até retomar o controle sobre o Cerro e estendê-lo aos Prazeres, para erradicar definitivamente Camarão e achegados.

Que os topetudos encarem o aumento do perigo como estímulo à ousadia. Se as ações do grupo se pautaram pela pequenez, que se politizem. A conclusão parece em desacordo com a época, mas por conta da própria realidade, que parou no tempo e estancou numa irresolução crônica.

Nicole dirá isso no panfleto que enviará a todos os meios de comunicação, antes da invasão da propriedade. Assim, garantirá previamente o êxito da iniciativa, cujo simples desencadeio, se bem noticiado, já inspirará movimentos semelhantes. Mesmo que não consigam tomar a mansão, os topetudos levarão muita gente a concluir que, depurada, a experiência poderá se repetir com sucesso e se generalizar.

Nicole não sabe se o grupo compreende seu raciocínio, mas se satisfaz em ter incutido em Camarão a ideia de que o fim só é grandioso se significativo. Nesse sentido, nada melhor que fundirem o privado e o público, mas não por acreditarem inocentemente na bondade humana, e sim por transbordarem de amor. É esse pensamento apaziguador que faz a francesa berrar a plenos pulmões, em aderência ao calão dos companheiros.

Antecipação inesperada

A algazarra dos topetudos chega até Sequela, que recobra consciência, solta um derradeiro soluço ao pensar pela última vez em Manuela e Reimoso, mas se concentra em sua própria zanga como forma de se preparar para a passagem.

Posiciona-se atrás do muro do Corpo de Bombeiros e, ao ver Nicole poderosa, atribui-lhe grande responsabilidade pela destruição do Cerro: começa o abate por ela, passando em seguida a Camarão. Os namorados sequer tombam abraçados, e sim para lados distintos.

Feliz com o feito, Sequela pula para o descampado metralhando contra a fileira. Ao sentir as primeiras balas rompendo o próprio corpo, começa a urrar saudações para a figura nos braços de quem se imagina maternalmente acolhido.

Despertar

Neste instante, os topetudos cruzam o condomínio com seus mortos às costas, ainda mais alterados devido ao imprevisto: venceram, porém tiveram de substituir Camarão pelo seu braço direito. É com ódio que fazem ecoar no escuro o nome de Sequela, ao qual associam devasta e doidice.

Manuela recebe a notícia do fim do rapazinho como fatalidade para a qual se preparou e que, no fundo, a tranquiliza: caso o Cerro ganhasse, ele certamente tentaria dar continuidade ao caso; morto, deixa-a com silêncio, tristeza e resignação, mas sobretudo alívio.

Rodapé encara o passamento de Sequela como mostra da fragilidade humana. Há pouco mais de uma hora, o adolescente pinotava; agora sequer pisca. Se paralelo tem algum sentido, a vida do preparador também pode estancar a qualquer momento, conforme anúncio contido em envelope.

Todavia, Rodapé continua disposto a agarrar-se a qualquer motivo para protelar a descoberta do resultado e resolve aguardar o encontro dos bandos no morro. Logo surge alguém na pracinha gritando que os groteiros posicionados nos Prazeres estavam tão amaconhados que nem pensaram em reagir, ao contrário, apressaram-se em jurar lealdade ao novo chefe: Belota.

A região finalmente tem sua primeira hora noturna de silêncio em meses. Durante os minutos iniciais, os moradores ainda mantêm suspensa a respiração, mas apenas por efeito da neurose; aos poucos, convencem-se da volta a um tempo do qual já haviam perdido a lembrança.

O pensamento de todos retorna às preocupações com os próximos. Juca se apressa em enviar torpedo a Boiô, dizendo do fim de Camarão e da guerra. Manuela nota que Rodapé voltou a mirar o envelope e pensa que o invólucro tem ligação direta com o comportamento esquisito que o vizinho assumiu de uns tempos para cá.

— O que tem dentro? — Perde a paciência.

— Resultado.

— Andou vacilando?

— Quem não?

— ...

— Quer dizer... Só de vez em quando...

— Por que não abre duma vez?

— Acha que é fácil saber o que resta da vida?

— Vou pegá-lo. — Manuela faz menção de levantar.

Rodapé a segura pelos braços e a retém. Ela tenta se soltar, porém, mais força passagem, mais é pressionada contra o colchão. A discordância faz com que diferentes partes dos dois se friccionem. Em alguns momentos, os corpos se encontram de alto a baixo.

O contato de peitos e coxas tem efeito antissarcófago: o preparador parece despertar do longo sono de autoanulação, durante o qual perdeu o apetite. Contudo, o fogo é atenuado pela recorrente pergunta sobre o tempo. Depois dos quarenta, repensa-se tudo, para se avistar passado imenso e porvir incerto. A certeza de que o charme não durará muito instala um incômodo sentimento de blefe.

Se bem que Rodapé tem nutrido um pensamento reconfortante: a natureza é dura com os varões durante a adolescência, beneficia-os após os trinta e volta a penalizá-los ao final da vida. Basta lembrar o descaso com que as mocinhas tratam os garotos da mesma idade, a entrega desenfreada das mulheres ao se balzaquianarem e a diferença de dez anos entre as médias de expectativa de vida dos dois gêneros.

Assim, o preparador reduz seu sentimento de culpa e ridículo por desfrutar de novilhas, muitas francamente em busca de pai; outras resolvidas a se abrir a vivido o suficiente para compreendê-las em toda a complexidade feminina; nenhuma capaz de se entusiasmar a ponto de traçar cenário de família e filho.

Entretanto, nada disso basta a Rodapé, que não sabe da morte de Gabriel e continua certo de que será assassinado, caso toque em Manuela. O usufruto deste concentrado de beleza e juventude lhe parece privilégio demais, para passar impune. Mesmo que a resposta do envelope seja boa, resistirá.

— Me larga, medroso! — Manuela insiste, debatendo-se.

Enfim

O barulho chega à sala, onde é confundido com som de agarramento. Clara recorda a frequência com que flagrou

Juca enlevado, às vezes em público. Solta a respiração para fingir adormecimento e relaxa ainda mais o corpo — que o porteiro pode tocar sem parecer aproveitador.

No entanto, o pensamento de Juca está entregue à contextualização de Clara, cujo fechamento voluntário era bem conhecido e excitava amplamente, tornando qualquer aproximação uma verdadeira corrida de obstáculos.

Até mesmo os púberes a taravam. Chegaram a inventar um conselho mirim para poderem se reunir periodicamente com ela. Sugeriam melhorias na distribuição das áreas de lazer, mas principalmente se insinuavam e admiravam dotes — lembrados aos brados esganiçados nos campeonatos de punheta.

Agiam feito neófitos em busca de iniciação nas nuvens, mesmo sem expectativa de serem correspondidos. Sabiam-na com idade para adulto completo e muito orgulhosa para fazer de conta que se contentava com pirralho, perto de quem seus anos se realçavam, sem a contrapartida da satisfação. Tanto que declinava dos convites dos rapazes mais bonitos da pracinha com uma certeza de deprimi-los.

Os homens de meia-idade também ardiam, mas flertavam de maneira disfarçada, por serem comprometidos em papel ou padre com mulheres atentas, sabedoras que Clara não amolecera amamentando, não alargara para expulsar prole e ainda se cobria de beleza.

Em relação à maioria dos concorrentes, Juca levava a vantagem de ser livre e reputado saciador. Além disso, despertava fantasias ímpares devido à diferença de origem, que lhe possibilitava fazer combinações sempre novas, sem risco de repetir e entediar casos — simples enxerimentos que transformava em cópulas culturais.

A seu favor, havia também a força duma convivência necessariamente íntima, devido ao perigo que pairava e à dificuldade de guardar segredo. Dado sigiloso pesa, incomoda, exige verbalização a ouvido confiável, que o acolha e, em lugar de espalhá-lo, repita-o para o próprio portador, de modo a desfazer a tensão sem vazamentos indevidos.

Clara e Juca pareciam colegiais confidentes, inclusive com senhas para emergências, quando se afastavam rapidamente e se isolavam no escritório. Confabulavam sobre o último movimento groteiro ou topetudo e marcavam novo encontro para depois. Então o informado emitia pareceres e ouvia comentários, numa falação que levava propositalmente ao esvaziamento de conteúdo.

Os balbucios e sinais de assentimento formaram uma espécie de território exclusivo, no qual ambos se valorizaram, como se do bem-estar de um dependesse a alegria do outro. Clara ainda tentou disfarçar, porém o interesse acabou lhe assomando ao rosto, onde se espelhou mais e mais, em matiz radiosa que se afigurou atração.

Muitas vezes o fato já não rendia, mas ela o esticava para prolongar o cochicho. Por sua vez, Juca abria os ouvidos e cercava todo mundo com perguntas, dos outros funcionários aos vizinhos e até às mulheres que o procuravam, numa bisbilhotice justificada pela necessidade de segurança. Na verdade, dependia cada vez mais de ter Clara a sós, entre murmúrios que, se não eram em leito, prenunciavam.

Durante a invasão, o porteiro atuou como se coreografado, por saber que a síndica o acompanhava com olhos e ouvidos; ao periclitar, dava pulo de importância. Tem consciência do exibicionismo de tal comportamento, mas que fazer com o desejo incontrolável?

Não é de hoje que sonha em possuí-la. Quase a agarrou na tal ida ao campinho, quando a viu desmoronada. Mas não encontrou coragem, pois temia falhar. É que não sabe dosar a imagem acalentada: se a elevar em demasia acabará namorando mito; se a descobrir sem molejo ficará decepcionado; em ambos os casos, fracassará. Nunca receou tanto brochar.

Há muito a vê como objetivo tão importante que sente um receio medonho do nada que poderá advir após tê-la. Chegou a curar desgostos com flashes dela, que sobrepôs à imagem de mulheres que o procuraram para puro uso. Contudo, acha que, passada a crise, ela lembrará que é de outra laia. Mesmo que tudo dê certo e um dia o assuma como namorado, enfrentará pasmos e interrogações por ter vencido várias barreiras. A principal é de cor, de tão difícil transposição que já mereceu filmes, romances, peças e tratados — que Juca será obrigado a conhecer se quiser dar-se bem.

A simples lembrança da empreitada rende cansaço repentino do mundo, porém também desculpa para imitar Clara na soltura tendenciosa, facilitada pela ruína da realidade devido a tiros e dramas, mas sobretudo por conta da atmosfera onírica da sala e da exiguidade da rede, onde se podem achegar como pedras reboladas pelo acaso, para se derreterem como se a culpa fosse do calor, sem promessa nem responsabilidade — afinal, esta situação jamais se repetirá.

No entanto, Juca mantém as mãos entre as próprias pernas, em pose de pudor que lhe permite sentir respiração e até batidas cardíacas. Clara finalmente percebe que ele também dissimula — única maneira de se aproximarem como se agissem espontaneamente.

Juca pensa que, se fingir faz parte do jogo amoroso, integra necessariamente aproximação entre desiguais. Quantos escravocratas não se fizeram cordeiros para devorar negonas que, por sua vez, esqueceram a própria posição e se imaginaram princesas da cocada? O artifício foi essencial à badalada miscigenação — processo do qual o porteiro se sente parte.

Até esta noite, achava que o fato de ser homem equilibrava as relações: não era escrava subjugada por amo, e sim macho necessitado de expelir. As condôminas não o assumiam em público, mas na intimidade eram objeto de movimentos que ele impunha para se sentir desforrando. Todavia, a travessia provou que o fosso social é muito profundo para ser vingado apenas com sacanagem. A constatação surge abrupta e transforma o carinho em rancor. Surpreso com o inoportuno sentimento, Juca se divide entre a vontade de partir e o propósito de atochar; preso pela hesitação, encolhe-se.

Entretanto, Clara cansou de protelar, tira-lhe os óculos e o agarra. Juca também a abraça e, na junção que nada deixa passar, inebria-se ainda mais por esta fragrância que conhece muito bem. Ela coloca as mãos sobre a barriga dele, de onde inicia subida por baixo da camisa, enquanto o beija como se mordesse. Na volta, vai até a braguilha, desce o zíper, estica os dedos, busca. Encontra o pau encolhido, então se inclina e o fisga com os lábios. Molha-o e esquenta-o, em vaivém que logo surte efeito.

Juca levanta o rosto e, graças à luz que agora se irradia a partir da pracinha, vê à frente duas montanhas gêmeas, bem nutridas, semiprotegidas por uma calcinha grená que a saia não consegue encobrir. Ao mamar, Clara já se rebaixa; com o rabão se oferecendo, humilha-se.

Juca a puxa com força pelos cabelos, agilizando movimentos e insinuando desdém. Clara se entrega, mas, de tempos em tempos, levanta um pouco a cabeça: deixa bem exposto o abocanhamento, na fricção de peles contrastantes, enquanto lança olhar dócil.

Temendo gozar logo, Juca a empurra para o chão e deita por cima. Rolam sobre o taco, despem-se, agarram-se. Quando veem, já se emendam, sem camisinha: ele acha impossível ser contaminado por ela, que, por sua vez, suplica filho.

Juca recorda o sonho camarônico de virar classe média e conclui que a melhor homenagem que pode prestar à memória do amigo é emprenhar a síndica. Não se vingará enrabando-a, como pensou, pois laço forte é cria.

Acabam compondo sinfonia wagneriana, que se espalha e sensibiliza. Em Manuela, desperta perguntas sobre a capacidade que sexo tem de se irradiar. A moça pensa nas vezes em que chegou à pracinha após se balançar nos braços de alguém e, recendendo, atraía ainda mais.

Lança-se contra Rodapé e o arremessa para o canto da cama. Desce a escada num só pulo, apanha o envelope, rasga-o e lê o resultado. Entretanto, não responde ao olhar aflito do preparador. Joga o papel sobre a cadeira e retorna ao mezanino. Antes de deitar novamente, porém, sorri.

Logo curtem os gemidos em ritmo de rock progressivo do casal da sala, que vão chegando aos apartamentos próximos qual produção de parceiros livres do inferno, quando se renova a crença na normalidade.

FIM

Este livro foi composto na tipologia ClassGaramond BT,
em corpo 11/15,2, e impresso em papel off-white 80g/m²,
no Sistema Cameron da Divisão Gráfica
da Distribuidora Record.